EL ÚLTIMO PÉTALO DE LA FLOR DE FANGO

ENRIQUE GIORDANO

EL ÚLTIMO PÉTALO DE LA FLOR DE FANGO

Y OTRAS OBRAS

MAITÉN III

Hato Rey – Puerto Rico

2011

Copyright @ Enrique Giordano, 2011
All rights reserved

ISBN: 978-1-257-89840-4

Edición al cuidado de Jaime Giordano
Co-editora: Carmen Rabell

Se prohibe la reproducción parcial o total
de esta obra sin la autorización del autor o de la editorial.

Directores de las sucesivas fases del Maitén:
Maitén (1965-1966): Jaime Giordano
Luis Antonio Faúndez
Gonzalo Rojas
Maitén II (como Cuadernos de Poesía y Prosa de América y España, 1981): Galo Luvecce
Humberto Díaz Casanueva
(como Libros o Monografías del Maitén y Papeles del Andalicán, 1984-1992):
Jorge Vera Vidal
Juan Pablo Riveros
Maitén III (desde 2003): Carmen Rabell
Jaime Giordano

Para comunicarse con el autor:
giordanoenrique@gmail.com
Para comunicarse con los editores:
Maitén III
Casilla 195118
Hato Rey, Puerto Rico 00919
o maitén3@aol.com

ÍNDICE

PALABRAS DEL AUTOR

Este volumen contiene cinco obras que a estas alturas considero publicables. Antes de 1987, cuando había decidido abandonar el teatro, tenía once obras escritas de las cuales cuatro llegaron al escenario en Concepción, Chile y en Nueva York. En Ohio me di cuenta que para escribir se necesita un contexto, pertenecer a él y tener un público al cual dirigirse. No se daban estas condiciones para mí en el medio oeste de los Estados Unidos, donde siempre me he sentido extranjero. Así descubrí la poesía y encontré que era el mejor medio de expresarme. La poesía es el único género literario que sobrevive a todos los tiempos y todos los espacios. De tal manera que mis obras de teatro quedaron enterradas en un cajón o en cajas olvidadas.

De las seis obras no incluidas hay dos que desgraciadamente están perdidas y no he podido encontrar. Estas son *El abedul* y *La bacinica requetebrillante.* Escribí la primera a la edad de 15 años y fue puesta en escena en el Liceo de Hombres "Enrique Molina Garmendia." Puesto que era una crítica directa y violenta del sistema de educación, tuvo muchísimos problemas por la oposición que encontró entre las autoridades del liceo. Fue gracias a los esfuerzos de mis profesores Graciela Batarce, Jorge Mendoza y Brisolia Herrera que la obra pudo finalmente presentarse. El montaje iba dirigido por Brisolia y tuvo un impacto inmediato en la comunidad, siendo nuevamente representada en el programa de la escuela de verano de Concepción. Estaré eternamente agradecido de Graciela, Jorge y Brisolia por haber logrado que realizara mi sueño de ver esa obra representada.

En cuanto a *La bacinica requetebrillante,* un juguete cómico en un acto que, como *El abedul,* estaba claramente influido por Eugène Ionesco y Jorge Díaz, fue presentada en el Primer Festival de Teatro Universitario en el Teatro Concepción en 1965 (escrita en 1964). Un título tan peculiar y un juego escénico divertido hicieron que esta obra fuera otro impacto en el ambiente teatral de Concepción, pese a que su puesta en escena fuera muy tradicional para que se pudiera apreciar lo que el texto proponía.

Del resto he seleccionado cinco, partiendo de la más reciente: *El último pétalo de la Flor de Fango,* obra que comenzara a escribir a principios de los años 80. Aunque nunca fue terminada del todo hasta el año 2011, con motivo de la publicación de este libro. Durante los años 1983 y 1985 hice varias lecturas dramatizadas en Nueva York y dos clandestinamente en 1984-1985 en Santiago de Chile. Las lecturas fueron controvertidas y de reacción dividida entre el público: admirada o rechazada por completo. Esa versión, aparte de ser demasiado larga y de aparato escénico demasiado caro y complejo, resultaba imposible de representar en Chile, tanto por su contenido político como por su violencia y sexualidad explícita. Extremadamente difícil de ser traducida al inglés y poco atractiva para grupos hispanos (más que nada por sus connotaciones políticas), esta obra quedó en un paréntesis de casi veinte años. La versión presentada en este libro ha sido reeditada por la necesidad de actualizarla y para no ser tan extremadamente difícil de poner en escena. Son muchas las personas a quienes debo agradecer por el apoyo que me dieron y la fe que siempre tuvieron en este texto. En primer lugar debo agradecer a mi hermano Jaime Giordano y mi amigo Daniel Torres, los que siempre estuvieron apoyando este proyecto y alentándome a completarlo. Agradezco también a mi amiga Birgitta Frisk, quien conoció este texto desde sus primeros momentos y fue como mi musa inspiradora. Ojalá que nos volvamos a ver para mostrarle mi obra terminada. Enorme fue la ayuda de mi amigo Alberto Barruylle en la edición de este texto, tanto en su estructura como el contexto social y político que él conoció directamente. No encuentro cómo agradecerle su buena voluntad y lo mucho que aprecia mi obra. Finalmente debo agradecer a Jorge Vera, Helena Todt y Ernesto Muñoz, quienes organizaron las lecturas que di en Santiago (sin su ayuda, nunca hubiera podido hacerlo). Son muchas las personas que estuvieron cerca de este proyecto. Prefiero no dar más nombres para no cometer omisiones injustas e inevitables, pero a todos les doy muchas gracias de todo corazón.

En segundo lugar va el texto escrito de mi obra *Crónica de un sueño,* que fuera representada por Producciones Maldoror en un local de la calle San Martín, en Santiago de Chile. Se trataba de una primera versión que intentaba ser una comedia musical, aun cuando el texto exigía otra propuesta escénica. La música fue compuesta por José Miguel Marambio y grabada por el Conjunto UPA! Desafortunadamente la obra se estrenó en muy mal momento, agosto de 1986, y los toques de queda y la constante presión de informantes que vigilaban las funciones hicieron que el grupo se deshiciera antes de un mes. Actuó como agravante la mala recepción que tuvo de parte de un sector del ambiente teatral, llegando al extremo de crearse toda una red de detractores mucho antes de que se estrenara. Al retomar este texto sin manera de recuperar la música (la grabación desapareció junto con elementos escenográficos al ser saqueado el local durante la última semana), tuve la libertad de liberarme del esquema de comedia musical y reeditar el texto directamente como un drama. La música debe ser compuesta por los mismos actores durante la representación.

Las otras tres obras pertenecen a mi adolescencia y fueron escritas entre los años 1967 y 1969. *4,3,5,1,7,7* es un texto breve experimental. Fue presentada por el Club de Teatro de la Universidad de Concepción en 1970 y luego por el Conjunto Nuestro Teatro en Nueva York en 1974. Debo agradecer a Berta Quiero y Luz Castaños que me hayan dado la oportunidad de ver este texto en escena bajo su dirección.

Juguemos a un extraño juego (1968) está, junto a *El último pétalo de la Flor de Fango*, entre mis trabajos predilectos. Escrita en la línea de Jean Genet y Harold Pinter, nunca pudo ser puesta en escena, aunque hice lecturas dramatizadas y el texto escrito circuló extraoficialmente. Su escenificación era muy improbable a fines de los años 60 en Chile por su carácter abiertamente homo-erótico, su violencia implacable y por la dificultad de encontrar un reparto ya que los tres actores deberían ser de un mismo tipo físico, hasta el extremo de confundirse hacia el final de la obra. Fue crucial el apoyo que tuve de parte de mis amigos Domingo Robles, Edward Hyde, Alicia Muñoz, Pacián Martínez Elissetche y Alberto Barruylle, en la ciudad de Concepción, y Rolando Toro, Wera Zeller, Ramón García-Castro y Jorge Vera en Santiago. Sin el estímulo de estos grandes amigos, probablemente nunca hubiera terminado este texto.

Finalmente, *Juego a tres manos* surgió como alternativa a *Juguemos a un extraño juego,* por ser más factible su representación. Aun así fue un escándalo sin precedente en el medio teatral puesto que en el año 1969 todavía se consideraba la relación a trío entre dos hombres y una mujer como una aberración. Se presentaba la relación bi-sexual como perfectamente legítima y las escenas sensuales eran más directas de lo que el público podía tolerar. Debo citar a Rolando Toro quien comentara en esa época que la obra más escandalosa que había visto en su vida la había visto en Concepción (dicho, por supuesto, como algo positivo). Debo estar eternamente agradecido con Ximena Ramírez y Gustavo Sáez, tanto por el apoyo incondicional a mi trabajo, como por haber incluído esta obra en el repertorio del ex Teatro Independiente Caracol (hoy Teatro El Rostro). La dirección estuvo a cargo de Domingo Robles (Q.E.P.D) con quien siempre nos entendíamos muy bien en nuestras propuestas teatrales. Su dirección fue excelente y es una lástima que no haya podido ver esta obra publicada. El reparto fue muy difícil de encontrar, sobre todo para el personaje de Rodi, por las escenas homo-eróticas. Después de muchos intentos frustrados, el papel fue representado por Flavio Oyarzún del Club de Teatro de la Universidad de Concepción quien tampoco podrá ver la obra publicada en este libro (la última vez que supe de Flavio fue al aparecer en la lista de desaparecidos durante la dictadura). Quién estuvo incondicionalmente con nosotros desde que la obra empezara a ensayarse, fue Miriam Palacios cuando comenzaba su carrera teatral en Concepción. Su interpretación de Julia, el personaje femenino, fue excelente y constituyó uno de los puntos más fuertes del montaje. Si no hubiéramos contado con ella, probablemente la obra nunca se hubiera representado. Excelente actriz, excelente compañera de trabajo y gran amiga, Miriam no podrá ver este texto publicado puesto que su condición de Alzheimer está muy avanzada y no puede reconocer nada ni a nadie. Al reeditar este texto nunca pude apartar de mi mente el hecho de no contar más con ninguno de mis compañeros de reparto y la sensación de soledad frente a la computadora, en Ohio, ha sido sumamente fuerte. Debo agradecer aparte el apoyo que nos dieron Jorge Gajardo, Nilsa Selmann, Jaime Morales y Alberto Barruylle en la producción de esta obra. Muy en especial debo agradecer a mis amigos Jorge Vera, Wera Zeller y Rolando Toro, quienes viajaron a Concepción especialmente a ver el estreno de la obra. *Juego a tres manos* fue también representada en Nueva York en 1983 por el repertorio del Teatro Dúo, gracias a las gestiones realizadas por Virginia Arrea, Dolores Prida e Ilka Tanya Payán.

Para concluir, reitero las gracias a mi hermano Jaime Giordano, quien junto a Carmen Rita Rabell, ha hecho posible que mis textos sean publicados.

E.G.

EL ÚLTIMO PÉTALO DE LA FLOR DE FANGO

Melodrama en dos partes y un epílogo

AUNQUE ESTA OBRA ESTÁ INSPIRADA EN HECHOS Y PERSONAS REALES, LOS NOMBRES DE LOS PERSONAJES SON TOTALMENTE FICTICIOS. CUALQUIER PARECIDO CON LA REALIDAD ES PURA COINCIDENCIA.

PERSONAJES:

Flor de Fango (Enrique Cabrera, travestí), 23 años
Alejandro Schiavi (joven apuesto, estilo galán joven de TV, cuico), 21 años
Claudio Morales (estudiante de periodismo), 23 años
Willie Sanhueza Sanhueza (cesante, vive de la Flor de Fango), 22 años
Doña Luisa Chacón, viuda de Cabrera (madre de Enrique, "Flor de Fango.") 45 años
Lola Puñales (Juana—Juan-- Chinca, travestí, operada), 27 años
Heriberto Zavaleta (dueño del American Star), 48 años.
Ana María Fuentealba (estudiante de periodismo), 20 años
La Delfina de Viña (Martha de Guajardo, artista y prostituta), 31 años
La Bomba Atómica (Yolanta Montes, artista y prostituta), 34 años
El Ñato Sierra (Bernardo Sierra, cafiche, rufián, traficante, corruptor de menores), 25 años
El Car'e Muñeca (Omar Apolaya, cafiche, rufián, traficante, corruptor de menores), 31 años
Consuelo del Valle (periodista, novia de Alejandro Schiavi), 22 años
El pollo (Washington) Varela Griffo (exmúsico, disc jockey del bar), 58 años
Don Tránsito (ayudante y actividades múltiples en el American Star), 64 años
Personajes múltiples

I

EL ESCENARIO ESTÁ A OSCURAS.

ANTES DE COMENZAR LA OBRA SE ESCUCHAN LOS SONIDOS VERTIGINOSOS, RASGUEADOS Y DISCORDANTES DE CELLOS Y VIOLINES, PARA LO CUAL SE SUGIERE EL TANGO "PANIC" DE ASTOR PIAZZOLLA: http://www.youtube.com/watch?v=QjLFY1VWESM o http://www.youtube.com/watch?v=hMWTG-x8LsM

TERMINADO EL TANGO, SE OSCURECE LA SALA.

EN UNA PANTALLA AL FRENTE DEL ESCENARIO SE PROYECTA, A MODO DE INTRODUCCIÓN, UNA BREVE SELECCIÓN DE FOTOS Y PELÍCULAS DE SARA MONTIEL, DANDO ALGUNA BREVE INFORMACIÓN. TODO ESTO NO DEBERÍA DURAR MÁS DE TRES MINUTOS. ESTAS FOTOS PUEDEN SER MONTAJES DE LA MISMA PRODUCCIÓN O SACADAS DEL "*you tube*": http://www.youtube.com/watch?v=GdHYubdv4D8&feature=fvsr,FRAGMENTO http://www.youtube.com/watch?v=_DSZMEKOY5A&feature=related

O EL TRIBUTO CANTADO POR MARTA SÁNCHEZ "*La belleza*".
http://www.youtube.com/watch?v=xZ9VfqoSkjM&feature=fvwrel

TERMINADA ESTA INTRODUCCIÓN A SARA MONTIEL, SE PROYECTA EN LA PANTALLA EL SIGUIENTE LETRERO:

Santiago, Chile Junio, 1973

SOBRE LA MISMA PANTALLA SE PROYECTA UN PROGRAMA DE TELEVISIÓN DEL CANAL DE LA UNIVERSIDAD DE CHILE, EN BLANCO Y NEGRO. ANA MARÍA FUENTEALBA, LA PERIODISTA, ENTREVISTA A ENRIQUE CABRERA, ALIAS "LA FLOR DE FANGO".
ENRIQUE, TRAVESTÍ CONOCIDO, VA VESTIDO EN FORMA DISCRETA.

ANA MARÍA (A FLOR DE FANGO): Hay muchas actrices famosas hoy en día, ¿por qué Sara Montiel?
FLOR DE FANGO: No sé... Me gustan otras como Angélica María, pero Sarita sigue siendo la actriz que más me gusta. Es la mejor. Cuando chico vi *El último cuplé* de Sarita como veinte veces. La primera vez... no me voy a olvidar nunca... ¡lloré tanto! Sarita sentía como yo... era como yo... Cuando al final de la

película ella muere cantando al gran amor de su vida, yo pensé: "¡Sí, yo también quiero ser así, vivir el amor de esa manera tan profunda, llegar a morir de amor...!" Eso es lo más lindo de la vida.
ANA MARÍA: Dime, Flor de Fango... ¿Prefieres que te llame así?
FLOR DE FANGO: Sí, es mi nombre artístico.
ANA MARÍA: ¿Nunca has pensado que el público se va a reír a costa tuya?
FLOR (DESCONCERTADA): Bueno... no sé... Algunos se ríen, pero no todos. A los que se ríen no les hago caso... total son unos rotos sin cultura. ¡La mayor parte del público me aplaude harto!
ANA MARÍA: ¿Políticamente qué eres, Flor de Fango?
FLOR (PAUSA): No sé, yo no me meto en política.
ANA MARÍA: ¿No temes que haya un golpe militar o, peor, una guerra civil como temen muchos?
FLOR: Yo, de esas cosas, no sé nada.
ANA MARÍA: Pero alguna simpatía, alguna inclinación tendrás, supongo. Sobre todo en el momento histórico en que estamos viviendo.
FLOR: No, yo no creo en la política. Sólo quiero que todo el mundo sea feliz. Que todos se amen. Si todo el mundo se amara, no habría problemas en la vida. Todo el mundo estaría contento. Yo creo en eso. (BREVE PAUSA. ANA MARÍA SONRÍE).
ANA MARÍA: Está bien. (SE VUELVE AL TELESPECTADOR). Volvemos después de los anuncios.
OSCURIDAD.

El escenario puede concebirse como un juego de plataformas, idealmente cinco que puedan ir sugiriendo diversos lugares de acción. Frente a estas plataformas hay un espacio lleno de mesas de café donde tienen lugar algunas escenas. En estas mismas mesas puede haber también público propiamente tal, tratándose de dar la impresión de que todo está ocurriendo en el American Star. Una boite o café concierto pueden ser sitios adecuados para la representación de la obra, aunque también puede ser representada en un escenario tradicional. Todos los elementos escenográficos deben ser mínimos, recurriéndose al sonido, iluminación y la imaginación del director, los actores y el público.

EN LA PANTALLA SE PROYECTA UN LETRERO

Valparaíso, Chile
21 de mayo, 1975

SUBE LA PANTALLA Y SE ENCIENDEN LAS LUCES DEL ESPECTÁCULO. ESTE INTENTA SER DESLUMBRANTE, PERO NO PUEDE OCULTAR SU POBREZA.
SALEN LA DELFINA DE VIÑA, LA LOLA PUÑALES Y LA BOMBA ATÓMICA. CANTAN Y BAILAN EL TEMA DEL "*American Star, su casa*".

ENTRA ZAVALETA A ESCENA EN LA PLATAFORMA CENTRAL.

ZAVALETA: Aplausos, señoras y señores, aplausos a nuestras grandes estrellas que vienen a alegrar e iluminar las noches frías de nuestro océano Pacífico. (APLAUSOS). ¡Con ustedes esta noche, desde Concón, la fiera, la indomable Lola Puñales! (APLAUSOS. LOLA HACE UNA REVERENCIA). Y desde nuestro vecino Viña, la bella, la sofisticada, la inigualable Delfina de Viña! (APLAUSOS. ÍDEM). ¡Gracias, gracias! Desde el corazón mismo de la patria, desde Olmué, la generosa, la espectacular, la mega estrella… ¡La Bomba Atómica! (APLAUSOS. LA BOMBA SE VUELVE A SALUDAR Y SALE). Y para animar nuestro espectáculo con su técnica electrónica de acompañamiento musical, el incomparable, el indispensable… ¡Pollo Varela! (SEÑALA AL POLLO QUE SALUDA DESDE SU APARATILLO ELECTRÓNICO). Y seguimos con esta gran noche de gala en el lugar favorito de todo el mundo que tiene buen gusto…! ¡El…. Ameeeericaan Staaar!!! ¡Su casa!!! ¡Todos juntos! (EL PÚBLICO REPITE: ¡*Su casa*!!!). ¡¡¡El American Star!!!... ¡¡¡Su casa!!! (SALEN LA LOLA, DELFINA Y LA BOMBA). El lugar favorito para todo el mundo que tiene buen gusto, que sabe lo que es bueno! ¡El American Star! (JUNTO CON TODOS). ¡¡Su casa!!! La casa de todo el mundo que está INNNN!!!... Y esta noche, esta noche, señoras y señores, recuerden que el toque de queda se extiende hasta las 2 de la mañana. La casa los invita a quedarse hasta las seis. ¡Esta es la noche de las grandes sorpresas! Ahh… pero no se las vamos a dar todas, no. Se las daremos de a poquito, de a poquitito… (RISAS). Y para continuar, vuelve aquí con nosotros… la bella…

la sexi… la que para el tránsito… Con ustedes, ¡¡¡Delfina de Viña!!!
ENTRA LA DELFINA. ES UNA MUJER QUE VISTE LLAMATIVAMENTE TRATANDO DE SER ELEGANTE Y QUE TRATA INTENSAMENTE DE EMULAR A SILVIA PIÑEIRO.
GRANDES APLAUSOS. MÚSICA DE ORQUESTA MARCANDO LA ENTRADA.
DELFINA (CON EXAGERADO ENTUSIASMO. A ZAVALETA): ¡Me aman, Heriberto, me adoran! ¡Es que yo soy así, regia, regia y sofisticada!... (RISAS). Bueno, mis damas y caballeros… sobre todo los caballeros… Heriberto ZAVALETA y la que les habla, la Delfina de Viña, no de Valparaíso, de Viña… les damos las mejores de la bienvenidas. (LANZA UN BESO). Alegría en esta noche de luna llena, en *su* lugar: el American Star que de costumbre les ofrece una noche de sano esparcimiento. Les reitero que nuestra jornada es de toque a toque. Después de las seis, podremos volver a sentir en las calles la libertad, sentir que somos libres como el viento que recorre la ciudad.
DELFINA Y ZAVALETA. ¡El American Star!... ¡Su casa!... ¡El American Star!... ¡Su casa!...
ZAVALETA: Y ahora, damas y caballeros, la gran sorpresa de esta noche. Nunca sabremos las vueltas que tiene nuestra vida. Nunca sabremos las entradas y salidas en nuestro gran escenario del mundo.
DELFINA: Mis damas y caballeros, apelemos a nuestra propia sensibilidad y recordemos a aquella gran artista que saltara a la fama desde este mismo escenario, bajo estas mismas luces.

ZAVALETA: Recordemos a aquella artista que diera con nosotros sus primeros pasos en el mundo del espectáculo.
DELFINA: Recordemos a aquella artista que nos conmoviera con sus cuplés, los que en sus labios recreaban el prodigio de la inolvidable Sarita Montiel.
ZAVALETA: Nos referimos a nuestra gran artista que fuera injustamente acusada por un crimen que no había cometido. Ahora vuelve a nosotros limpia de toda culpa y con la cabeza en alto, a volvernos a regocijar de su voz maravillosa. Respetable público, ahora de vuelta con nosotros, les presentamos a la… ¡Flor de Fango!... ¡Sí, ni más ni menos que la grandiosa Flor de Fango!... (APLAUSOS DÉBILES, MURMULLOS).
MIENTRAS ZAVALETA Y LA DELFINA SE RETIRAN HACIA ATRÁS, ENRIQUE CABRERA CHACÓN --ALIAS *FLOR DE FANGO*-- ENTRA EN LA PLATAFORMA CENTRAL Y UN 'SPOT' DE LUZ CAE SOBRE SU FIGURA.
VISTE A LA MANERA DE SARA MONTIEL EN *EL ÚLTIMO CUPLE,* PERO ESTA VEZ NO SE HA MAQUILLADO Y NO LLEVA EL TRAJE BIEN PUESTO. NO SE HA CAMBIADO LAS ZAPATILLAS Y ESTAS TIENEN MANCHAS DE SANGRE. LA DELFINA Y ZAVALETA ESTÁN ESTUPEFACTOS Y NO HAYAN QUÉ HACER. POR UNA BAMBALINA SE VE A LA BOMBA Y LA LOLA QUE SE ASOMAN Y NO PUEDEN CREER LO QUE VEN. LA MIRADA DE FLOR DE FANGO ES TENEBROSA. ESTÁ PÁLIDA, DESENCAJADA. SU APARIENCIA Y SU ACTITUD PROVOCAN UN EFECTO TERRIBLEMENTE DISONANTE CON EL SITIO Y

EL ESPECTÁCULO. MIRA ENIGMÁTICAMENTE AL PÚBLICO. SE DIRIGE AL POLLO VARELA Y LE ORDENA: "¡Caminito!"[1] EL POLLO Y ZAVALETA SE MIRAN EXTRAÑADOS. FLOR INSISTE: "¡Caminito!" EL POLLO VARELA BUSCA LA CINTA. ZAVALETA SE VE PREOCUPADO Y DICE ALGO AL OÍDO DE LA DELFINA. EL POLLO PONE FINALMENTE LA CINTA MAGNETOFÓNICA Y EMPIEZA LA MÚSICA. FLOR COMIENZA A CANTAR, AUNQUE SU VOZ SE ADVIERTE GASTADA, COMO UNA FLOR MARCHITÁNDOSE.

FLOR DE FANGO: *Caminito que el tiempo ha borrado… /…que juntos unidos nos viste pasar… /…he venido por última vez… /…he venido a contarte mi mal…*

UN BORRACHO: ¿Puta que está cantando mal la huevona!?

OTRO: ¡Esa no es la Flor de Fango! (SEGUIDO DE OTROS COMENTARIOS).

OTRO: ¡Tramposa!

OTRO: Si eso es un tango, yo soy la Marilyn Monroe.

FLOR (CONTINÚA, PESE A LA REACCIÓN DESFAVORABLE): *Caminito que entonces estabas… /…bordado de trébol…* (DE ENTREMEDIO DEL PÚBLICO SALE LA *LOLA PUÑALES.* SEÑALA ACUSADORAMENTE A LA FLOR).

LOLA PUÑALES: ¡Ésa!… ¡Ésa fue la que mató a su madre!

ESTUPOR.

[1] Cantado por la versión de Sara Montiel: http://www.youtube.com/watch?v=-Tbvc9TRO8o

LA MÚSICA SIGUE POR UN MOMENTO HASTA INTERRUMPIRSE.
FLOR LA MIRA CON FURIA.
LOLA PUÑALES: ¡Hay que tener car'e raja para venirse a meter de nuevo aquí!... ¡Sáquenla del escenario y devuélvanla a la cárcel!
CONMOCIÓN ENTRE EL PÚBLICO. CHIFLIDOS. INSULTOS.
FLOR (DEJANDO DE CANTAR, ENFRENTA AL PÚBLICO): ¡Yo era una gran cantante! ¡Había cantado en las mejores boites de Chile. En Santiago, en Valparaíso, en Arica y hasta en Concepción y Talcahuano!... En todas partes me respetaban, me escuchaban con atención... ¡Ustedes, rotos ignorantes, no saben apreciar el trabajo de una artista!...
LE TIRAN VINO POR LA CABEZA, PISCOLAS, ESCUPOS, ETC.
FLOR SE MIRA TODA MOJADA. LANZA UNA TERRIBLE MIRADA DE FURIA.
LE CAE UN SÁNDWICH CON MAYONESA EN LA CARA. FLOR TOMA LOS RESTOS Y SE LOS TIRA DE VUELTA AL PÚBLICO.
FLOR: Si esta es la mierda que pueden producir, se las devuelvo, ahí la tienen. ¡Ustedes no son público, son basura! ¡Cafiches, matones, soplones, informantes, putas, viejos con plata que ni siquiera se les para!... ¡Cobardes, criminales, torturadores!...
GRITOS: ¡Marica! ¡Maricantunga! ¡Upelienta! ¡Comunista! ¡Tírate al Mapocho! ¡Ándate a jugar con la pichula de tu papi! (ETC.)

LA FLOR DE FANGO, SÚBITAMENTE, SACA UN REVÓLVER, LO ALZA EN EL AIRE Y APUNTA HACIA EL PÚBLICO.
PAUSA.
COMO UNA CEREMONIA RITUAL, DESCRIBE UN SEMICÍRCULO CON EL REVÓLVER PARA FINALMENTE DETENERSE APUNTANDO A SU PROPIA SIEN.
SILENCIO EXPECTANTE. PAUSA TENSA.
SE DISPARA.
CAE MUERTA.
SILENCIO TERRIBLE SEGUIDO DE CONMOCIÓN GENERAL.
LA DELFINA (PRECIPITÁNDOSE SOBRE EL CUERPO): ¡No, Florcita! ¡No!
SALEN ZAVALETA, LA BOMBA, EL WILLIE Y PARTE DEL PÚBLICO. CONMOCIÓN GENERAL.
LOLA PUÑALES: ¡Yo siempre dije que iba a terminar así!
WILLIE: ¡Y te callái, loca pelienta!
LA BOMBA: ¡Ten un mínimo de decencia!
LUEGO DE UN SILENCIO DE CONSTERNACIÓN, HERIBERTO ZAVALETA SE LEVANTA Y SE DIRIGE AL PÚBLICO.
ZAVALETA: Damas, caballeros... Flor de Fango, la única, la inigualable Flor de Fango... ha cantado su última canción. (SILENCIO. OSCURIDAD).

BAJA LA PANTALLA AL FRENTE DEL ESCENARIO. ES UN NOTICIARIO DEL CANAL NACIONAL EN EL QUE *CONSUELO DEL VALLE* INFORMA A LOS TELEVIDENTES DEL SUICIDIO

DE FLOR DE FANGO. SEÑALA EL HECHO DE QUE LA FLOR DE FANGO HABÍA SIDO LA PRIMERA SOSPECHOSA EN EL ASESINATO DE SU MADRE, PERO QUE LUEGO FUE DECLARADA INOCENTE. CUESTIONA ASI LA POSIBILIDAD DE QUE ACTUARA LLEVADA POR EL REMORDIMIENTO. FINALMENTE INFORMA QUE AQUEL ASESINATO PARECE HABER SIDO COMETIDO POR MIEMBROS DE LA PROPIA ORIENTACIÓN POLÍTICA DE DOÑA LUISA, EL PARTIDO COMUNISTA.
SE APAGA LA IMAGEN Y SUBE LA PANTALLA.

LUZ SOBRE LA MESA DONDE ESTÁ EL WILLIE TOTALMENTE BORRACHO DISCUTIENDO CON LA LOLA PUÑALES Y OTROS MIEMBROS DEL AMERICAN STAR.
WILLIE: ¡Y que nadie se atreva a decir nada en contra de la Flor de Fango! ¡Nadie!... La Florcita nunca le hizo mal al prójimo. Era buena. ¡Buena! Si de puro buena llegaba a ser tonta, la pobre... lo que pasó fue pura fatalidad, no más.
LOLA: Ahí tienen... Ahora le bajó la ternura al culiao. Salta pa'l lao, huevón. Si a la Flor la conocíamos bien nosotras. Era mala, harto mala... Si odiaba hasta a su propia madre.
WILLIE: ¡Nadie la conocía mejor que yo! Yo a la Florcita la quería... la quería como hombre que soy... Me dio lo que ninguna, ninguna mujer me pudo dar.

LOLA: ¡La media gracia! Si te mantenía... y con la escasez de hombres que hay.
DELFINA: Déjalo tranquilo, está borracho el pobre.
WILLIE: ¡Lo que ninguna mujer me pudo dar!... Y tenía tan buen poto[2]... Un potito suave, flexible, redondito... ¡Daba gusto metérselo! ¡Cómo me hizo gozar el culiao!... Y era cariñoso, harto cariñoso también. Por la Flor yo me saco el sombrero y la recordaré siempre con muchísimo respeto. (CAE LA LUZ SOBRE UNA MESA DONDE ESTÁN EL ÑATO SIERRA Y EL CARA'E MUÑECA): Nunca me voy a olvidar de la noche que la conocí. Era el Año Nuevo del 71. Con el Ñato Sierra, el Car'e Muñeca y otro compadre estábamos aquí mismo tomándonos unas cervezas cuando la Flor salió cantando.
RISAS DEL ÑATO Y EL CAR'E MUÑECA. SE LES ACERCA EL WILLIE.
EN LA PLATAFORMA PRINCIPAL ENTRA LA FLOR DE FANGO VESTIDA COMO LA BELLA CHARITO EN "La reina del Chantecler". CANTA: *¡Tápame, tápame, tápame... que tengo frío!* (ETC.)
EL ÑATO SIERRA Y EL CAR'E MUÑECA (AVIVANDO A FLOR): ¡Eso m'hijita! ¡Muévalo! ¡Muévalo! ¡Véngase p'acá m'hijita que la tapamos al tiro!
FLOR SIGUE BAILANDO Y CANTANDO.
WILLIE (ENTUSIASMADO. A SUS COMPAÑEROS DE MESA): ¡A ésta yo se lo meto por el chico! (RISAS. FLOR LE TIRA UN CHAL. WILLIE LO RECOJE). Me la llevo esta misma noche y me la culeo bien culiá.

[2] Chilenismo para "culo." También se usa en el Perú.

ÑATO SIERRA: ¿Ah, sí? (RIENDO). Ándese despacito, compadre.
WILLIE: ¡Se lo meto hasta el fondo y la hago llorar, cumpa!
ÑATO: ¿Por qué no te volvís a tu barrio y te culiái a la Pendorcha, mejor?
CARA'E MUÑECA: Déjelo, no más, mi amigo. Ya debe estar requetecabriao con la Pendorcha.
FLOR HA BAJADO A LAS MESAS, HACE UNA PAUSA, TOMA EL CIGARRILLO DEL WILLIE, LO FUMA Y LE LANZA EL HUMO EN LA CARA. TERMINA LAS ÚLTIMAS LÍNEAS DE "*¡Tápame, que tengo frío*!"
SALE EN MEDIO DE APLAUSOS Y CHIFLIDOS.
DESDE LA CORTINA, FLOR LE DICE AL WILLIE: *¡Tápame…!* SALE.
WILLIE: A ésta me la mando gratis. (SE LEVANTA Y SALE ENTRE LAS RISAS DE SUS COMPAÑEROS).
CARA'E MUÑECA: Cuidado, amigo, que se va a llevar una sorpresita. (SIGUEN RIENDO).
LUZ EN LA PLATAFORMA DONDE ESTÁ EL CAMARÍN DE FLOR QUE ESTÁ ARREGLÁNDOSE EL MAQUILLAJE.
WILLIE ENTRA BRUSCAMENTE. SE DETIENE EN LA PUERTA.
CON LA MANTILLA EN LA MANO, FLOR LO MIRA CON PICARDÍA.
FLOR: ¿Vienes a taparme?...
WILLIE (LANZÁNDOSE BRUSCAMENTE SOBRE ELLA, LA BESA Y LA MANOSEA CON TORPEZA): ¡M'hijita!... ¡M'hijita rica!...

FLOR (MOLESTA): ¡Así no!... ¡No seas roto! ¡Suéltame!... (LOGRA DESHACERSE DE ÉL. LO EMPUJA A UN LADO. SOFOCADA) ¡Usted no sabe hacer las cosas, mi lindo!... ¡Así no se trata a una dama! (SE INCORPORA. HACE A UN LADO AL WILLIE). ¡Necesito ponerme cómoda! (SE ABRE EL CORPIÑO Y SE SUELTA LOS SENOS). ¡Ya me estaba ahogando con estas tetas!

WILLIE (MIRÁNDOLA ESPANTADO): ¡Ah, chucha!... ¡Erís hombre!

FLOR: ¿Y qué tiene? ¿Le sorprende? Usted no sabe nada de la vida, mi lindo.

WILLIE: No, si a mí la huevá ésta no me gusta ná, poh...

FLOR: Pero si no quiero hacerte daño, mi vida...

WILLIE: ¡No, no, no, suéltame! ¡Yo me voy!

FLOR: No seas malito, ¿me vas a dejar aquí tan solita...?

WILLIE: ¡Ya, suéltame...! Si a mí me gustan las minas...!

FLOR (LE PASA UNA MANO POR LA PIERNA, ATRAYÉNDOLO A SÍ. LE SUSURRA EL CUPLÉ): *...chiquillo vente conmigo... no quiero para pegarte, mi vida...*

WILLIE: ¡Ya, suelta te están diciendo!...

FLOR (AGARRÁNDOLE FIRMEMENTE EL MARRUECO)[3]: ¡Hmm... *ya sabes pa lo que digo!...* (LE BAJA EL CIERRE DEL MARRUECO DE UN TIRÓN. LE METE LA MANO).

WILLIE: ¡Y no me agarrís el pico[4], maricón culiao!...

---

[3] Expresión chilena para *bragueta*.

FLOR (SIGUIENDO LA MELODÍA): *¡Y ven!... ¡Y ven!... ¡Y ven!...* (LE BAJA LOS PANTALONES Y LOS CALZONCILLOS BAJO LAS RODILLAS. LO EMPIEZA A CHUPAR).
WILLIE: Ya, ya, no... Suelta, suelta... (PAUSA). ¡Ah, chucha...! ¡Chucha!... ¡Ya déjate, huevón...! ¡Suelta...! (OTRA PAUSA). ¡Mierda!... ¡Las rechuchas!... (PAUSA). ¡Lo hacís bien huevón! Pero la huevá esta a mí no me gusta!... ¡Ah, chucha! ¡Ah...ah...! (PAUSA). ¡Eso!... ¡Eso...! ¡Sí, viejito!... ¡Métetela toda p'a adentro!... ¡Sí, así mismito!... ¡Todo p'a ti, chiporrito!.. ¡Chupa más fuerte... así!... ¡Ah, chucha!... ¡Ay...! (PAUSA). Esto no se lo vai a contar a nadie... Esto se queda entre compadres, no más... ¡Ah, sí, más p'adentro, más p'adentro... ¡Mételo todo!... ¡Todo!... ¡Ah, chucha...! ¡Ah, chucha!... que voy a acabar... ¡Ah.. ah... ah! *¡AAAAAAAHHHH...!* (PAUSA). ¡Te pasaste...!
APAGÓN.

CAE LA LUZ SOBRE UN RINCÓN DONDE LA BOMBA Y LA DELFINA COPUCHEAN:
LA BOMBA: ¡Guachita, no sabís na!... Te tengo que contar una....
DELFINA: ¿Qué pasó, muchacha por Dios?
LA BOMBA: Hoy, cuando venía en el bus...
DELFINA: ¿De Olmué?
LA BOMBA: Y claro, pues m'ijita, ¿de dónde más? Con lo caro que están los pasajes.
DELFINA: Pero cuenta, puh m'hijita, cuenta.

---

[4] Expresión chilena vulgar para *pene* (equivale a *polla, pija, pinga, etc.*)

LA BOMBA: Me encontré con la Emelina, ésa que trabajaba donde el maricón Juan.
DELFINA: ¿Y?
LA BOMBA: Fíjate que me contó que la Poto de Oro desapareció hace como tres semanas atrás.
DELFINA: ¡No te lo puedo...! Se habrá ido con un cliente con plata....
LA BOMBA: ¡Qué mujer, de dónde!... Pero eso no es todo...
DELFINA: ¿Qué? ¿Hay más?
LA BOMBA: ¡Claro que hay más! La Emelina me contó que había escuchado en las noticias de esta mañana que la habían encontrado muerta en el Marga-Marga. ¿Cuándo se va a acabar tanta desgracia digo yo?...
DELFINA: ¡Pero si el Marga-Marga está casi seco! ¡Ni tú te podrías ahogar ahí!... ¡Pobre Poto de Oro que nunca le había hecho mal a nadie! ¡Dios nos libre! ¡Lo que tiene una que oír! ¡Es para caerse muerta ahí mismo!
LA BOMBA: Fíjate que por las noticias dijeron que le habían abierto la guata de un solo tajo de lado a lado.
DELFINA (HORRORIZADA): ¡Virgen del Perpetuo Socorro!
LA BOMBA: ¡Chist!... Baja la voz que nos están sapeando.[5]
CAE LUZ SOBRE UNA MESA VISIBLE DEL CABARET.
VEMOS A *ALEJANDRO SCHIAVI* ENSIMISMADO Y CON UNA BOTELLA DE CERVEZA EN LA MANO.

---

[5] Mirando inquisitivamente.

SE EXPANDE LA LUZ Y VEMOS A LA LOLA PUÑALES QUE SE LE ACERCA.
ALEJANDRO (A LOLA): No me quiere, Lola. Flor de Fango no me quiere... (SE LE LLENAN LOS OJOS DE LÁGRIMAS).
LOLA: Pobrecillo... ¿No se da cuenta de que esa mujerzuela no es para usted?
ALEJANDRO: Pero yo la quiero... Si es que no me puedo pasar ni un minuto sin pensar en ella... (ROMPE A LLORAR).
LOLA (SE LE SIENTA AL LADO Y LO ABRAZA): Ya, llore no más m'hijito. Desahóguese. Para eso tiene a su mamita que lo cuide. (MECIÉNDOLO) *Sana, sana, potito de rana. Si no sana hoy, sanará mañana.*
ALEJANDRO: Anoche traté de cortarme las venas.
LOLA: ¡Pero habráse visto? ¿Y por la Flor de Fango? Si usted tiene toda una vida por delante.
ALEJANDRO: Sin la Flor yo no puedo seguir viviendo...
LOLA: Mi niño lindo, si lo que usted necesita es una mujer como yo, que lo comprenda y que lo cuide. No esa farsante.
POR UN COSTADO ENTRA FLOR DE FANGO. LLEVA LA MANO A LA CINTURA Y MIRA CON DESPRECIO A ALEJANDRO. PARECE UNA MAJA SEVILLANA.
FLOR: Bien dicen que a la que nunca quiso críos, los críos le salen hasta en la sopa. Pío, pío, pío, ay, mi Dios. Sólo los muy hombres pueden con una hembra como yo. (AL ÑATO SIERRA EN UNA MESA CONTIGUA). Hombres de veras y muy majos, como el tío éste que buena estampa tiene. Buen empuje y mucho. (RISAS

DE SUS COMPAÑEROS. A LOLA): Que yo, por las mañanas amanezco mojada, pero no meada. (RISAS DE LA CONCURRENCIA). Y a la que le venga el sayo que se lo ponga. (AL ÑATO): Vamos, guapo. (SALEN).

LOLA (AL WILLIE): La Flor no tenía sentimientos. Lo hizo a propósito y bien ensayado que se lo tenía la muy puta. ¡Era de mala leche la huevona! ¡Por eso es que mató a su propia madre!

WILLIE: Era buena la Florcita, harto buena. Y nunca mató a nadie. Lo que pasa es que el tipo ése, el Alejandro Schiavi, jugó con ella y le jugó sucio.

LOLA: No, fue al revés. Ella fue la que jugó con él,

WILLIE: Cuando pienso en que pude salvarla…

LOLA: ¡Tshe!... ¿Y ahora te vai a poner a llorar?

WILLIE: Ustedes le tenían envidia, porque era mucho más mujer que todas ustedes juntas!...

POR UNA PLATAFORMA DEL FONDO ENTRAN FLOR Y EL ÑATO SIERRA. EL ÑATO SIERRA LA TIENE BRUTALMENTE AGARRADA Y ELLA LUCHA POR ZAFARSE. EL ÑATO SIERRA LE DA UN VIOLENTA BOFETADA. FLOR GRITA. ÉL LE DA DOS BOFETADAS MÁS Y LA FLOR CAE AL SUELO.

ÑATO: ¡Y no te vengái a hacer el cartucho! ¡A mí no me vai a salir con huevás! ¡Suelta el poto, conchetumadre! (DA VUELTAS A FLOR, LA TUMBA EN EL PISO, LE DESNUDA LAS NALGAS). ¡Así… así es como me gustái, huevón.. así, con el culito bien puesto, listito… (LE DA VIOLENTAS NALGADAS Y FINALMENTE LE ABRE EL TRASERO). ¡Te voy a hacer zumbar,

loca de mierda!... (LE TIRA UN ESCUPO). ¡Ahora vai a saber lo que es un hombre!
ALEJANDRO SCHIAVI APARECE EN LA PLATAFORMA. AGARRA AL ÑATO SIERRA DEL CUELLO.
ALEJANDRO: ¡Suéltala!
ÑATO: ¡Ah! ¿Vos también sos maricón?...
ALEJANDRO: ¡Suéltala!
EL ÑATO SUELTA A FLOR E INTENTA DARLE UN PUÑETAZO A ALEJANDRO. ESTE LO ESQUIVA Y LE HACE UNA VIOLENTA LLAVE DE KARATE Y LO LANZA POR EL SUELO.
ÑATO: ¡Mocoso de mierda...! ¡Te voy a enseñarte...!
ALEJANDRO LE DA UN VIOLENTO PUÑETAZO EN EL ESTÓMAGO Y OTRO EN LA MANDÍBULA. EL ÑATO CAE AL SUELO. ALEJANDRO LO AGARRA, LE TUERCE UN BRAZO Y LO INMOVILIZA. LO PONE DE RODILLAS.
ALEJANDRO: ¡Pídele perdón a la señorita! ¡Pídele perdón!
WILLIE (DESDE LOS BANCOS DE LA PLATEA): ¡No, si eso no fue así! ¡Son puras mentiras, si esa noche a la Flor se la violaron entre los dos y otro gallo más!... ¡No fue así!
LOLA: ¡Sí, así fue! ¡Igualito como te lo estoy contando! ¡Es como si lo estuviera viendo ahora mismo!
ALEJANDRO: ¡Pídele perdón!
ÑATO: Perdón...
ALEJANDRO: ¡Más fuerte!
ÑATO: ¡Perdón!
ALEJANDRO: Perdón ¿qué?
ÑATO: Perdón, señorita.

ALEJANDRO: ¡Pa' que aprendái a tratar a las damas, roto de mierda! (PATADA EN EL TRASERO). ¡Pa' que aprendái a no dártelas de choro![6] ¡Y ahora te fuiste!
FLOR SE VA EMOCIONADA A SU CAMARÍN EN LA PLATAFORMA CONTIGUA.
ALEJANDRO VA SACANDO DE A PATADAS AL ÑATO DEL ESCENARIO. SE DETIENE EXCITADO Y SE SECA EL SUDOR DE LA FRENTE. MIRA HACIA EL CAMERINO Y VA HACIA ÉL.
FLOR DE FANGO (AL VER ENTRAR A ALEJANDRO): ¡Usté..!...
FLOR (NERVIOSA DE EMOCIÓN. ALEGRE, LA SITUACIÓN PARECE EXCEDER LO QUE ELLA PUEDE CONTROLAR). Usté... Nunca pensé que vendría a mi camarín. Estoy tan emocionada. (SE ARROJA A LOS PIES DE ALEJANDRO, LO ABRAZA Y LE DA UN INTENSO BESO EN LA BRAGUETA).[7]
PAUSA TENSA.
ALEJANDRO: Así es que tú eres la Flor de Fango. La famosa Flor de Fango. Me costó mucho atreverme a subir. Me faltaba el valor... hasta que vi al hijo de puta del Ñato Sierra...
FLOR: Usté es mi héroe, mi pequeño héroe. ¡Lo voy a amar toda la vida!
LOLA (APARTE): ¡Puta, la huevona hipócrita!
FLOR: Yo lo voy a amar a usted como se merece. Se lo daré todo...
ALEJANDRO: Usted debe tener todos los hombres que quiera.

---

[6] Astuto, valiente.

[7] Marrueco.

FLOR: No, casi nunca es así... La vida de una cantante no siempre es tan feliz como la gente cree.
ALEJANDRO: Estaba usted maravillosa en ese escenario.
FLOR: ¿Sí...? (SONRÍE NERVIOSA). ¿Eso no se lo dirá usted a todas?
ALEJANDRO: No, Flor... tú eres diferente.
FLOR: Pero... usté tan jovencito... debe ya tener todas las mujeres que quiera...
ALEJANDRO LA BESA PROFUNDAMENTE COMO EN UNA PELÍCULA DE HOLLYWOOD.
PAUSA.
ALEJANDRO: Flor... ¿Qué misterio hay en el fondo de tus ojos?
FLOR: ¿Ah...? (PARECE DESFALLECER).
ALEJANDRO: ¿Te sientes bien?
FLOR: Es que... es que nunca me habían dicho una cosa así...
ALEJANDRO: Mi pobre pajarito asustado. Mi golondrina de primavera. (FLOR ROMPE A LLORAR). ¿Qué le pasa mi amor?...
FLOR (EN UN ARREBATO DE SINCERIDAD): ¿Y qué voy a ser una artista yo? Si ni siquiera sé cantar. Y este bar vienen puros picantes... puros borrachos...
ALEJANDRO: No les haga caso. Vine por ti. ¿Qué otra cosa podría hacer aquí un hombre como yo? (PAUSA). ¡Te amo, Flor de Fango! (LA VUELVE A BESAR).
SE OSCURECE LA PLATAFORMA.
FLOR: ¡Mentira...! ¡Mentira...! ¡Mentira...!
WILLIE: Así mismito fue. La engatusó hasta que pudo hacer con ella lo que quiso. A la mañana siguiente le mandó un ramo de flores.

APARECE DON TRÁNSITO CON UN RAMO DE ROSAS ROJAS.
DON TRÁNSITO: Señorita Lola Puñales, un ramo de rosas rojas para usted.
LOLA (EMOCIONADÍSIMA): ¿Sí? ¿Para mí?... ¡Qué lindas...! Y con una tarjeta... ¡Qué emoción...! (LA LEE). Mi amor nunca olvidaré la noche que pasamos juntos. Te amaré por toda la vida y siempre serás para mí la bella, la enigmática... (LOLA SE PONE LÍBIDA). Flor de Fango... Don Tránsito, estas flores no son para mí! (LE TIRA EL RAMO POR LA CABEZA). ¡Son para la Flor de Fango!
FLOR (APARECIENDO): ¿Flores... para mí? (SE LANZA SOBRE EL RAMO EN EL SUELO. LEE LA NOTA). ¡Alejandro, mi amor!... ¡Ay, Virgencita del Perpetuo Socorro!... ¡Me ama!... ¡Me ama y me manda flores!... ¡Es demasiada alegría para mí!... (EMPIEZA A DESHOJAR UNA ROSA). Me quiere mucho, poquito, nada... mucho, poquito, nada... ¡Mucho!... (LANZA LAS FLORES POR EL AIRE. MÚSICA. CANTA). *En cuanto le vi yo me dije para mí: es mi hombre.* (ETC.)
TERMINA EL ESTRIBILLO Y SALE.
APLAUSOS.
OSCURIDAD.

WILLIE (A LOLA): Ese gallo nunca estuvo enamorado de la Flor. Era una cara dura, yo lo conozco bien.
LOLA: Fue ella la que jugó con él. Como si no lo voy a saber yo. Todas las veces que el Lolo venía angustiado a que yo lo consolara...

DELFINA: Lo estás inventando, Lolita. Si no somos tontas.
LUZ EN UNA PLATAFORMA.
FLOR ESTÁ RECLINADA EN EL PECHO DE ALEJANDRO.
FLOR: Ojalá que esta noche no se acabara nunca. (ALEJANDRO LA ACARICIA). Nunca me había sentido tan feliz… Nunca un hombre me había hecho sentir así... Nadie me dijo todo lo que tú me dijiste mientras me hacías el amor. (ALEJANDRO RÍE). No, Alejandro, no te rías de mí. Es que contigo he conocido el amor verdadero.
ALEJANDRO: ¿Y de veras estás enamorada de mí?
FLOR: ¡Con todo mi ser! ¿Y tú… me amas?
ALEJANDRO SUELTA UNA RISOTADA.
ALEJANDRO (CRUEL): ¡Ah, puta la huevá! (SIGUE RIENDO. SILENCIO DE FLOR). ¿Y qué, te enojaste? Escucha, Florcita, no me enamoro de ti como no me enamoro de nadie. Ya sabís, ph, yo soy así.
FLOR: Eres un cara dura. Pero no importa porque yo te quiero igual. (SE LANZA SOBRE EL CUELLO DE ALEJANDRO. LO ACARICIA Y LO BESA EFUSIVAMENTE).
ALEJANDRO (SOLTÁNDOSE): Bueno, bueno. Te veo otro día.
FLOR: Pero no te vayái tan rápido. Todavía no es tan tarde.
ALEJANDRO: No puedo. Tengo que llegar antes del toque de queda.
FLOR: ¿Y por qué no te quedái a pasar la noche aquí?
ALEJANDRO: Te digo que no puedo.

FLOR: Pero ¿no dijiste que tenías permiso policial para salir de noche?
ALEJANDRO: Sí, pero tengo cosas importantes que hacer. (FLOR LE LLEVA LA MANO A LA BRAGUETA Y LA ACARICIA AGRESIVAMENTE). ¡Ya, ya no, no te pongas pesadita que me tengo que ir al tiro!
FLOR (TEATRAL): No quiero hacerte daño, mi vida. Sólo quiero sentirte dentro de mí.
ALEJANDRO (SOLTÁNDOSE ENÉRGICAMENTE): ¡Déjame las bolas en paz! (PAUSA. SE DISPONE A SALIR). Te culeo[8] el miércoles. (SALE).
OSCURIDAD
LOLA (AL WILLIE): ¡Eso lo estái inventando voh! ¡Alejandro era un ángel!... Tan inocente… Yo le había dicho a la huevona que fui yo la que lo vi primero. Pero claro, a la yegua esa no le importan los sentimientos ajenos, lo único que le importa es el pico. Y claro, el Lolo lo tenía así… (HACE UN GESTO GROSERO). Harto más grande que el tuyo. La Flor y yo lo conocimos juntas cuando fuimos a ver "La reina del Chantecler" de la Sarita Montiel. Antes de que empezara la película lo vi entrar. Yo lo vi primero porque a Florcita estaba en el *guáter* haciendo pichí. ¡Puchas que era lindo el Lolo! Era un ángel… ¡Qué se va a fijar en una, dije yo! Y me lo pasé mirando para el otro lado porque las lágrimas se me caían… (PAUSA). ¡Pero, claro, a esa huevona cachera que le importaba!...
DELFINA: Pero, Lola, ¿para qué desenterrar el pasado?

[8] Del verbo ¨culear. "Chilenismo para ¨follar¨o ¨zingar.¨"

LOLA: Conmigo hubiera sido tan feliz... En cambio con ésa...
CAE LA LUZ SOBRE LA PLATAFORMA DEL CAMARÍN.
FLOR ESTÁ JUNTO AL TOCADOR.
FLOR (OBSERVÁNDOSE EN EL TOCADOR): *Nena, me decía loco de pasión, Nena, que mi vida llenas de ilusión, deja que ponga con embeleso junto a tus labios la llama divina de un beso.*
ALEJANDRO (AHORA TÍMIDO, EN CONTRASTE CON LA IMAGEN ANTERIOR): ¿A qué hora volvís esta noche?
FLOR: *Un día en sus ojos la fiebre brillaba...*
ALEJANDRO: No me gusta que te demorís con los huevones del American.
FLOR: Es que así pasa con las grandes estrellas.
ALEJANDRO: Pero tú no eres una gran estrella.
FLOR: ¿Cómo que no? ¡Chiquillo insolente!...
ALEJANDRO: Claro que no. A vos no te conoce nadie.
FLOR: He cantado en todas las ciudades del país, desde Arica a Punta Arenas, incluyendo Santiago, hasta que llegué hasta el puerto, llena de gloria. Lo que pasa es que la fama no se me ha subido a la cabeza. Es por mi modestia, mi natural y espontánea falta de pretensión que mocosos insolentes como tú se atreven a insultarme.
ALEJANDRO: Ya, puh... No te enojís...
FLOR: ¿Cómo no me voy a enojar? Lo que pasa es que te falta mundo para poder apreciar a una verdadera artista. (ALEJANDRO TRATA DE BESARLO CON TORPEZA). ¡Eso es! ¿Viste? Se me corrió la pintura, me veo sencillamente atroz. ¡Pídeme perdón! (PAUSA). ¡He dicho que me pidas perdón!

ALEJANDRO: Perdona…
FLOR: De rodillas.
ALEJANDRO (SE ARRODILLA): Perdóname.
FLOR: Bueno, está bien. Levántate y dame un beso. (ALEJANDRO SE LEVANTA Y LA BESA EN EL CUELLO. SE APASIONA). ¡Suficiente! ¡He dicho suficiente! ¡Me vas a arruinar el maquillaje. (ALEJANDRO INSISTE). ¡Me estás arrugando el vestido! ¡Se me están soltando las tetas!... ¡Suéltame!... (LE DA A ALEJANDRO UNA VIOLENTA BOFETADA). Esta noche, m'hijito, no hay cama. Me voy con un teniente de carabineros que hace tiempo que me está tratando de conseguir.
ALEJANDRO: Florcita, por favor…
FLOR (VA A SALIR): Tu amor me aburre, me pone histérica. (SALE DANDO UN PORTAZO).
OSCURIDAD.
DELFINA (SEÑALA A LOLA): Lo que pasa es que esta huevona siempre le tuvo envidia. Siempre, Lola, porque nunca pudiste tener los hombres que tuvo ella.
LOLA: ¿Y de dónde saliste vos? Menos hombres habrís tenido tú que no te culean ni los perros.
DELFINA: ¡Eso sí que no te lo voy a aguantar!
LOLA: ¿Y qué me tenís que aguantar vos a mí, chucha de mala muerte? ¿Te creís que porque eres mujer nos vai a mirar en menos. Yo también soy mujer. Me operaron. (SE LEVANTA LA FALDA). ¡Si querís, te muestro!
DELFINA: ¡Asujétenme que la mato! (SE VA A LANZAR SOBRE LOLA).[9]

[9] Delfina de Viña, al igual ue la Bomba Atómica, es mujer y no travesti.

BOMBA ATÓMICA (DETENIÉNDOLA): ¡Mujer, por Dios, no te acrimines!...
DELFINA: ¡Nunca en mi vida me habían insultado de esa manera!... ¡Menos una podá[10] como ella que no sirve pa' ná'!
LOLA: En su vida, la pendeja... Y más encima viene a calumniarla a una. ¡Yo, como que me llamo Lola Puñales que cuento las cosas como son!
BOMBA (A DELFINA): ¡Cálmate, Delfina, no le hagái caso!...
DELFINA (SOLLOZANDO): Siempre nos preguntamos ¿cómo es que un muchacho como el Lolo ése ande detrás de una loca como la Floripondia?... Para nada bueno tenía que ser...
LUZ EN OTRA MESA DONDE ESTÁ SENTADA FLOR. EL WILLIE SE LE ACERCA.
WILLIE: Ese gallo es chueco, no te conviene.
FLOR: Y vos, ¿qué sabís?
WILLIE: Me lo conozco bien. En nada bueno tiene que andar.
FLOR: No importa, yo lo amo igual.
WILLIE: Tiene una novia, una *pituca*[11] con un convertible rojo. Los veo siempre por el centro. La otra noche los vi atracando en el puerto.
FLOR: Y bueno, él es así. Puede salir con todas las mujeres que quiera. Conmigo es diferente.
WILLIE: Y no sabíai que con el Ñato Sierra se van en las tardes a la salida de la escuela secundaria a buscar a niñitas de 15 y 16 años. Las engatusan y se la llevan al

[10] Castrada (insultante).

[11] Cuica. De clase alta (o casi).

yate de Alejandro. Ahí hacen de todo con ellas. No seái huevón, Enrique. Vos sabís muy bien que no puede estar enamorado de ti.
FLOR: Sí que me quiere. Una mujer siempre se da cuenta de eso.
WILLIE: Ese gallo es de Patria y Libertad. Y es muy probable que ni siquiera se llame Alejandro Schiavi… Él fue uno de los que apalearon al estudiante de medicina la semana pasada. Como decían que las entendía le metieron una botella rota por el culo y lo dejaron desangrándose.
FLOR: Eso no puede ser cierto.
WILLIE: ¡Te lo repito: No te metái con ese huevón!
FLOR: Le tienes celos, le tienes envidia porque es rico, porque vive en Las Condes, porque es más bonito que tú. Porque es fino, ¡no un pobre roto de mierda! (WILLIE LE DA UNA BOFETADA). ¡Me ama, me desea, me desea con locura!... Y yo también lo amo. ¡Lo amo!
WILLIE: Ándate con harto cuidado, Enrique.
APARECEN EL ÑATO SIERRA Y EL CAR'E MUÑECA.
ÑATO: ¿Hay algún problema por aquí?
WILLIE: No, ninguno.
CAR'E MUÑECA: ¿El tipo éste la está molestando?
FLOR: No, está bien… No hay problema. Con permiso. (SALE).
LOS DOS RUFIANES SE SIENTAN EN LA MESA.
ÑATO: ¿Y cómo va el negocio, cumpa?
WILLIE: Bien. (PAUSA). Vos ya sabís, puh? ¿Pa qué preguntái?
CAR'E MUÑECA. Vos sabrís por qué, puh…

WILLIE: Si es por la Flor de Fango, el negocio es mío.
CAR'E MUÑECA: Ándate con cuidado, Willie.
WILLIE: ¿Me estái amenazando?
CAR'E MUÑECA: Si te quedái tranquilo y no te metís en lo que no te importa, no te va a pasar nada. No te vamos a matar la gallina de los huevos de oro. (SE VA JUNTO CON EL ÑATO, DÁNDOLE A WILLIE UN PAR DE PALMADITAS EN LA ESPALDA).
LOLA (A WILLIE): Con eso lo único que probái es que sos un cobarde.
WILLIE: No sabís na' quien es el Car'e Muñeca. No sabís na de lo que son capaces esos mafiosos. (PAUSA). Yo estaba seguro de que la Florcita andaba en malos pasos. Ahora ya sé que era tarde para salvarla. ¡Ya estaba empotá con el Lolo!...
LUZ EN UNA PLATAFORMA.
AHORA ES EL YATE DE ALEJANDRO Y SE VEN EL MAR Y VALPARAÍSO EN EL CREPÚSCULO.
MÚSICA DEL BOLERO: *"Contigo en la distancia"*.
FLOR DE FANGO Y ALEJANDRO BAILAN SUAVEMENTE.
FLOR MIRA HACIA EL MAR Y SE VUELVE HACIA ALEJANDRO QUE ESTÁ SEMI-INCLINADO EN UNA BARANDA. VA Y SE RECLINA EN SU PECHO.
FLOR (A ALEJANDRO): Dime, Alejandro, ¿habías estado alguna vez con una mujer como yo?
ALEJANDRO: Con muchas mujeres, pero ninguna como tú. Eres… eres…
FLOR: ¿Soy?
ALEJANDRO: Extraña, enigmática. Diferente…
FLOR: Cuidado, mi lindo, soy peligrosa.

ALEJANDRO: ¿Peligrosa?
FLOR SE DETIENE Y MIRA LAS LUCES DEL PUERTO. VA HACIA UNA BARANDA. ALEJANDRO LA SIGUE Y SE INCLINA JUNTO A ELLA.
FLOR: Hago daño a los hombres que se me acercan.
ALEJANDRO (TOMÁNDOLA DE LA CINTURA): ¿Y me harías daño a mí? (PAUSA).
FLOR: ¡Me encanta tu yate! ¿Es cierto que te lo regalaron?
ALEJANDRO: Me lo regaló mi tío Otto.
FLOR: Debe de tener mucha plata.
ALEJANDRO: Sí, por montones. Y está enamorado de mí desde que yo tenía catorce años.
FLOR: ¿Y tú lo quieres?
ALEJANDRO (IRÓNICO): Bueno, me conviene mantenerlo contento. De vez en cuando le hago algunos favores. (PAUSA).
FLOR: Mira, qué lindo que se ve Valparaíso de noche. Las luces palpitando a lo lejos… Me llena de tristeza…. Ay, Alejandro, ¿por qué la vida tendrá que ser así?
ALEJANDRO: Así, ¿cómo?
FLOR (SEPARÁNDOSE SUAVEMENTE): Así… tan no sé… tan difícil… tan cruel… los momentos de felicidad son tan cortos… Cómo querría yo que me tuvieras abrazada para siempre. Pero no, mañana ni te acordarás de mí. Seré una de tus tantas… Si nos encontramos en la calle te vas a hacer el que no me ve. ¡Déjame, si no puedes amarme, déjame sola con mi tristeza!...
ALEJANDRO: Pero no la caguís. Si lo estábamos pasando bien.

FLOR: Mañana te avergonzarás de mí.
ALEJANDRO (TOMÁNDOLA NUEVAMENTE DE LA CINTURA): ¿Cómo me voy a avergonzar de usted, pues, oiga?
FLOR: Entonces mañana mismo me llevas a tomar un helado y nos paseamos del brazo frente a la catedral a la salida de la misa. Después me llevas al Velarde a ver una película, nos sentamos atrás y me corres mano en la oscuridad como lo hacís con tus minas. (PAUSA). ¿No vas a decir nada?
ALEJANDRO: ¿Y te creís que no me atrevo? Me conocís poco, Florcita, muy poco. No sabes las cosas que puedo hacer. Soy capaz de eso y mucho, mucho más... Ni te lo imaginái.
FLOR: ¿De qué, por ejemplo?
ALEJANDRO: Ya te vas a ir dando cuenta. De a poco, de a poquitito...
OSCURIDAD.

SE OYEN RUIDOS DE RADIOPATRULLAS Y DE HELICÓPTEROS.
POR EL COSTADO IZQUIERDO EN OTRA PLATAFORMA APARECE DOÑA LUISA CHACÓN VDA. DE CABRERA SEGUIDA DE ANA MARÍA Y CLAUDIO.
ANA MARÍA: Señora Luisa, por favor, háganos caso.
CLAUDIO: No vuelva a su población. Escóndase en otro sitio.
DOÑA LUISA: No puedo esconderme. Tengo mucho que hacer y hay muchos compañeros que dependen de mí.

ANA MARÍA: En este momento no puede ayudar a nadie, señora.
CLAUDIO: ¡Escóndase, por favor!
DOÑA LUISA: No se preocupen por mí. No les conviene que nos vean juntos. (RUIDO. ALGUIEN VIENE).
CLAUDIO: Doble por esa esquina y desaparezca.
DOÑA LUISA SALE.
CASI EN SEGUIDA APARECEN EL ÑATO Y EL CAR'E MUÑECA.
EL ÑATO (A CLAUDIO Y A ANA MARÍA): ¿A estas horas y todavía en la calle?
EL CAR'E MUÑECA: Ya va a ser el toque de queda. Váyanse a su casita mejor.
ANA MARÍA (A CLAUDIO): ¡Vámonos! (VAN A SALIR).
EL ÑATO (A CLAUDIO): ¿Y se lleva a la paloma con usted, compadre?
CLAUDIO: ¡Déjenla tranquila! (DESAPARECE CON ANA MARÍA).
CAR'E MUÑECA (GRITÁNDOLE): ¿Pa' que te la llevái si ni te la podís con las minas? (RÍEN Y SALEN DEL ESCENARIO).

LUZ SOBRE DELFINA, LA BOMBA, LOLA Y EL WILLIE.
DELFINA: Y el Lolo Schiavi se desapareció como por tres semanas. La Floripondia se empezó a volver loca.
LA BOMBA: La pobrecita no sabía qué diablos pasaba. Al tipo ése le gustaba hacerla sufrir. Y hacía con ella lo

que quería. Si no sabré yo. Hasta la empelotaba y le daba unas palizas terribles… Yo mismita lo vi…
LOLA: ¡Pero qué mentira! ¡Todo eso es puro teatro! ¡A la Flor de Fango le gustaba que le pegaran en el poto y hasta pedía que le dieran más fuerte… Y se venía a hacer la víctima la conchesumadre.
LA BOMBA: No venía y no venía… Y la pobre estaba hecha un atado de nervios.
DELFINA: Hasta que por fin se apareció por el American una noche durante el toque.
LA BOMBA: Cuando la Florcita lo vio, como que empezó a vivir de nuevo.
ALEJANDRO SE SIENTA EN UNA MESA APARTE. ESTÁ VISIBLEMENTE DE MAL HUMOR.
FLOR APARECE CORRIENDO Y VUELA HACIA SU MESA.
FLOR: Alejandro, mi amor… ¿Qué te había pasado? (SILENCIO DE ALEJANDRO). Yo creía que ya no ibas a volver más. Casi me muero de pena. (SILENCIO). ¿Estás enojado conmigo? Dime algo, por favor… (LO VA A TOMAR DEL BRAZO, PERO ALEJANDRO LO APARTA BRUSCAMENTE). ¿Qué le pasa, m'hijito?
ALEJANDRO: ¡Me pegaste la gonorrea, huevón!
FLOR: Pero eso no puede ser, mi amor… Yo estoy limpia…
ALEJANDRO: ¡Claro, y le soltái el poto a cuanto tipo se te atraviesa en el puerto!
FLOR: ¡Eso no es cierto!
ALEJANDRO: ¿Y el Car'e Muñeca? ¿Y el Willie? ¡Hasta los milicos de guardia te dieron tupido y parejo la otra noche!

FLOR: ¡Te juro que no es cierto, mi amor! ¡No me martirices así…!

ALEJANDRO LE ASESTA UNA FEROZ BOFETADA. FLOR CAE SOBRE UNA SILLA.

ALEJANDRO: ¡Te has estado burlando todo el tiempo de mí!

FLOR: Tú no me puedes decir eso, Aleja… (OTRA BOFETADA).

ALEJANDRO: ¡Lo menos que puedes hacer es desinfectarte el hoyo antes de que yo te lo meta, loca inmunda! Y ahora, para colmo, ¡contagié a la Consuelo!

FLOR: ¿Quién es la Consuelo?...

ALEJANDRO: Mi novia. Vamos a casarnos.

FLOR: ¡Tu novia!…

ALEJANDRO: ¡Sí, mi novia! ¡Y me hiciste hacer el ridículo! ¡Y de mí no se burla nadie! (OTRA BOFETADA). ¡Nadie!

FLOR: Yo no he sido el que… (OTRA BOFETADA). Yo no… (OTRA BOFETADA. FLOR CAE AL SUELO).

ALEJANDRO: ¡Pa' que aprendas que conmigo no se juega!

LA VA A AGARRAR A PATADAS EN EL SUELO. GRITOS DE TODOS.

EL WILLIE SALTA FRENTE A ALEJANDRO Y LE DA UN FEROZ PUÑETAZO, TIRÁNDOLO AL SUELO.

WILLIE: ¡Habrá sido alguna de las mujeres que te tirái todos los días, puto'e mierda! ¡Habrá sido uno de esos cabritos que te mandái al pecho en tu yate o en el Parque Forestal!…

ALEJANDRO SE LE LANZA ENCIMA FURIOSO, PERO EL WILLIE LO LEVANTA POR EL AIRE Y LO TIRA EN OTRA MESA.
ALEJANDRO SACA UN REVÓLVER.
LOLA: ¡No, Alejandrito, no..!
ALEJANDRO (AL WILLIE): ¿Te creís que podís conmigo? No sabís quién soy, desgraciado.
WILLIE LE TUERCE EL BRAZO. ALEJANDRO APENAS PUEDE CONTENER EL DOLOR.
SALE UN BALAZO QUE DA AL VACÍO.
FINALMENTE EL WILLIE LE HACE SOLTAR EL REVÓLVER.
WILLIE (EMPUJÁNDOLO CON VIOLENCIA): ¡Ándate a tu casa con tus papitos mejor y no volvái más por aquí, pijecito[12] tirao a choro[13]...!
FLOR: ¡No, Willie, por favor, déjalo...! ¡No lo trates así!
CON EL DISPARO HAN APARECIDO EL ÑATO SIERRA Y EL CAR'E MUÑECA.
CAR'E MUÑECA: ¿Algún problema?
ALEJANDRO: ¡No se van a burlar así de mí! ¡Se van a arrepentir!
FLOR: ¡Déjenlo, déjenlo, por favor...! ¡No le hagan nada!...
ALEJANDRO: ¡Y vos te callai, huevona! (SE VA A IR). ¡Ya van a ver... bien prontito van a ver! (SALE. EL CAR'E MUÑECA LO SIGUE).
CAR'E MUÑECA (A ALEJANDRO): Calma, compadre. No las vaya a embarrar ahora.

---

[12] Cuico, petimetre.

[13] Valiente, esafiante.

FLOR: ¡No se vaya, m'hijito, no se vaya…! ¡Le juro que no es culpa mía…! ¡Usted ha sido el único en mucho tiempo…! ¡No me deje, por favor…! (SE DEJA CAER EN UNA SILLA LLORANDO AMARGAMENTE).
LOLA: ¡Nunca te quiso! ¡Nunca!... ¡Se burlaba de ti!... Además tiene novia, la Consuelo del Valle. Una mujer de clase, una mujer que tiene tetas, que tiene chucha de verdad.
LA BOMBA: ¡Déjala tranquila, por favor!
LOLA: El Lolo se culeaba a medio mundo. Se acostó varias veces conmigo, y nos reíamos de ti. Me apostó a mí y a otros clientes que te enamoraba después de la primera cacha. ¡Y lo consiguió!
WILLIE (A LOLA): ¡Ya córtala!
LOLA: ¡Nunca te quiso! (AGARRA A FLOR DEL PELO). ¿Quién se va a enamorar de ti, Flor de mierda! ¡Nadie te quiere! (LA SUELTA). ¡Ni tu madre!... (FLOR SALE CORRIENDO DEL ESCENARIO. LOLA LE GRITA). ¡Alejandro Schiavi quería la huevona!... (HACE UN GESTO DE DESPRECIO A LOS DEMÁS Y SALE).
ÑATO SIERRA: El revólver, mi amigo. (EL WILLIE SE LO ENTREGA). Y cuidado, no le conviene pelearse con nosotros. (EL ÑATO SALE).
PAUSA.

DELFINA: ¡No volvió a ver al Lolo por varias semanas. La pobrecita… Si ya no sabíamos qué hacer con ella.
LA BOMBA: Y el mismo día de su boda lo vimos llevándose un muchachito a su yate... Por aquí no volvió a propósito para hacerla sufrir más.

WILLIE: Puchas, cada vez que me acuerdo…
LA BOMBA: Para mí que desde entonces la Florcita no volvió a ser la misma…
DELFINA: Nunca volvió a ser como era y la carrera se le fue arruinando.
LA BOMBA: ¿Se acuerdan de esa noche que no quería salir a cantar?
ZAVALETA (APARECIENDO, AL WILLIE): Señor Sanhueza, la Flor de Fango se niega a cantar. Vaya a ver qué es lo que le pasa y tráigamela de inmediato.
WILLIE (SALIENDO): Sí, señor Zavaleta, ahora mismo.
ZAVALETA: Dígale que para eso le pagamos. OSCURIDAD.
PÚBLICO (GRITANDO A CORO): ¡Flor de Fango!... ¡Flor de Fango!...
MIENTRAS EL PÚBLICO GRITA, LA FLOR DE FANGO SE MIRA ABSORTA EN EL ESPEJO, COMO ALIENADA.
WILLIE (ENTRANDO AL CAMARÍN): ¿Y qué te pasó ahora, huevón, oh…? Si tenís que cantar, pa' eso te tienen aquí. No te vengái a poner difícil que nos ponen a los dos en la calle? (PAUSA). ¿Por qué no contestái? ¿Ah…? ¿Por qué no contestái?
FLOR: Déjame sola.
WILLIE: Mira, Enrique, vai a cantar. Te arreglái el maquillaje y salís ahora mismo al escenario.
FLOR: ¡Suéltame!
WILLIE: Vos vai a cantar, ¿oíste? Pa' eso soy tu agente.
FLOR (HISTÉRICA): ¡Yo no quiero cantar y vos no vai a venir a darme órdenes. ¡No erís nadie para darme órdenes…. (ROMPE A LLORAR Y SE DEJA CAER

EN LOS BRAZOS DEL WILLIE. WILLIE, CONMOVIDO, LA ACARICIA). ¡No me quiere, Willie, no me quiere! ¡No va a volver y más encima se va a casar con una chucha! ¿Qué voy a hacer?
WILLIE: ¿No ve, pues, Florcita? Yo le dije que ese tipo era un carajo. Olvídese de él. (FLOR ROMPE OTRA VEZ A LLORAR). Llore, no más, llore, que su Willito la consuela. Llore, no más, llore…
FLOR: ¡Yo quiero morirme!
WILLIE: Ya, si no es pa tanto. ¡Límpiese los mocos, arréglese el maquillaje y salga al escenario que el público la está esperando!
EL PÚBLICO YA ESTÁ HACIENDO PAN FRANCÉS.
LA BOMBA ENTRA CORRIENDO AL CAMARÍN.
BOMBA: ¡Linda, preciosa! El público está que ya no aguanta más por verla. ¡Florcita, te quieren tanto, estoy tan feliz!
WILLIE: ¿No vis? ¿Qué importa que ese huevón no te quiera?
BOMBA: ¡Arriba ese ánimo!
OSCURIDAD.
SALE EN OTRA PLATAFORMA ZAVALETA. SE DIRIGE AL PÚBLICO.
ZAVALETA: Damas y caballeros… Nuestra gran Flor de Fango se encuentra ligeramente indispuesta. Mientras tanto les presentamos otra de nuestras gran estrellas: desde el corazón mismo de nuestro puerto… laaaa... ¡Lola Puñales!
ENTRA LOLA CON UNA CUMBIA: *Santa Marta, Santa Marta tiene tren. Santa Marta tiene tren, pero no tiene tranvía…*

EL PÚBLICO COMIENZA A PIFIARLA. LE TIRAN MONEDAS POR LA CABEZA. LA INSULTAN.
PÚBLICO: ¡Saquen a esa huevona! ¡Lárgate flaca pelúa! (ETC. LOLA LANZA UN CHILLIDO DE FURIA. SALE LLORANDO DEL ESCENARIO MIENTRAS VUELVEN LOS GRITOS): ¡Flor de Fango!... ¡Flor de Fango!...
ENTRAN OTRA VEZ EN ESCENA ZAVALETA Y DELFINA.
ZAVALETA: Damas, caballeros... Por favor, por favor... Atención, por favor. Atención. Flor de Fango se siente un poco mejor y ha decidido volver a estar con ustedes. (GRITOS Y APLAUSOS DEL PÚBLICO). ¡Damas y caballeros...! ¡Ahora con ustedes...!
DELFINA: ¡La encantadora!
ZAVALETA: ¡La sexi!
DELFINA: ¡La inigualable...!
AMBOS: ¡Floooooooor... de Fango!
LUCES, ORQUESTA.
CAE UN SPOT SOBRE FLOR DE FANGO. ESTÁ SEMIDESNUDA, VESTIDA DE COMBINACIÓN TRANSPARENTE, CON UN CANASTILLO DE VIOLETAS. EXPRESIÓN BEATÍFICA.
FLOR DE FANGO (CANTANDO MIENTRAS REPARTE VIOLETAS A LOS HOMBRES DEL PUBLICO): *Como aves precursoras de primavera / en Madrid aparecen las violeteras / que pregonando parecen golondrinas / que van piando, que van piando / Compremé usté este ramito...* (ETC. SE DETIENE Y DEJA DE CANTAR. LA CINTA DEL POLLO VARELA SIGUE TOCANDO POR UN RATO Y LUEGO SE DISUELVE. TODOS SE QUEDAN EN

SUSPENSO). *¿Violetas? Violetas, violetas... a mis dedos crecen...* (ARRUGA UNA VIOLETA Y LA DEJA CAER AL SUELO. SE ARRODILLA Y TOMA OTRA VIOLETA QUE VA DESHOJANDO). Me quiere mucho... poquito... nada... (LA LUZ VA BAJANDO). Mucho... poquito... nada... mucho... poquito... (OSCURIDAD).

II

OSCURIDAD.
VIOLENTOS GOLPES A UNA PUERTA.
WILLIE: ¡Flor!... ¡Florcita!... ¡Ábrame! (MÁS GOLPES. SE ILUMINA LA ESCENA. WILLIE SIGUE GOLPEANDO): ¡Ya puh… m'ihijta, no sea huevona! ¡
LA BOMBA (A ZAVALETA): ¡Yo no sé qué vamos a hacer!... ¡La Florcita se encerró en su camarín y otra vez no quiere salir!....
ZAVALETA: ¡Le doy diez minutos… diez minutos…!
WILLIE: ¡Ábreme, conchetumare!
LA BOMBA: ¡Salga de ahí, guachita!... ¡Hágalo por nosotros! ¡La queremos mucho!...
WILLIE EMPUJA VIOLENTAMENTE LA PUERTA, LA ABRE Y ENTRA EN EL CAMARÍN.
LUZ.
LA FLOR DE FANGO ESTÁ TENDIDA EN EL SUELO, BOCA ARRIBA.
WILLIE (AL PRECIPITARSE SOBRE ELLA): Florcita… Florcita… (TOMA UN FRASCO VACÍO, LO EXAMINA Y LO TIRA AL SUELO).
FLOR: No quiero seguir viviendo. Déjenme morir…
LA BOMBA: Ay, Dios Mío, Florcita… No te nos vayái a morir ahora…
WILLIE: Rápido. Llamen a una ambulancia. ¡Ahora mismo!... (TOMA A LA FLOR EN SUS BRAZOS Y LA HACE VOMITAR). Puchas, Florcita, ¿por qué hiciste esto? Si no vale la pena matarse por nadie. El pijecito[14]

ese era un puro desgraciado. Si te sigue haciendo sufrir, lo mato, Florcita, lo mato. Nadie tiene derecho a tratarte así. Te juro que lo mato.
FLOR: No vuelvo a cantar nunca más.
WILLIE: No digas leseras. Vas a cantar y vas a cantar mejor que nunca... ¡Flor!... (FLOR CAE DESVANECIDA. WILLIE DESESPERADO LA TOMA EN BRAZOS Y LA SACA DEL CAMARÍN). ¡Un médico, rápido!
OSCURIDAD.

LUZ EN OTRA PLATAFORMA, UN SITIO INDEFINIDO.
RUIDOS DE HELICÓPTEROS SOBRE LA CIUDAD.
VEMOS A CLAUDIO Y DOÑA LUISA CHACÓN VIUDA DE CABRERA.
CLAUDIO: No, señora Luisa, no vaya. El sitio ese es peligroso. Está lleno de tiras y de soplones. Además no es lugar para usted.
DOÑA LUISA: Sí, Claudio, pero es mi hijo. Y me dijeron que está grave.
CLAUDIO: Se va a recuperar, ya se lo dije. No vaya, sería un error. (PAUSA).
DOÑA LUISA: Es mi único hijo y me desprecia. Tengo miedo que algo le suceda y no pueda verlo más. (ROMPE A LLORAR).
ANA MARÍA: Lo entendemos, señora, pero el American Star está vigilado y a usted la conoce demasiada gente. Hasta ha salido en los diarios. Háganos caso, por favor.

---

[14] Cuico.

DOÑA LUISA: ¿No hay manera de mandarle un mensajito, por lo menos...? Darle alguna señal de cariño, algo... Me queda poco tiempo, Claudio... Y me siento culpable, tan culpable.
ANA MARÍA Y CLAUDIO SE MIRAN.
CLAUDIO: Yo puedo ir, señora Luisa. Yo puedo hablar con Enrique y explicarle todo. Él va a entender. Es una buena persona y se alegrará mucho de saber de usted.
OSCURIDAD.

LUZ EN OTRA PLATAFORMA.
ALEJANDRO Y CONSUELO ESTÁN FUMANDO SEMIDESNUDOS EN UNA CAMA
CONSUELO: Eres un descarado. (ALEJANDRO SCHIAVI SONRÍE SIN DECIR NADA). Trató de suicidarse, Alejandro.
ALEJANDRO: ¿Y qué quieres que haga?
CONSUELO: Nos podemos meter en un lío, ¿cachái?
ALEJANDRO: Nunca pasa nada, Consuelo, menos a la gente como nosotros.
CONSUELO: ¿Y si se mata de veras? No es que me importe, pero ¿cómo justificas siquiera que la conociste?
ALEJANDRO: Yo no tengo por qué justificar nada, m'hijita. Además es una pobre puta, ¿a quién le va a importar? Todo hombre ha tenido muchas putas en su vida.
CONSUELO: Lo que menos entiendo es que te hayas enrollado tanto con ella... Cuando supe que era un maricón, casi me caigo muerta ahí mismo. (MIRÁNDOLO CON PICARDÍA). Cualquiera creería que te gusta.

ALEJANDRO: ¿Y si me gusta, qué pasa?... Soy un hombre y tengo derecho a divertirme... y cuando me da la gana de mandarme a una loca me la mando... cuando me dan ganas de hacerla sufrir, lo hago. Si se enamora, es problema de ella...
CONSUELO: ¡Pero usted es lo más cínico que hay en la vida, mi amor!
ALEJANDRO: Pero te gusta que sea así, ¿no es cierto? (LA BESA).
CONSUELO: No estoy muy segura. A mí no me la vai a hacer, huevoncito... Ni se te ocurra.
OTRO BESO.
OSCURIDAD.

MÚSICA.
ILUMINACIÓN.
ENTRA FLOR DE FANGO EN ESCENA, AHORA VESTIDA DE MORISCA, PÁLIDA, DESENCAJADA Y PERVERSA.
FLOR (CANTA): *Bien pagá, me llaman la bien pagá...*
MIENTRAS CANTA "LA BIEN PAGÁ" ENTRA CLAUDIO Y VA A SENTARSE A UNA MESA.
FLOR DE FANGO LE SIGUE DIRIGIÉNDOLE LA CANCION A ÉL, VISIBLEMENTE EMOCIONADA POR SU APARICIÓN.
AL TERMINAR LA CANCIÓN SE SACA UNA FLOR DE SUS CABELLOS Y SE LA TIRA A CLAUDIO.
APLAUSOS.
LOLA (EN OTRA MESA, CON El ÑATO SIERRA Y OTRO HOMBRE): Por favor, loréen[15] al gallo ése que

[15] Miren, fíjense.

se sentó allí. Es un upeliento.[16] En algo debe de andar. Además es maraco. Andaba con la Flor de Fango cuando estaban en el liceo. Apuesto a que ella viene y se le sienta a su lado.

FLOR APARECE Y VA A LA MESA DE CLAUDIO SIN PRESTAR ATENCIÓN A LOLA.

FLOR: ¡Claudio!... ¡Qué sorpresa más grande!... ¡Tanto tiempo que no te veía!...

CLAUDIO: Como seis años, ¿no?

FLOR: Menos, si nos vimos de nuevo, pero tú te metías no más que con tu gente y tus cosas... Yo estaba totalmente absorbida por mi carrera artística.

PAUSA.

SONRÍEN.

CLAUDIO: Estuviste muy bien.

FLOR: ¿Te gustó? Es una de mis canciones favoritas. (PAUSA). Te invito a un trago.

CLAUDIO: Gracias.

FLOR (A DON TRÁNSITO): ¡Don Tránsito!... tráiganos una piscola y un... ¡Ay, qué rota que soy!... ¿Qué quieres tú?

CLAUDIO: Una cerveza.

FLOR (A DON TRÁNSITO): Una piscola y una cerveza, si fuera tan bueno.

DON TRANSITO: Sí, señorita Flor. (SALE).

FLOR: ¡Claudio, no puedo creer que estés aquí! ¡Y viniste a verme, qué alegría!..

CLAUDIO: ¿A qué otra cosa iba a venir yo aquí, Enrique?...

---

[16] De la unidad popular, de iquierda.

FLOR: No me llames Enrique. Me siento como rara. Eso es del pasado y yo ahora…
CLAUDIO: ¡Enrique!... No puedo llamarte de otra manera.
FLOR: Bueno, como quieras. Está bien. Te sigo hallando harto porfiado… A ti te doy permiso para que me llames así. (PAUSA).
CLAUDIO: Enrique, en realidad vengo a pedirte ayuda…
FLOR: ¿Ayuda?
CLAUDIO: No puedo volver a mi pensión. Necesito que me escondas.
FLOR: ¿Pero esconderte de quién?
CLAUDIO: De los milicos, gente de civil. Me siguen, Enrique, me siguen...
FLOR: ¿Pero por qué, Claudio, por qué?...
ENTRA DON TRÁNSITO CON LAS BEBIDAS. PAUSA. CLAUDIO TOMA LA BOTELLA DE CERVEZA. DON TRÁNSITO SALE.
CLAUDIO: La cosa está súper fea, por todas partes. Dicen que tiraron una bomba en el Diego Portales y nos culpan a nosotros.
FLOR: Pero, Claudio, si tú eres incapaz de una cosa así. ¿Cómo van a acusarte a ti, mi amor?
CLAUDIO: ¡Qué importancia tiene si soy inocente o no! Me van a matar igual.
FLOR: ¡Pero, por favor, Claudio, no digas eso que me aterra! ¡Mi amor, no quiero que te maten…!
CLAUDIO: ¿Puedo quedarme contigo?
FLOR: Todo el tiempo que quieras. Mi departamentito es bien chico y modesto, pero vamos a estar muy bien los dos.

OSCURIDAD.
CAE LA LUZ EN OTRA MESA DONDE VEMOS A DELFINA, WILLIE Y LA BOMBA.
DELFINA: ¿Vieron? ¡Si los que jodieron a la pobre Floripondia fueron los hombres! Siempre le dije que no creyera en ellos. Pero la pobre era tan débil de carácter...
WILLIE: Si el tipo ése era harto huevón. ¿De dónde sacó que en el sucucho[17] de Florcita iba a estar a salvo?
LA BOMBA: ¡Pero no lo trates así! El pobrecito se sentía solo, desamparado... Era lógico que le pidiera ayuda. Además fue su primer gran amor...
WILLIE: ¡Qué primer gran amor! ¡La primera cacha habrá sido!
DELFINA: Pero, Willie, tú siempre tan grosero. No se puede hablar contigo.
OSCURIDAD.
LUZ EN OTRA MESA.
LOLA: ¿No les decía yo? ¿Y por qué no le sacan la cresta ahora mismo al conchesumadre?
ÑATO: No todavía, Lola. No te pongái a sapear[18] así, que se va a dar cuenta.
OSCURIDAD.
LUZ EN UNA PLATAFORMA, AHORA EL CUARTO DE FLOR.
CLAUDIO Y FLOR ESTÁN TIRADOS EN LA CAMA.
FLOR: No has cambiado. Te ves hombre, claro, pero sigues siendo el mismo Claudio de siempre. (PAUSA). ¿Me quieres todavía?

[17] Habitación o apartamento pequeño, sucio y maloliente.

[18] Mirar con curiosidad y detención.

CLAUDIO: Nunca dejé de quererte. ¿Y tú a mí?
FLOR: No sé, Claudio. La vida nos ha cambiado tanto.
CLAUDIO (EN BROMA): ¿Ah, sí? ¿Estoy más feo?
FLOR: ¡Estás mejor que nunca! Lo que pasa es que ya eres más que un amante para mí.
CLAUDIO: ¿Qué soy entonces?
FLOR: Lo que quiero decir es que... no sé cómo explicártelo... Contigo era tan diferente... Nada ha vuelto a ser igual... Tú lo eras todo, me protegías... Yo te sentía como mi ángel de la guarda... Cuando me lo metías lo hacías con una dulzura, una suavidad que no he vuelto a sentir. (PAUSA). ¿Te acuerdas cuando le sacaste la mugre al Renato Alcalde cuando me gritó "¡Carlos María!" (CLAUDIO SONRÍE). ¿Te acuerdas cuando me quisiste enseñar a pelear a combos? Nunca aprendí. ¿Y para qué aprender, cuando yo a rajuñazos me defendía de lo más bien? Mientras más empeño le hacías... (CLAUDIO LA DETIENE CON UN BESO).
CLAUDIO (RIENDO): No fue exactamente así, Enrique.
FLOR: No me llames así.
CLAUDIO: Te llamo así porque es a Enrique a quien amo, no a la Flor de Fango.
FLOR: Calla.
CLAUDIO: Mientras cantabas, trataba de volver a descubrir a Enrique detrás de ese rostro maquillado. Me costó...
FLOR: Calla. ¿No entiendes que ese Enrique está olvidado para siempre?
CLAUDIO: No para mí. (LE LIMPIA LA CARA CON UN PAÑUELO).

FLOR: Nunca te gustó que me vistiera de mujer, ¿no es cierto?
CLAUDIO: No, nunca me gustó. (PAUSA).
FLOR: Fue por eso que te abandoné, Claudio. Necesitaba encontrarme a mí misma, ser la que he llegado a ser. Fue muy triste esa noche cuando me fui y te dejé.
CLAUDIO: Fue doloroso, Enrique. Me quedé tan solo.
BAJA LA LUZ.
WILLIE: Yo le dije que ese cabro estaba metido hasta el cogote en la política. Harto raro es que no lo hayan hecho desaparecer todavía.
BOMBA: La Flori tenía un corazón de oro. Lo único que quería es que todo el mundo fuera feliz.
OSCURIDAD.
LUZ EN LA PLATAFORMA DONDE ESTÁN FLOR Y CLAUDIO.
CLAUDIO (A FLOR): ¿Nunca volviste a ver a tu mamá?
FLOR: No, ni la pienso ver nunca.
CLAUDIO: Deberías tratar de comprenderla.
FLOR: ¿Y por qué tengo que comprenderla?
CLAUDIO: Todo esto le ha sido muy duro. Es una buena mujer. No puedes pedirle demasiado.
FLOR: Yo no le pido nada. ¿Por qué me sales con eso, justo en un momento como éste?
CLAUDIO: No, no quise ofenderte, perdona.
FLOR: No me ofendiste pero me cagaste la onda. ¡Venirme a hablar de esa vieja de mierda!... La mataría y sin ningún arrepentimiento… así como ella mató a mi padre…
CLAUDIO: Eso no fue así, Enrique. No seas injusto.

FLOR: Sabes muy bien que la odio. ¿Por qué me sacas el tema?...
CAUDIO: Perdón, Enrique.
FLOR: No me llamo Enrique, me llamo Flor de Fango.
CLAUDIO: No quise ofenderte.
FLOR: Ándate. Ahí está la puerta. (CLAUDIO VACILA). ¡Ándate!
FLOR ROMPE A LLORAR.
CLAUDIO SE DETIENE, SE ACERCA A ELLA. SE INCLINA Y LA ACARICIA.
CLAUDIO: Sabes que siempre puedes contar conmigo. Te quiero tanto…
LA BESA LA FRENTE.
FLOR (ABRAZÁNDOSE A ÉL): Nunca debí dejarte, Claudio. Yo también te quería y tú lo sabes. Éramos el uno para el otro, si no fuera porque yo quería ser mujer. Quería ser mujer, pero no cualquier mujer. Quería ser como las que se ven en la pantalla, en todos los colores. Pero eso a ti no te gustaba.
CLAUDIO: Yo no entendía, Enrique. Primero creía que eran bromas pasajeras. Traté de comprenderte, traté. No, no te reprocho, la culpa también la tenía yo. Era muy joven y no te ayudé como debía.
FLOR: Sólo Dios sabe cuánto te amé. Nunca olvidaré nuestra primera vez en el Río Las Cruces. Entonces comprendí que el dolor y el placer van siempre juntos y que así era el amor. Pero pronto supe que no era mujer para ti.
CLAUDIO: Escúchame, Enrique, no es que te vistieras y actuaras como una mujer lo que me molestaba. Lo que me hubiera gustado es que al hacerlo dejaras salir lo

femenino en ti, dejar vivir a la mujer que todos llevamos dentro. No tenías necesidad de imitar a nadie.

FLOR (ROMPE A LLORAR): No te merezco, no soy para ti, Claudio. Ya es demasiado tarde. No puedo cambiar.

CLAUDIO: No te pido que cambies. Nadie tiene derecho a pedirte eso. La decisión es tuya. (LA ABRAZA).

PAUSA.

FLOR: Claudio, tengo que decírtelo... estoy enamorada de otro hombre. (PAUSA). Lo quiero, lo quiero con locura pero, él a mí... me está haciendo la vida un verdadero martirio. Me dijo que se va a casar...

CLAUDIO: No entiendo... ¿Por qué, entonces sigues con él...?

SUENA EL TIMBRE DE SALIDA. FLOR SE APRESURA A ARREGLARSE.

FLOR: No puedo evitarlo... A veces es maravilloso conmigo, pero otras... es como si se riera de mí... ¡Y hasta me pega...! Claro que él es hombre y el hombre tiene que ser así...

CLAUDIO: No, Enrique, el hombre no tiene por qué ser así.

FLOR: No sé qué hacer.

ENTRA WILLIE.

WILLIE: Te toca salir ahora mismo. Te estás atrasando otra vez. Zavaleta está perdiendo la paciencia.

FLOR (A CLAUDIO): Tengo que salir a cantar. Te dejo por ahora.

LE DA UN BESO EN LA FRENTE Y SALE ARREGLÁNDOSE EN EL CAMINO.

WILLIE MIRA INQUISITIVAMENTE A CLAUDIO.

OSCURIDAD.

LUZ EN OTRA PLATAFORMA.
ALEJANDRO ENFRENTA A LA LOLA PUÑALES.
ALEJANDRO: ¿Pero qué mierda de negocio hiciste? (LE DA UNA FEROZ BOFETADA. LOLA CAE SENTADA EN UN SILLÓN). No se puede contar contigo, huevona. Aquí falta plata.
LOLA: La venta estuvo mala, m'hijito. No pude encontrarme con el Pendejo. No sé qué le pasó.
ALEJANDRO: Yo sí sé qué le pasó. Te vio llegar con otra mina y tuvo que salir rajando.
LOLA: Pero si era la Marlene que se encontró conmigo. No nos veíamos desde que salimos de la escuela primaria. No podía... (OTRA BOFETADA DE ALEJANDRO). Éramos como hermanas. Hacíamos pichí juntas. (OTRA BOFETADA). Ella ni sabía...
ALEJANDRO: No es la primera vez que la cagái, Lola. Yo quiero esa plata mañana mismo. Si no, vas a pagar vos las consecuencias. ¿Dónde tienes el resto de la pasta?
LOLA: Bien escondida, mi amor.
ALEJANDRO: No me llames "mi amor", que no soy marica ni tengo nada contigo. (PAUSA). A ver... Mírame a los ojos. Mírame. ¿Cuántas líneas te metiste? (PAUSA. BOFETADA). ¿Cuántas?
LOLA: No muchas...
ALEJANDRO: Pobre pendeja, ni se puede contar contigo. Con el negocio no se juega! (LE DA UN PUÑETAZO). ¡Vos no aprendís nunca! Los negocios son los negocios. La coca que se vende no se usa.

LOLA: No, mi amor, no me pegue... (ALEJANDRO LA AGARRA PARA PEGARLE). No me pegue... (SÚBITAMENTE, PARA SALIR DE LA SITUACIÓN). El Claudio volvió a aparecer. Lo vi con una mina que no conozco.

ALEJANDRO (DETENIÉNDOSE. PAUSA): ¿Qué Claudio?

LOLA: El upeliento, el que estuvo con la Flor de Fango cuando iban a la escuela. Iba con una mina. Estoy segura. Los vi. Claudio fue a visitar a la Flor de Fango.

ALEJANDRO (PAUSA): No está mal el dato... nada de mal. Al Ñato le va a interesar mucho... Y a mí también. (PIENSA. A LOLA): Te salvaste de una buena paliza, Lolita. ¿Quién era la mina que anda con él?

LOLA: No sé todavía. Parece que era una periodista que salía antes en la televisión de la Chile.

ALEJANDRO: Interesante. ¿Y cómo está la Flor?

LOLA: Está angustiada porque no la vas a ver, y... porque sabe que te vas a casar.

ALEJANDRO: Averíguame todo lo que puedas del tipo ése que la fue a ver.

LOLA: Ya sabes que haría cualquier cosa por ti, te lo daría todo...

ALEJANDRO: Sí, sí, ya lo sé. Córtala con cl hucvco y lárgate ahora mismo que todavía estoy choreado con lo del negocito que hiciste. (LOLA ESTÁ INDECISA). ¡Ándate de una vez!

OSCURIDAD.

WILLIE: Claudio se quedó con la Flor un par de noches.

LA BOMBA: Entonces fue cuando le volvió a sacar el tema de su madre.
DELFINA: Siempre sospeché que la Flori la quería en el fondo. Lo que pasa es que la señora esa era de miedo. Cuando supe que era dirigente, casi me muero ahí mismo. Si la hubieran oído hablar de la revolución... Yo no la querría ni cagando como mamá.
OSCURIDAD.
LUZ EN LA PLATAFORMA.
ESTÁN FLOR Y CLAUDIO EN EL MISMO LUGAR.
FLOR (A CLAUDIO): No, mi madre no asesinó a mi padre pero igual tuvo la culpa. Nunca hizo nada por él. Aunque quisiera perdonarla no podría.
CLAUDIO: Nunca pude conocer bien a tu papá.
FLOR: Mi papá era un hombre maravilloso, pero demasiado blando. Nos llevábamos muy bien. Se divertía mucho cuando me vestía de mujer y yo le montaba shows como Sara Montiel. Mi madre, en cambio, se enfurecía. Cuando era todavía muy niño, me azotaba terriblemente cuando me pillaba usando sus abrigos y sus carteras. Muchas veces dijo que se avergonzaba de tener un engendro como yo.
CLAUDIO: Y tu papá, ¿no hacía nada?
FLOR: Nada. Era muy débil y se dejaba dominar. La verdad es que nuestros mejores momentos eran cuando mi mamá se iba de campaña política y nos dejaba solos. Al salir de la escuela yo iba a esperarlo a la salida de la fábrica. Nos dábamos paseos por el puerto y volvíamos a casa. Y muchas veces... (PAUSA).
CLAUDIO: ¿Qué ibas a decir?
FLOR: Muchas veces dormíamos juntos en su cama. Jugábamos... primeros juegos inocentes y luego...

(PAUSA). Una noche me miró fijo a los ojos, algo extraño en su mirada... Me puso boca abajo en las sábanas. "No te asustes", me dijo. "Al principio te va a doler pero si te dejas, el dolor va a pasar..." Y me penetró suavecito hasta que me lo metió entero. Lo seguimos haciendo cuando podíamos y me gustaba. Un día mi madre volvió más temprano y... bueno, ¡la gritería que armó!... La escucharon todos los vecinos. Lo denunció a la policía. Dos días más tarde mi papá apareció muerto en la línea del tren. Todos dijeron que fue suicidio. (PAUSA. LLORA). ¡Es horrible acordarse de eso! Hubiera querido matar a mi madre ese mismo día. Me vestí con su ropa y la amenacé con un cuchillo... Pero no pude. Me fui de la casa y hasta el día de hoy no la he vuelto a ver.
CLAUDIO: ¿Por qué nunca me dijiste nada?
FLOR: Nunca me hubiera atrevido. No podía tampoco traicionar a mi padre.
CLAUDIO: ¿Y nosotros... esa tarde en el Río Las Cruces?
FLOR: Contigo fue muy distinto, Claudio. Fue de otra manera. Si te abandoné, fue porque sabía que nuestras vidas iban a ir por otro camino. (PAUSA).
CLAUDIO: No culpes a tu madre, Enrique. Trata de entender. Todo esto tiene que haber sido muy difícil para ella. ¿Cómo esperas que comprenda?
FLOR: Nunca trató de comprender.
CLAUDIO: No seas tan inflexible. No guardes tanto rencor.
PAUSA.

CLAUDIO SE LEVANTA Y VA A LA PLATAFORMA DONDE TUVIERA LUGAR LA ESCENA ANTERIOR CON LA MADRE.
APARECE DOÑA LUISA CON UN MONTÓN DE PAQUETES QUE APENAS PUEDE SOSTENER. SE LE CAEN AL SUELO.
AUMENTA LA LUZ EN ESA ZONA A LA VEZ QUE DISMINUYE UN POCO EN LA PLATAFORMA DE FLOR.
CLAUDIO SE ACERCA A AYUDARLA.
DOÑA LUISA: Gracias, m'hijo. Ya no podía con tanto.
CLAUDIO: Yo le llevo estos otros paquetes. ¿Cómo se le ocurre echarse tanta cosa encima?
DOÑA LUISA: Ya ni sé con tantas preocupaciones. Qué tonta soy.
CLAUDIO: No, señora no es para tanto. Yo la ayudo a entrar todo esto. (A FLOR QUE ESTÁ EN LA OTRA PLATAFORMA). La ayudé a entrar y así pude hablar con ella. (A DOÑA LUISA). Esto no lo puede hacer una persona sola. Yo la ayudo a ordenar los paquetes. Usted se echa demasiadas responsabilidades encima, señora Luisa. Y estos panfletos son peligrosos.
DOÑA LUISA: Tengo que hacerlo, Claudio. Hay que lanzarlos en febrero, el último día del Festival.
CLAUDIO: Pero son peligrosos, doña Luisa. Usted no puede exponerse tanto. Ana María y yo se lo dijimos. Tenga cuidado, por favor.
PAUSA.
DOÑA LUISA (SE SIENTA Y MIRA FIJAMENTE A CLAUDIO. REPENTINAMENTE): Claudio, usted no sabe lo que me dolió cuando usted y Enrique dejaron de verse. Me gustaba tanto que fueran amigos. No se

asuste. Si yo siempre me di cuenta de todo y para mí usted era la salvación de mi hijo. Yo tenía miedo. Cada día veía más y más en mi pobre Enrique la debilidad de Evaristo, mi marido que en paz descanse. Evaristo se mató. Lo hizo por débil, por cobarde. Lo que me daba miedo era ver que Enriquito iba por el mismo camino. No me entienda mal, yo sabía que era marica y que eso no era culpa suya. Eso no me importaba tanto, Claudio. Al principio fue difícil entenderlo y traté, le aseguro que traté. Después me di cuenta de que no tenía mucha importancia. Si le gustaban los hombres, ningún problema me dije yo. Lo que me asustaba era su debilidad, su cobardía. ¿A dónde iba a parar así?, pensaba yo. Pero en eso también me equivoqué. Enrique sacó toda la fuerza y la valentía que Evaristo nunca tuvo.
CLAUDIO: Enrique no es de los que se matan. Es aún más fuerte de lo que usted piensa. Sea como sea, ha sabido tomar una decisión...
DOÑA LUISA (CAMBIANDO BRUSCAMENTE, IRRITADA): ¿Y de qué le sirvió tomar una decisión si es una decisión estúpida? Reconozco que está en su derecho de ser marica pero vestirse de mujer... cantar en un burdel de mala muerte... para un público que es lo peor de la sociedad.... ¡Y vestirse de Sara Montiel! ¡No lo aguanto! ¡No lo aguanto!... Habiendo tantas otras mujeres en el mundo. Eso es lo que no me gusta de los maricones. Cada vez que imitan a una mujer les da con la Montiel, la Angélica María, la Lola Flores... Y eso habiendo tantas otras mujeres valiosas. No se les ocurre que existió la Pasionaria por ejemplo. O aquí mismo en Chile, la Mireya Baltra, la Gladys Marín, la

Ana González. (SE DETIENE. PAUSA). Perdóneme, Claudio, pero es que cada vez que pienso en eso... Mejor nos tomamos un cafecito y hablamos de otras cosas. ¿Le parece bien, m'hijo?
OSCURIDAD EN ESA PLATAFORMA.
CLAUDIO (REGRESANDO AL LADO DE FLOR): Tu mamá te quiere, Enrique. Te quiere y está en peligro. Va a necesitar tu ayuda. Está bastante enferma y no hay dinero. Si al menos le mandaras algo...
FLOR: ¿Me ayudó ella cuando yo más lo necesitaba? Me iba a tirar al reformatorio para no volver a verme nunca más.
CLAUDIO: Olvídate de eso ya. En estos momentos tan espantosos lo peor es que sigamos guardando rencores.
FLOR (SE SIENTA): Mandarle un poco de plata... sí, pero no tengo mucha. Aparte de eso... Me confundes, Claudio. No sé qué pensar.
OSCURIDAD TOTAL.

LUZ SOBRE UNA MESA DEL PÚBLICO.
LA LOLA ESTÁ HABLANDO CON ZAVALETA, EL ÑATO SIERRA Y AL CAR'E MUÑECA.
LOLA: El cabro que la viene a ver es el Claudio, con en el que la Flor andaba metida cuando iban a la escuela. Se siguieron viendo después de que se arrancó de la casa. La otra mina es Ana María Fuentealba, la reportera que echaron del Canal de la Chile. Parece que están en contacto con doña Luisa y saben su paradero. Eso es todo lo que pude averiguar por ahora... (AL ÑATO): Ñatito, ¿tenís una línea que me dís...?

ÑATO: Sí, pero te la vai a meter al baño, huevona. Y que no te vea nadie. Partiste.
LOLA: Sí, Ñatito querido, y un besito…
ÑATO: ¡Andate al guáter, te dijeron! ¡Y no freguís más! (LOLA SALE).
CAR'E MUÑECA: No le tengan confianza a esta loca, que buen día la larga todas de un viaje.
ZAVALETA: No la inflen tanto, manténganla a raya.
ENTRAN ALEJANDRO SCHIAVI CON LA CONSUELO DEL VALLE.
CONSUELO: ¿Pero Alejandro, cómo se te ocurre traerme a este sitio tan guachaca?
ALEJANDRO: Harto guachaca, pero hay una onda el descueve, mi amorcito. ¿O nos vamos a otro lugar? No hay mucho que escoger.
CONSUELO: No, no importa. Aquí nos quedamos.
ZAVALETA: Señor, Alejandro Schiavi, que alegría verlo por este sitio. Se nos había desaparecido por un rato. Señorita, no había tenido el honor de conocerla en persona.
ALEJANDRO: Don Heriberto, le presento a mi novia, Consuelo del Valle.
ZAVALETA: Encantado, señorita. Su belleza honra nuestro modesto establecimiento. Aquí le presento al señor Bernardo Sierra.
EL ÑATO: Encantado.
ZAVALETA Y EL SEÑOR OMAR APOLAYA, SEÑALANDO AL CAR'E MUÑECA.
EL CAR'E MUÑECA: Un placer, señorita.
ZAVALETA: Yo le llevo los abrigos a la ropería. Siéntanse en su casa. (SALE).

ALEJANDRO (A CONSUELO): ¿Qué quiere tomar, amorcito?
CONSUELO: Un gin tónic.
ALEJANDRO (A DON TRÁNSITO): Hey, tráigame un whisky doble y un gin tónic para la señorita aquí.
DON TRÁNSITO: Sí, don Alejandro.
CONSUELO (AL ÑATO Y EL CAR'E MUÑECA): ¿Y ustedes que hacen?
CAR'E MUÑECA: ¿Nosotros? No hacemos ná'.
EL ÑATO: La pasamos bien. (SE RÍEN). No, somos detectives privados.
CONSUELO: ¿En serio?
EL ÑATO: Y somos guardaespaldas de Pinochet.
CONSUELO: ¡No se los puedo!...[19]
ALEJANDRO: Le están tomando el pelo, m'hijita. No les haga caso.
CONSUELO: Ya me había dado cuenta, mi amor. Si no soy tan tonta.

EN UNA PLATAFORMA, A UN COSTADO.
LA BOMBA (A FLOR): ¡Florcita, no sabís ná' quién llegó!
FLOR: (APARECIENDO): ¡Él!
LA BOMBA: El mismo, guachi. ¡Muérete ahí mismo!
FLOR: ¿Esa que está con él es la Consuelo?
LA BOMBA: La mismita, Flor. Cara dura que tiene el tipo ese para presentarse aquí con esa pituca.[20]
FLOR: Ay, Bombita no sé qué hacer. ¡Qué martirio! ¿Debo hablarle o qué?...

[19] No se los puedo creer.

[20] Cuica, de clase alta

LA BOMBA: No todavía, no se me apure. Suba al escenario, toda regia, y cante "Tú no eres eso." Y le diriges la canción al muy descarado, igual que la Sarita Montiel. Después de los aplausos, m'hijita, usted se le va a sentar al lado y le pide un cigarrillo. Y se me pone bien conchuda. Tenís que ser fuerte, que nadie la mire en menos. Que no te vea todavía. Éntrate. DESAPARECEN.

LOLA ENTRA BORRACHA Y EXCITADA POR LA COCAÍNA, AGARRADA A UN HOMBRE QUE LA MANOSEA.

LOLA: Antes no había ná... ná... No había leche, no había carne... no había Rinso... ¡Una no encontraba maquillaje por ninguna parte! Y venían puros upelientos, no más. Cualquiera que tenía plata se creía con el derecho a agarrarle el poto a una. Ni se lavaban...

LA DELFINA: Ya, Lola, déjate de hablar huevadas. ¡Tai más volá...!

LOLA: Ahora viene gente decente, unos cuantos milicos brutos también, pero no importa, algunos son re buenos pa la cama y la defienden a una...

DELFINA: Ya, véngase para adentro. Está haciendo el ridículo.

LOLA: Ahora somos mujeres libres y sin desabastecimiento. Me saco la peluca por los hombres que me hicieron una mujer libre. (LE DA UN BESO Y LE AGARRA EL MARRUECO AL HOMBRE QUE VA CON ELLA. EMPIEZA A CANTAR Y A CONTONEARSE MIENTRAS TRATAN DE DETENERLA). *Vuestros nombres, valientes soldados / que habéis sido de Chile el sostén...*

ÑATO (SE LEVANTA Y VA HACIA ELLA): ¡Y te callái, huevona!
LOLA: *Vuestros nombres los tenemos grabados…*
EL ÑATO LE DA UNA TREMENDA BOFETADA.
LOLA CAE AL SUELO.
EL HOMBRE: ¡Un momento, caballero, más respeto por la dama… (EL ÑATO LE DA UN FUERTE PUÑETAZO. CONFUSIÓN DEL PÚBLICO).
EL ÑATO (AGARRÁNDOLA): Como sigái cagándola te mandamos al Palacio de la Risa p'a que aprendái. (LE DA OTRA BOFETADA).
LOLA: No, m'hijito, no me pegue. Me quedo calladita mi amor…
EL ÑATO: ¡Y no me vengái a llamar mi amor! (OTRA PATADA MÁS FUERTE AÚN). ¿Qué me viste las huevas?
LOLA: Sí, ñatito…
EL ÑATO (DÁNDOLE OTRA PATADA): Ya, no te queremos más aquí, huevona. Tai muy borracha. Te fuiste. (LA SACA A EMPUJONES. VOLVIENDO A LA MESA). ¡No faltaba más! (A DON TRÁNSITO). Otra cerveza. Bien fría. (PAUSA). Disculpe el vocabulario, señorita Consuelo.
CONSUELO: No importa, Alejandro también dice groserías a cada rato. De la cintura para abajo.
ALEJANDRO: ¿Y a ti te gusta que digan groserías, amorcito…? (LA BESA). De la cintura pa' bajo, ¿no es cierto?
EL CAR'E MUÑECA: ¡Putah, Alejo, modera tu vocabulario! No seái huevón, ten respeto por tu novia.
ALEJANDRO (LE DICE ALGO AL OÍDO A CONSUELO. ESTA RÍE CON PICARDÍA): ¿Ven que

le gustó? (LE DA OTRO BESO, AHORA CON MAYOR DESCARO).
EL ÑATO: Córtala que estamos en público. Si te la querís mandar, llevátela pa' tu casa.
RISAS DEL ÑATO Y EL CAR'E MUÑECA.
CONSUELO: ¡Oye! No seái roto tú tampoco.
ENTRA DON TRÁNSITO CON LAS CERVEZAS Y LOS TRAGOS.
DON TRÁNSITO: Dice don Heriberto Zavaleta que es atención de la casa en honor a la señorita. (SEÑALA A CONSUELO).
CONSUELO: ¡Qué amor! ¡Muchas gracias!
ZAVALETA (DE UN COSTADO, A LA DELFINA): Lancemos la música al tiro, Delfina. Vamos, maestro Varela.
DELFINA ENTRA EN ESCENA ACOMPAÑADA DE MÚSICA.
PÚBLICO: ¡Viva la Delfina! ¡Viva!
UN BORRACHO LE HACE UN GESTO OBSCENO: Tome, mi amorcito…
OTRO: Véngase pa'cá, m'hijita.
DELFINA: ¡Gracias, damas y caballeros!... ¡Muchas gracias! Para continuar esta noche artístic y de sano esparcimiento, tenemos una vez más ante ustedes a la coqueta, a la soñadora y ardiente… ¡Flor de Fango!
ENTRA FLOR EN ESCENA VESTIDA DE SARA MONTIEL.
FLOR (CANTA): *Ya sé que vas pregonando… /…que por tus quereres estoy medio loca… /…Ya sé que has dicho a la gente… /…que a mí me has dejado… /…por irte con otra…* (DIRIGE LA CANCIÓN A ALEJANDRO). *¡Qué poco te acuerdas… /…de las*

veces que has ido rogando... que yo te quisiera... / ...pero eso lo callas... ...haces ver como que es cosa de hombres... ...y tú no eres eso... (ETC.)

AL TERMINAR RECIBE LOS APLAUSOS Y SALE.[21]

FLOR: Ay, Bombita estoy tan nerviosa... creo que me voy a desmayar.

BOMBA: ¡Apechugue no más! ¡Nosotras también tenemos nuestra dignidad! (FLOR AVANZA HACIA LAS MESAS). Y si te empiezan a molestar, me llamái no más guachita!...

CONSUELO (A ALEJANDRO): Mira quién se viene acercando. Apróntate que se le ve con ganas de armar un escándalo.

ALEJANDRO: No se preocupe, m'hija que yo estas situaciones las sé manejar muy bien.

FLOR LLEGA A LA MESA.

PAUSA TENSA.

EL ÑATO: ¿Y vos, qué querís? (FLOR NO LE CONTESTA).

ALEJANDRO: ¿Qué venís a hacer aquí?

FLOR: Na, puh!...

ALEJANDRO: ¿Y entonces por qué te quedái ahí parada?

FLOR: ¿Tenís un cigarrillo? (PAUSA. TODOS SE MIRAN). ¿Tenís un cigarrillo?

ALEJANDRO: Bueno, ahí tenís y te vai a molestar a otra parte. (LE TIRA UNO).

FLOR: ¿Y no lo podís pasar con la mano, huevón?

EL CAR'E MUÑECA: Ya, recoge tu cigarrillo y no jodái más.

[21] Puesto que cantar la canción completa tomaría mucho tiempo y perjudicaría el ritmo del espectáculo, se puede cantar sólo la parte más importante. Esta convención no afectaría la percepción del público.

FLOR: No estoy hablando con voz. (A ALEJANDRO): ¿No me lo podís dar en la mano?
ALEJANDRO LE OFRECE EL CIGARRILLO.
CONSUELO: ¡Alejandro, no te lo puedo...! ¿Pero estás loco? ¿Se lo das en la mano?
FLOR: ¡Enciéndemelo!
ALEJANDRO DUDA Y LUEGO ENCIENDE EL CIGARRILLO.
CONSUELO: ¡No, esto sí que no te lo soporto!
FLOR: Y usted, señorita que se las da de tan fina, ¿qué hace aquí con esta gentuza?
ALEJANDRO: ¿A quién le vienes a llamar gentuza?
FLOR: Vos sabís, puh.
CONSUELO: No te vengas a meter en lo que no te importa, rota resentida.
FLOR: Mira, chucha[22] tirá a regia. Vos serís la novia, pero yo soy la amante y seguro que soy mil veces mejor que tú en la cama. Además, pa que sepái, la gonorrea se la pegaste tú, huevona cachera. Se te nota en la cara.
ALEJANDRO HACE ADEMÁN DE GOLPEARLA. CONSUELO LO DETIENE.
CONSUELO: ¡Alejandro, vámonos! Ni le contestes.
EL ÑATO (TRATANDO DE PARAR A FLOR): ¡Ésta sí que no te la aguantamos, Flor! (MÁS BAJO, MOSTRANDO EL REVÓLVER) ¡Esto no es ninguna broma!
FLOR SE AFERRA DE LA CHAQUETA DE ALEJANDRO.
ALEJANDRO: ¿Qué quieres?

[22] Chilenismo extremadamente grosero para referirse al órgano sexual femenino. Equivale a *coño, chocha, cuca o toto*. En este caso Flor la utiliza metonímicamente como para referirse a una mujer en forma despectiva y grosera.

FLOR: Ah, ¿y qué querís tú, hijo de puta? ¿Pa qué trajiste a esa pituca culiá a mi espectáculo?
ALEJANDRO: ¡Me vas a soltar al tiro, Flor! ¡Al tiro!
FLOR: ¡Contéstame!
ALEJANDRO: ¡Suéltame, roto de mierda!
FLOR: Claro, roto... roto de mierda más encima. Un día me dices una cosa y otro día otra. Y si soy un roto, ¿por qué te acostái conmigo? ¿No te basta esa chucha del barrio alto?
ALEJANDRO LE DA UN VIOLENTO PUÑETAZO QUE CASI LA HACE SANGRAR.
ALEJANDRO (A LOS DEMÁS): Vámonos. La cuenta, don Tránsito.
FLOR: ¡Hijo de puta, desgraciado! (TOMA UNA BOTELLA Y LE VA A DAR A ALEJANDRO UN BOTELLAZO EN LA CABEZA, PERO EL CAR'E MUÑECA LA DETIENE VIOLENTAMENTE. ENTRAN LOS GUARDIAS Y CON ELLOS LA AGARRAN Y LA VAN ARRASTRANDO FUERA DE ESCENA. MIENTRAS LOS GUARDIAS LA SACAN A EMPUJONES): ¡Me usaste! ¡Me decías que me querías, pero me usaste!... ¡Te burlaste de mí! ¡Te burlaste!
CONSUELO (A ALEJANDRO): Alejandro Schiavi, no me vuelves a traer jamás a este sitio. (SALEN).
ZAVALETA: ¡Música, Maestro Varela! ¡Música! (EL POLLO VARELA COMIENZA A TOCAR UN RITMO SUAVE. A ALEJANDRO, CONSUELO Y LOS OTROS DOS): Mil perdones, señor Schiavi. Mil perdones, no sabe cuánto lo sentimos. Por favor vuelvan y le prometo que no va a volver a pasar nada. No, no se preocupen por la cuenta, es atención de la casa. Gracias, mis caballeros. (SALEN).

OSCURIDAD.

CAE LUZ SOBRE LA MESA DONDE HABITUALMENTE DISCUTEN WILLIE, DELFINA Y LA BOMBA.

WILLIE: La Flor se pasó esa vez y les dio motivo para que la siguieran jodiendo. Si yo hubiera estado esa noche, los habría puesto a todos en su sitio

LA BOMBA: Pero más motivos dio el Claudio. Ese sí que la hizo peor.

DELFINA: Si no hubiera sido por el mocoso ese, nunca hubieran cachado.

WILLIE: Nadie sabía que su madre era doña Luisa, que en paz descanse.

OSCURIDAD.

LUZ SOBRE LA PLATAFORMA DONDE ESTÁN DOÑA LUISA, CLAUDIO Y ANA MARÍA.

ANA MARÍA: Perdone, señora Luisa. Nos costó llegar.

CLAUDIO: Pero le conseguimos los remedios.

DOÑA LUISA: Gracias, hijos, no se preocupen tanto por mí. Tenía miedo de que los detuvieran por mi culpa.

ANA MARÍA: No se siga echando la culpa por todo, señora Luisa.

DOÑA LUISA: Prométanme que van a tener cuidado. (CLAUDIO LA HACER TOMAR LAS PASTILLAS). Gracias, m'hijo. Esto les tiene que haber salido caro.

ANA MARÍA: No se preocupe.

CLAUDIO: Su hijo nos dio la plata.

DOÑA LUISA (EMOCIONADA): ¿Enrique...? Eso no me lo esperaba. ¿Qué va a hacer ahora, solo como está?

CLAUDIO: No se preocupe por eso. Enrique no corre peligro alguno.
DOÑA LUISA: Mi hijo corre más peligro que cualquiera de nosotros. (PAUSA). Yo no voy a vivir por mucho tiempo. Estoy acorralada, incomunicada. Si los milicos me agarran, prefiero suicidarme. Cómo quisiera poder ver a mi hijo al menos una vez antes de morir. Hay tantas cosas que quisiera explicarle.
ANA MARÍA: Por favor, no siga diciendo que se va a morir.
CLAUDIO: Vamos a tratar de arreglar algo para que lo vea. No va a ser fácil.
ANA MARÍA: Es probable que ya sospechen que es hijo suyo.
DOÑA LUISA: Siempre pensé que la causa política estaba por encima de todos los sentimientos, de todos los problemas personales... (SOLLOZA).
ANA MARÍA Y CLAUDIO SE MIRAN.
OSCURIDAD.

LUZ EN LA PLATAFORMA DONDE VEMOS A ALEJANDRO FUMANDO Y APOYADO EN LA PARED.
ENTRA FLOR.
PAUSA.
FLOR NO DICE NADA.
ALEJANDRO (CON CALMA Y SIN MOVERSE): Esto no me lo vuelves a hacer, Florcita. Todavía no sabes con quién estás tratando. Si alguien me cae mal, lo hago desaparecer de un plumazo. (PAUSA). Con los

maricones no se puede confiar, pero yo pensaba que eras diferente. Me equivoqué. (PAUSA). ¿No vas a decir nada? (FLOR SE MANTIENE EN SILENCIO. ALEJANDRO SE ACERCA Y LA TOMA DEL PELO, OBLIGÁNDOLA A MIRARSE EN EL ESPEJO). Estás tratando con un hombre, no con una loca. No soy ni la Lola, ni la Delfina ni el picante del Willie Sanhueza. Todo lo que sucedió entre nosotros debe quedar entre nosotros. No tienes por qué andarlo gritando a boca suelta.

FLOR: Y tú no tenías por qué traer a la Consuelo.

ALEJANDRO: ¡Tengo pleno derecho a traer a quien me dé la gana! La Consuelo es mi novia. La dejé embarazada. Además es una mujer verdadera, tú no. Es de clase alta, tiene plata y tú... tú... (SE RÍE. FLOR NO DICE NADA, PERO SE LE CAEN LAS LÁGRIMAS). Mi pobre Florcita, ¿cómo querías competir con una mina? ¿Cómo se te podía ocurrir que yo iba a dejar a la Consuelo? (SIGUE RIENDO). Te enamoraste de mí y cagaste pila, ph, huevona. (MEDIO CARIÑOSO Y MEDIO EN BROMA). Pero en el fondo te gusta ser la víctima, te gusta sufrir como en las películas. Dime que no, ¿ah? Dime que no. (FLOR SOLLOZA Y SE ECHA EN LOS BRAZOS DE ALEJANDRO). Pobre Florcita, no te vai a poder zafar nunca de mí. Es cierto que soy un hijo de puta, Florcita, y no voy a cambiar nunca, no te hagái ilusiones. (VA HACIA UNA MESA Y SACA UN GRAMO DE COCAÍNA). Soy lo peor que te pudo pasar en la vida. (ASPIRA UNA PORCIÓN). Mala cueva, no má', puh.

(LE DA OTRA A FLOR Y LUEGO LA BESA. Y EMPIEZA A MANOSEARLA). Me gustan las cosas a mi manera y si quieres que siga contigo, vas a tener que obedecerme en todo. (LA BESA CON INTENSIDAD). Apuesto que nadie te besa como yo.
FLOR: Nadie.
ALEJANDRO: Apuesto que ningún hombre te hace gozar como yo.
FLOR: No, Alejandro, nadie.
ALEJANDRO (ACARICIÁNDOLE EL TRASERO): Apuesto a que ninguno te agarra el culo como yo.
FLOR: Ninguno.
ALEJANDRO (PONIÉNDOLO BOCA ABAJO SOBRE SUS PIERNAS. LE ACARICIA LAS NALGAS): Este culito me lo conozco bien. Nadie te lo mete mejor que yo. ¿No es cierto?
FLOR: Nadie...
ALEJANDRO: ¿Te lo meto mejor que el Willie? (SIGUE ACARICIÁNDOLE LAS NALGAS).
FLOR: Mejor que el Willie.
ALEJANDRO: ¿Cuánto más?
FLOR: ¡Mucho más!
ALEJANDRO: ¿Más que a ningún macho que te lo ha metido?
FLOR: ¡Mucho, mucho más!...
ALEJANDRO: ¿Te acuerdas de la canción que me cantaste delante de todos? Me dejaste en ridículo. (SE QUEDA PENSATIVO. SILENCIO DE FLOR). ¿Cómo era esa canción? (PIENSA). Era de Sara

Montiel, me parece, del "El último cuplé". ¿Cómo se llamaba?
FLOR: "Tú no eres eso." Hmm...
ALEJANDRO (LE BAJA LOS PANTALONES LENTAMENTE): O sea, que me estabas diciendo delante de todos que yo "no soy eso". ¿Y qué es eso?
FLOR (VACILANDO): Un hombre...
ALEJANDRO: Ah, ya vamos avanzando. Yo no soy un hombre. Me mandaste a cagar, Florcita. (SILENCIO). Me la vas a tener que cantar de nuevo, pero a mí solito. Ahora mismo.
FLOR: No sé, sin música...
ALEJANDRO: La cantái igual sin música. Yo te voy marcando el ritmo. Te lo voy a marcar muy firme, no te preocupes. Ya, dale.
FLOR: Pero déjame levantarme primero...
ALEJANDRO (AGARRÁNDOLO FUERTE E INMOVILIZÁNDOLO): No, me la vas a cantar así mismo como te tengo ahora: boca abajo sobre mis piernas y con el culo al aire.
FLOR (DUDA. EMPIEZA VACILANTE): *¿Ya sé que vas pregonando...* (ALEJANDRO LE DA UNA TREMENDA NALGADA QUE LA HACE DAR UN BRINCO). ¿Te querías burlar de mí, ¿no? Búrlate ahora. (PAUSA). Sigue, te estoy esperando.
FLOR: *...que por tus quereres estoy medio loca...* (ALEJANDRO LE DA OTRA NALGADA).
ALEJANDRO: Sigue.
FLOR: *...Ya sé que has dicho a la gente que a mí me has dejado por irte con otra...* (ALEJANDRO LE DA

UNA NALGADA RESONANTE QUE LA HACE GRITAR. SIN EMBARGO, DEL CASTIGO AMBOS PASAN A LO SENSUAL Y FUERTEMENTE ERÓTICO). *...qué poco te acuerdas...* (PAUSA EXPECTANTE. FLOR SIGUE). *...de las veces que has ido rogando que yo te quisiera...* (OTRA NALGADA). *...qué poco hablas de ello...* (NALGADA). *...Haces ver que es cosa de hombres... /...y tú no eres eso...*
TRES NALGADAS SEGUIDAS, MÁS VIOLENTAS QUE LAS ANTERIORES.
FLOR JADEA DÉBILMENTE.
PAUSA.
ALEJANDRO (APARTA A FLOR CON UN MOVIMIENTO BRUSCO): ¡Ni se te ocurra volverme a hacer una escena como esa! Menos delante de la Consuelo y los demás. (ASPIRA MÁS COCAÍNA). Si lo vuelves a hacer, te subo al escenario, te desnudo y te la doy a poto pelado frente al público. (SE METE MÁS COCAÍNA. RÍE). Eso sí que sería un éxito total. A lo mejor te gusta. (SIGUE RIENDO). A ver, ¿cómo tenís el poto? (CARCAJADA). ¡Parece un tomate! (SE LO ESTRUJA). Mi obra maestra.
FLOR (SE INCORPORA MIENTRAS SE SUBE LOS PANTALONES): Alejandro, por favor. Esto no me gusta. Preferiría quedarme sola.
ALEJANDRO: ¿Me estái echando? (SE LEVANTA). ¿Me estai echando, huevón?
FLOR: Quiero estar sola.

ALEJANDRO (LE DA UNA FEROZ BOFETADA): ¡A mí no me echa nadie, cabrón! (FLOR LE VA A DAR UNA BOFETADA DE VUELTA, PERO SE DETIENE). ¡Atrévete! ¡Atrévete! Después no vayas a decir que te pego. (PAUSA. FLOR SE ECHA A LLORAR AMARGAMENTE).
FLOR SIGUE LLORANDO.
ALEJANDRO HACE UN GESTO DE IMPACIENCIA Y CAMINA HACIA LA PUERTA.
SE DETIENE AFIRMÁNDOSE EN LA PUERTA Y OBSERVA DETENIDAMENTE A FLOR.
ALEJANDRO: Si querís, me voy. (PAUSA). Me voy ahora mismo y no me vuelves a ver más.
FLOR: No, Alejandro, no te vayas. (PAUSA).
ALEJANDRO: Bueno, ya. Es cierto, me comporté como un bruto contigo. (SE LE ACERCA Y SE PONE DE CUCLILLAS A SU LADO). No sigas llorando, no te voy a hacer daño.
FLOR: Nunca pensé que te ibas a enojar tanto.
ALEJANDRO: Sí, se me fue la mano, tenía rabia. Pero ya pasó. Olvídate. (ABRAZA A FLOR. LA ACARICIA, LA BESA). Ya, ya, no fue para tanto, si ya sabes que me gusta pegarte en el poto. Y a ti también te gusta que te pegue, loca cochina. No me digas que no... Si me di cuenta que se te estaba parando
FLOR: Y a ti también, si no soy tan tonta.
ALEJANDRO: ¿Ya sabes que a los dos nos gusta? (SE LEVANTA POR MÁS COCAÍNA EN UN ESTANTE DETRÁS DEL SILLÓN). La Consuelo es tan cartucha que no me aguanta nada. No me entiende y no hace

nada de lo que yo quiero. Cuando estoy contigo me haces sentirme como yo quiero sentirme. En cambio, la Consuelo...

FLOR: No me la menciones.

ALEJANDRO: Perdóname, no te la vuelvo a mencionar. (ABRAZA A FLOR POR LA ESPALDA MIENTRAS ASPIRAN COCA. LA BESA PROFUSAMENTE EN EL CUELLO). Sólo te quiero a ti. Te lo prometo. (LA BESA AÚN MÁS).

FLOR: Soy tuya, totalmente tuya. (SE DEJA BESAR). Haz lo que quieras conmigo.

ALEJANDRO: ¿De veras? ¿Lo que yo quiera?

FLOR (SENTÁNDOSE A SU LADO): Sí, mi amor.

ALEJANDRO: Te quiero para siempre. Ten confianza en mí. (MÁS BESOS). Ahora mismo te llevo al yate que me regaló mi tío... Te paseo por toda la bahía sin darte un segundo de descanso hasta que se haga de noche y te siga culeando frente a todas las luces de Valparaíso... ¿Estái llorando o es idea mía?

FLOR: Sí, estoy llorando... y de alegría...

ALEJANDRO: ¿Algún otro hombre te hizo llorar así?

FLOR: No, ninguno...

ALEJANDRO: ¿Y el Claudio? (PAUSA). ¿Te hacía llorar el Claudio?

FLOR: Con el Claudio era distinto.

ALEJANDRO: ¿Te lo metía mejor que yo?

FLOR: No, Alejandro.

ALEJANDRO: ¿Lo tenía tan grande como yo?

FLOR: No...

ALEJANDRO: ¿Me quieres más que a Claudio?... (SILENCIO). ¿Más que al Claudio?
FLOR: Alejandro, por favor...
ALEJANDRO: ¿Me quieres más que al Claudio?
FLOR: Sí, mi amor, mucho, mucho más...
ALEJANDRO: No lo vas a volver a ver nunca más. Si lo vuelvo a ver contigo, le doy una paliza de la que no se va a olvidar nunca.
FLOR: No lo voy a ver más. Te lo prometo.
ALEJANDRO (BESÁNDOLA Y MANOSEÁNDOLA MÁS INTENSAMENTE): Relájate... Estás muy nerviosa... Así... así... Desde ahora en adelante eres mi puta.
FLOR: Sí, mi amor... tu puta... Quiero ser tu puta...
ALEJANDRO (MÁS INTENSO AÚN): No pongas resistencia... Afloja... Afloja el culito... así, mansito... (LO MANOSEA AÚN MÁS DESCARADAMENTE, METIÉNDOLE LA MANO DEBAJO DE LOS CALZONES). Un potito apretadito, suave... como el de un niño... Un hoyito que ya me conoce el pico... que sabe cómo recibirlo entero... Así... Un culito inteligente...
FLOR ESTÁ VISIBLEMENTE EXCITADA A LA VEZ QUE EL AVANCE SEXUAL DE ALEJANDRO ES CADA VEZ MÁS DECIDIDO.
ALEJANDRO (SÚBITAMENTE): Lo vas a hacer tal como yo lo quiero. Esa es mi primera condición, lo que yo quiera, ¿cachái?
FLOR: Lo que tú quieras, Alejandro.

LO BESA INTENSAMENTE Y LUEGO LO MIRA A LOS OJOS DETENIDAMENTE.
ALEJANDRO: ¿Estás segura? ¿Seguro que harías todo lo que te dijera?
FLOR: Sí.
ALEJANDRO: ¿Matarías a tu madre, por ejemplo? (FLOR SE SOBRESALTA. PAUSA). ¿Matarías a tu madre?
FLOR: Pero, Alejandro...
ALEJANDRO: Te lo puedo exigir como prueba de amor... ¿Lo harías?
FLOR (MIENTRAS ALEJANDRO COMIENZA A HACERLE EL AMOR): Alejandro, ¿cómo me puedes...? (PAUSA). Sí, Alejandro, lo haría, haría todo lo que me pidieras...
ALEJANDRO (SOLTANDO UNA CARCAJADA): Eres harto huevona, Florcita. (SIGUE RIENDO). A tu madre ya la tenemos ubicada. Ya sabemos dónde está, no tiene escapatoria. Si todavía está viva es por ti, nada más que por ti. (PAUSA). Las cosas que te voy a mandar a hacer son otras, ya te vas a ir dando cuenta. (LA ABRAZA, LA BESA CON TERNURA Y LA MIRA DETENIDAMENTE A LOS OJOS). Esta es mi Florcita.
OSCURIDAD

CAE LUZ SOBRE LA PLATAFORMA DONDE ESTÁN DOÑA LUISA Y ANA MARÍA.
RUIDO DE HELICÓPTEROS, METRALLETAS, RADIOPATRULLAS.

GRITOS.
DOÑA LUISA: Son ellos, son ellos otra vez.
ANA MARÍA: Quédese quieta. (PAUSA). Es una redada, pero no aquí. Quédese quieta. No mire por la ventana.
DOÑA LUISA: Es hacia el sur. Es por la zona del American Star. ¡Mi hijo!
ANA MARÍA: Señora Luisa, entienda de una vez por todas. Su hijo no corre ningún peligro.
DOÑA LUISA: Lo van a usar de anzuelo, lo van a agarrar de rehén. Lo van a torturar.
ANA MARÍA: Aparte de nosotros no conoce a nadie. No sabe nada de nada que lo pueda comprometer.
DOÑA LUISA: Pero ellos no lo saben. Tengo que ir a ver a mi hijo. No lo puedo volver a abandonar. (PAUSA). Pasaron los helicópteros…
ANA MARÍA: ¡Hágame caso de una vez por todas!... ¡No vaya! (RUIDO DE DISPAROS. PAUSA. SILENCIO. OSCURIDAD). Quédese quieta, no haga ruido.
OSCURIDAD.

CLAUDIO ESPERA A FLOR EN EL MESÓN TOMANDO UNA CERVEZA, FINGIENDO SER UN CLIENTE CASUAL.
WILLIE (SE ACERCA A CLAUDIO): Ahora lo estamos viendo más seguido, don Claudio. ¿Es por la Flor de Fango?
CLAUDIO: Se llama Enrique. ¿Por qué me lo preguntas?

WILLIE: Ándese con cuidado. Usted ya sabe que este sitio no es para usted. En una de éstas lo agarran y... Además, está poniendo en peligro a la Florcita.
CLAUDIO: No es asunto suyo.
WILLIE: Sí, compadre, es asunto mío también y no quiero problemas. Váyase y no vuelva a aparecerse por aquí.
APARECE EL ÑATO SIERRA.
WILLIE (A CLAUDIO): Ándate a tu casita ahora mismo. (CLAUDIO SE VA NERVIOSO).
ÑATO (AL WILLIE. POR CLAUDIO): Rico el chiporrito, ¿ah?... A falta de mina....
WILLIE: ¡Deja a ese cabro tranquilo!
ÑATO: ¿Cómo va el negocio en el American Star?
WILLIE: Más o menos, ¿pa' que preguntai?
ÑATO: Se me chorea[23]el caballero aquí. Por na, puh. Por preguntar.
WILLIE: ¿Es por la Flor de Fango?
ÑATO: Harto bien que lo está pasando la loca. Enamoradiza nos salió. (LANZA UNA CARCAJADA). Me dijeron que usted hasta le dio unos buenos besos... Cuidado, cumpa, eso sí es peligroso... Mire que culiar es una cosa, pero besar y en la boca pa' peor... (SALE).
WILLIE SE QUEDA EN SILENCIO.
LUZ DETRÁS DEL MESÓN DONDE SE ACERCA LA FLOR QUIEN HA ESCUCHADO LA ÚLTIMA PARTE DE LA CONVERSACIÓN.
WILLIE: Al Claudio y a su amiga ya los tienen cachados.
FLOR: ¿Y vos, qué sabís?

WILLIE: Porque lo sé, puh. (PAUSA). Y el otro ya se está por casar en estos días con la Consuelo. Salió en la tele. La otra noche los vi en una discoteca bailando como si no los viera nadie.
FLOR: Él es así. Conmigo es diferente.
WILLIE: ¿Pero cómo podís ser tan jetona? Si te sigue culeando es porque algo quiere. El gallo ese siempre anda en negocios raros. Él fue uno de los que apalearon al estudiante de medicina la semana pasada. Como decían que las entendía, le metieron una botella por el culo y lo dejaron desangrándose en el parque.

BAJA OTRA VEZ LA PANTALLA Y SE PROYECTA EL SIGUIENTE LETRERO:

Valparaíso, febrero de 1975. Ultimo día del Festival de Viña

EN OTRA PLATAFORMA, ANA MARÍA MARCA UN NÚMERO EN EL TELÉFONO PÚBLICO.
ESCUCHA.
NO CONTESTAN.
BUSCA OTRO NÚMERO.
AHORA CONTESTAN.
ANA MARÍA: Por favor, dígale a Claudio que saque a doña Luisa de allí y que desaparezcan. Pero tiene que ser ahora mismo, cuando está terminando el festival. Mañana va a ser muy tarde.
CUELGA.

ANA MARÍA SE DA CUENTA DE QUE EL CAR'E MUÑECA LA OBSERVA DE LEJOS.
VA A SALIR PRETENDIENDO NO VERLO.
CAR'E MUÑECA: Así es que te gusta el Claudio, ¿eh? (SILENCIO).
ANA MARIA: No sé de qué me habla.
CAR'E MUÑECA: ¿No sabíai que es cola el huevoncito? No le hagai ni empeño porque ni siquiera se le va a parar. (ANA MARÍA LO MIRA CON DESPRECIO Y AVANZA HACIA LA SALIDA. RIENDO, LA TOMA DEL BRAZO): ¿Qué no querís que te hable del Claudio?
ANA MARÍA (SE SUELTA): ¡Suéltame, estúpido!
CAR'E MUÑECA: ¡Arisca la minita!
ANA MARÍA: Déjeme en paz.
CAR'E MUÑECA: Está bien. Ya te vamos a agarrar. Ahí vai a ver, no más. (SE RÍE).
OSCURIDAD.

RUIDOS DEL FESTIVAL.
LUCES Y FUEGOS ARTIFICIALES. BOCINAS DE AUTOS.
CLAUDIO ENTRA CORRIENDO A LA PLATAFORMA DONDE TENÍA QUE ESTAR DONA LUISA, PERO NO HAY NADIE.
CLAUDIO: ¿Señora Luisa? ¿Señora Luisa?... ¡Dios mío, señora Luisa! (SALE DESESPERADO).
WILLIE: Todo pasó de golpe. No nos alcanzamos ni a dar cuenta.
LA BOMBA: No se podía hacer nada.

AL FONDO DE LA PLATAFORMA CENTRAL APARECE FLOR DE FANGO VESTIDA DE NEGRO.
COMIENZA LA MÚSICA.
FLOR COMIENZA A CANTAR "*El día que nací yo*" TAL COMO LA CANTA SARA MONTIEL AL FINAL DE *CARMEN LA DE RONDA.*
FLOR: *El día que nací yo / ¿qué planeta reinaría? / por do quiera que voy / ¡qué mala estrella me guía!*
SORPRESIVAMENTE ENTRA DOÑA LUISA. SU ENTRADA ES ADVERTIDA POR TODOS, PRIMERO POR SU APARIENCIA QUE CONTRASTA VIOLENTAMENTE CON EL RESTO DEL BAR.
MIRA ANSIOSA A LA FLOR QUE SE SOBRESALTA PERO REACCIONA RÁPIDAMENTE Y SIGUE CANTANDO CON NOTORIA ANGUSTIA.
FLOR: *Estrella de plata / la que más reluce / ¿por qué me llevas / por este carvario / llenito de cruces?*
ENTRA CLAUDIO. VA HACIA ELLA Y TRATA DE DETENERLA SUAVEMENTE.
CLAUDIO. Compañera, vámonos de aquí. Rápido.
DOÑA LUISA: No, me voy. Es la última vez que voy a ver a mi hijo.
CLAUDIO: Compañera...
FLOR SIGUE CANTANDO, MUY EMOCIONADA, PERO SIN PERDER LA VOZ: *Yo quietecita sobre las tinieblas / a pasito lento el barco de vela / de tu poderío me trajo a este puerto / donde se me ahogan los cinco sentidos...*

POR UNO DE LOS COSTADOS APARECE ALEJANDRO SCHIAVI QUIEN OBSERVA CON DETENIMIENTO.
POR OTRO COSTADO APARECEN EL ÑATO SIERRA Y LA LOLA PUÑALES, SEGUIDOS DE UN PAR DE INFORMANTES.
FLOR SIGUE CANTANDO MIENTRAS SE VA ACERCANDO A SU MADRE.
AL TERMINAR LA CANCIÓN, DOÑA LUISA SE ABALANZA SOBRE FLOR Y LA ABRAZA LLORANDO.
DOÑA LUISA: ¡M'hijo… m'hijito querido!
LLORA HASTA QUE SE DEBILITA Y ESTÁ POR DESMAYARSE.
FLOR LA ABRAZA MUDA. LA BESA EMOCIONADAMENTE.
SE SIENTE UN SILENCIO DE MUERTE.
PAUSA.
ALEJANDRO SCHIAVI: Muy bien, señora Luisa Chacón Viuda de Cabrera, nos ahorró un día de trabajo.
SE SIENTEN UN PAR DE BALAZOS.
UNA VOZ DICE: "¡De aquí no sale nadie!"
CLAUDIO Y FLOR TOMAN DEL BRAZO A DOÑA LUISA Y CORREN HACIA UN COSTADO DE UNA PLATAFORMA.
ESTÁN RODEADOS. NO TIENEN SALIDA. CORREN HACIA OTRO COSTADO, PERO SUENAN DOS BALAZOS MÁS.
ESTÁN ATRAPADOS.
FLOR INTENTA SALVARLOS. QUIERE TOMAR A SU MADRE EN BRAZOS, PERO NO PUEDE CON

ELLA Y SE VE OBSTACULIZADO POR LA POLICÍA.
IMPOTENTE, LLORA ABRAZADO A SU MADRE Y A CLAUDIO.
ALEJANDRO SE LES ACERCA. SEPARA A FLOR CON VIOLENCIA LLEVÁNDOSELA HACIA ATRÁS. FLOR GRITA ANGUSTIADA, PERO ALEJANDRO NO LA SUELTA.
SUENAN DOS DISPAROS MÁS Y DOÑA LUISA Y CLAUDIO CAEN HERIDOS.
FLOR: Claudio... Mamá...
SIN ATINAR A NADA, FLOR LLORA MIRÁNDOLOS A LOS DOS.
SE VA OSCURECIENDO DE A POCO EL ESCENARIO.

BAJA LENTAMENTE LA PANTALLA DONDE VEMOS A CONSUELO DEL VALLE EN SU NOTICIERO EN EL CANAL NACIONAL, AHORA EN COLORES.
INFORMA (CON FOTOS DE LOS PERSONAJES) QUE:

1. Junto a un canal de desagüe de la zona sur se encontró el cadáver degollado de doña Luisa Chacón viuda de Cabrera. Junto a ella se encontró el cadáver también degollado de Claudio Morales Coñaleff, estudiante universitario.

2. La estrella del American Star, Juana Chinca, alias la Lola Puñales, dice haber visto que doña Luisa fue sacada del establecimiento por su hijo, Enrique Cabrera y el joven Morales. Insiste en que fueron

Enrique y otros sujetos desconocidos los que, una vez fuera del recinto, degollaron a la viuda de Cabrera, aprovechando los ruidos del festival.

3. Heriberto Zavaleta junto a otros testigos que presenciaron el hecho afirman lo contrario. Morales murió dentro del American Star y Enrique Cabrera nunca salió del recinto hasta ser detenido. Esto fue reafirmado por el señor Alejandro Schiavi Müllerbergh quien estaba allí presente en el momento del secuestro.

4. Otros testigos dicen haber visto a un par de individuos no identificados lanzando los cadáveres al canal. Pueden haber sido miembros de grupos marxistas subversivos puesto que doña Luisa y probablemente Claudio Morales tenían demasiada información comprometedora.

5. Que Enrique Cabrera Chacón sigue detenido mientras es interrogado. Las pruebas en contra suya son muy poco concluyentes y está en un grave estado de postración nerviosa.

EPÍLOGO

El letrero dice:

Mosebacke, Estocolmo
15 años después

EN UNA MESA (DEBE SUGERIRSE QUE ESTÁN EN UN CAFÉ DE ESTOCOLMO, SUECIA) CONVERSAN WILLIE Y ANA MARÍA.

WILLIE: Hace tanto tiempo de eso. Yo ya me olvidé. Estoy muy contento con mi trabajo como taxista aquí en Suecia. Mi mujer y yo tenemos dos hijos y somos felices. (PAUSA). ¿Por qué la pobre Flor de Fango? Si ya nadie se acuerda de ella.

ANA MARÍA: Por eso mismo estoy escribiendo esta tesis. Hay cosas que uno no debe olvidar. (PAUSA). No pude hacer nada por Enrique ni tampoco por Claudio. Es una deuda que tengo con ellos. (PAUSA). Todavía despierto aterrada algunas noches, todavía pienso que me van a arrestar en cualquier momento... Porque así era, me torturaban, me dejaban en libertad y luego me volvían a tomar presa... Y así, no sé cómo no me volví loca. Cuando aterricé en Madrid sentí que volvía a respirar. Pero aun así, el terror la sigue a una a todas partes.

WILLIE: Ya van como quince años. Hágame caso, olvídese de todo. Usted tiene un buen trabajo en Barcelona, es joven todavía...

ANA MARIA: Para mí no es fácil olvidar.

WILLIE: Yo quería mucho a la Florcita, pero qué le vamos a hacer. Nadie la recuerda, a nadie le importa.
ANA MARIA: Precisamente por eso. (PAUSA). Era también el mejor amigo de Claudio y Claudio…
WILLIE (TÍMIDAMENTE): Usted lo… (PAUSA. ANA MARÍA TOMA UN TRAGO DE CERVEZA). Es poco lo que puedo contarle. Nadie se explicaba que hubieran dejado libre a la Florcita… y tan pronto. Y ella, no podíamos entender cómo, cambió mucho. Se corrió la voz de que se había hecho informante de la DINA. A nosotros nos costaba creer eso.
ANA MARÍA: A mí también. No sé exactamente qué pasaba con él.
MIRA HACIA OTRA MESA DONDE CAE UNA LUZ. FLOR ESTÁ SENTADA DE ESPALDA.
FLOR (EN VOZ BAJA): La están siguiendo. Váyase. No vuelva a su pieza. Váyase ahora mismo o la tengo que delatar. (OSCURIDAD EN ESE SECTOR).
ANA MARÍA: Hizo lo que pudo por salvarme la vida.
WILLIE: Nosotros quisimos que volviera a cantar, que recomenzara su vida.
LUZ EN OTRA MESA.
ESTÁN ZAVALETA, LA DELFINA Y LA BOMBA HABLANDO A UNA FLOR IMAGINARIA.
ZAVALETA: Vuélvase, mi amigo. Volvimos a abrir el American, con horario restringido, pero nosotros nos las arreglamos. Allí está tu vida, Flor.
LA BOMBA: Vuelva a cantar. Olvídese de todo.
DELFINA: Hay que seguir viviendo, guachita. Claudio y tu mami están en el cielo y en cuanto al innombrable ése, olvídelo. Créame, m'hijita, no hay ningún hombre que valga la pena. Sonría. Al mal tiempo, buena cara.

SE OSCURECE ESE SECTOR.
WILLIE (A ANA MARÍA): Y su vuelta... Bueno, ya lo sabe usted....
ANA MARÍA: Nunca supe exactamente qué pasó. Las circunstancias del suicidio son raras. No creo las versiones que se dieron...
WILLIE: Hay cosas que nunca quedaron claras. ¿Sabía usted que después de la detención y el interrogatorio Enrique salió libre? Flor empezó a vivir en un apartamento en Providencia. No volvió a vestirse de mujer, no volvió a cantar, nadie la reconocía.
ANA MARIA: No estaba segura de eso.
WILLIE: El apartamento se lo pagaba Alejandro Schiavi y ahí lo mantenía escondido. Es difícil de explicar lo que pasaba entre ellos. Dicen que hasta se cambiaron de nombre, que Alejandro Schiavi no era su nombre verdadero. Su segundo apellido era alemán y su familia tenía fundo en el sur. (PAUSA). Ana María, lo que le voy a contar nunca se lo había contado a nadie. Tenía miedo y me lo dejé bien guardado. Por favor, no vaya a decir que yo le di la información. Esa noche del suicidio llegó muy raro al American Star. Apenas saludó a nadie, pero sí habló conmigo. No confiaba en nadie más. Y me lo contó todo.
OSCURIDAD.

BAJA EL CARTEL FRENTE AL ESCENARIO. EL LETRERO DICE:

Santiago, Chile 21 de mayo, 1975

CAE LUZ SOBRE FLOR DE FANGO Y ALEJANDRO SCHIAVI. ESTÁN EN EL APARTAMENTO EN PROVIDENCIA.
FUMAN E INHALAN COCA, JUNTO A BOTELLAS DE CERVEZA. HAY MAYOR INTIMIDAD ENTRE ELLOS, PROBABLEMENTE ACENTUADA POR LA DROGA Y EL ALCOHOL.
FLOR DE FANGO, SIN EMBARGO, HA CAMBIADO MUCHO. APARTE DE UNA DUREZA VELADA QUE NO TENÍA, NO HAY EN ELLA LA TERNURA Y LA PICARDÍA QUE VIÉRAMOS ANTES. YA NADA CONSERVA DE SARA MONTIEL Y LA EXPRESIÓN DE SU ROSTRO INDICA QUE HA SABIDO OCULTAR LO QUE PIENSA Y ENTERRAR MUY AL FONDO SUS SENTIMIENTOS.
ALEJANDRO, A SU VEZ, HA PERDIDO UN POCO EL ENCANTO ANGELICAL Y AMBIGUO QUE TUVIERA ANTES. SU CINISMO ES MÁS NOTORIO.
ALEJANDRO: Cuando te bajís del bus te vas derecho al American Star. Nadie tiene que reconocerte hasta que estés en el bar. Maquíllate bien, ponte bien el traje. El público sólo puede ver a la Flor de Fango y a la Sara Montiel, nada más. Será tú último cuplé y no vas a volver a cantar en mucho tiempo. Ni te preocupes por el toque, esta noche es especial, pero no le contís nada a nadie. A Zavaleta le entregas el libro y los dólares que te pasé. Te vuelves a Santiago en el primer bus de la mañana. Si te paran los pacos, que me llamen a mí o a los teléfonos que te di.

FLOR: Hay muchas cosas que no entiendo. Tampoco es que me importe. A estas alturas…
ALEJANDRO: Recuerda bien tu nombre. Te llamas René Pacheco y limpias pisos en el edificio donde vivo. Aquí está tu carnet de identidad. De mí no digái nada. Si te preguntan el nombre, nunca digái que soy Alejandro Schiavi. Decí que eres el empleado de Otto Müllerbergh, que tiene fundo cerca de Los Ángeles y que viaja mucho a Frankfurt. Aparte de eso, no sabís nada más.
FLOR: Me siento como mierda por dentro. Hace tiempo que… no sé… no sé cómo voy a poder cantar esta noche. No quería ni ver el American Star… pero ustedes me obligan… y ni sé por qué.
ALEJANDRO: Mejor que no lo sepas. Ten todos los datos bien de memoria. No te vayas a confundir porque nos podís cagar. Yo, en particular, me las estoy jugando contigo. Si metís la pata, te matamos y punto. Caso cerrado. A fines de julio estamos en Caracas, de allí a Miami y luego a Washington. Ya veremos después.
FLOR: Ya no soporto el disfraz de Flor, no me queda. Ya ni sé quién soy.
ALEJANDRO: Todo se olvida, Florcita. Ya has cambiado mucho. En mis manos estás empezando a ser otra.
FLOR: Después de ver a su madre degollada… a una no le queda más remedio que cambiar.
ALEJANDRO: Tú la odiabas. Además, yo no la maté. (INHALA COCAÍNA).
FLOR: No, con tus propias manos no. Además, no usas cuchillo, te queda mejor el revólver. (LE INDICA EL REVÓLVER QUE LLEVA EN EL CINTURÓN).

ALEJANDRO: Sí, me queda mejor.
FLOR: Y también te queda mejor el disfraz.
ALEJANDRO: ¿Disfraz? ¿Qué disfraz?
FLOR: El de Alejandro, ¿cuál otro?
ALEJANDRO: A veces te pones harto densa.
FLOR: Yo me visto de Sara Montiel y tú de Alejandro Schiavi.
ALEJANDRO: No sé qué quieres decir con eso.
FLOR: Debajo de mi disfraz había un Enrique que quería borrar de la vista de todos. Bajo tu disfraz hay alguien que todavía no conozco. (PAUSA). Ahora puedo estar segura de que no lo voy a conocer nunca.
ALEJANDRO: No entiendo una hueva de lo que me estái diciendo.
ALEJANDRO ASPIRA OTRA LÍNEA DE COCA Y LE DA OTRA A FLOR. LA BESA.
PAUSA.
FLOR: ¿Por qué me dejaron libre? ¿Por qué no me hiciste matar a mí también?
ALEJANDRO: El plan era que a ti no te pasara nada. Ya te dije varias veces que tengo mucho más poder de lo que te imaginas. Te podría haber matado en cualquier momento si me hubiera dado la gana. (ENCIENDE UNA MARIHUANA. FUMA). ¿Todavía no cacház?
FLOR: ¡Mataste también a Claudio! Eso fue peor que matarme a mí.
ALEJANDRO: No seái melodramático, huevón. Si a última hora recurrió a ti fue porque no le quedaba otra salida. Lo único que le importaba era la revolución, la lucha de clases... y todo eso que aprendió en la universidad.

FLOR: Claudio realmente me quiso. Yo lo había dejado, no él a mí. Ahí estuvo la peor equivocación de mi vida. No haberme dado cuenta de que fue el hombre al que más amé.
ALEJANDRO (RÍE): Putah que está teatrero, compadre. (SIGUE FUMANDO). ¿Y… además… todavía no cachái por qué estamos juntos? La Consuelo me dijo una vez que no entendía por qué tanto lío contigo. No se lo expliqué porque no tenía por qué explicarle ni una huevá. Es mi vida de hombre y no tengo por qué darle cuentas a ninguna mina.
FLOR: ¿Y por qué estamos juntos? No soy una mina. A mí sí me lo puedes explicar.
ALEJANDRO (MIRÁNDOLO CON CURIOSIDAD Y ASPIRANDO LA MARIHUANA OTRA VEZ. PIENSA Y LUEGO DICE): Porque me gustái, ph, huevón. Las mujeres no saben hacer el amor, no son gozadoras, no tienen sentido del pico.
FLOR: ¿Y nosotros?
ALEJANDRO: ¿Los maricones? ¡Diferentes, ph! Ustedes sí saben lo que quiere un hombre. Bueno, no todos, la Lola Puñales es pura boca y tiene un culo más feo que poto de gallina.
FLOR: ¿Y hombres como Claudio?
ALEJANDRO: Ese no puede aguantar el dolor ni desde antes que se lo metan.
FLOR: ¿Cómo sabes?
ALEJANDRO: ¿Es que nunca te diste…? Hicimos el servicio militar juntos. Estábamos en la misma división.
FLOR: ¿Y qué?
ALEJANDRO: Que una vez le dimos como caja entre cuatro. Gritaba como marrano cuando tratábamos de

metérselo. Yo, como lo tengo tan grande, no pude, pero lo hice sufrir bastante: tenía el hoyo muy estrecho. Se las daba de machito y parece que a veces le resultaba.
FLOR: Había otras posibilidades... Pudiste haber probado, te hubieras llevado una buena sorpresa...
ALEJANDRO (SÚBITAMENTE): ¡A mí no me lo mete nadie!
FLOR: No me refería sólo a eso.
ALEJANDRO: No me estís hueveando, Florcita.
FLOR: ¿Por qué te pones así, mi amor? No es para que te enojes tanto...
ALEJANDRO: ¡Sí que es para tanto! ¡No soy maricón! A uno que me quiso dar vueltas boca abajo una vez le enterré una botella por el culo y lo dejé tirado en el parque desangrándose. Era lo que se merecía.
PAUSA.
FLOR ASPIRA OTRA LÍNEA DE COCA. LUEGO OTRA.
FLOR: ¿Y qué dice la señora Consuelo del Valle de Schiavi?
ALEJANDRO: Nunca debí casarme con ella. Aparte de la posición social y el puesto en la televisión, no significaba nada para mí. Sólo quería acostarse conmigo, y lucirme frente a sus amigas porque soy bonito. Todo fue para la exportación. Ahora hay que seguir, me conviene estar casado con ella. Esa mujer no sabe lo que es enamorarse, sólo se quiere a sí misma... y a su plata. Y si supieras... la luna de miel en Río fue un desastre. (FUMA).
FLOR: ¿Y tú, Alejandro, sabes lo que es enamorarse, enamorarse de veras? (ALEJANDRO NO CONTESTA). Yo sí.

ALEJANDRO: Claro. Estái enamorado de mí. Y estás super enamorado, enamorado hasta las patas... (SE RÍE).
FLOR: ¿Y tú? ¿Estás enamorado de mí? Si no lo estás, no entiendo nada. (PAUSA).
ALEJANDRO: Mira, Florcita, me gustaste desde la primera noche que te llevé a ese hotel, pero lo único que quería era encontrar una pista de doña Luisa. Y me llevé una sorpresa. Todo lo que hiciste esa noche estuvo el descueve, lo hiciste todo perfecto, justo lo que yo quería. Me di cuenta que eras muy diferente, muy diferente y que hasta me podías gustar más que una mina. Ninguna mujer podría ser tan hembra como tú y ni siquiera necesitabas disfrazarte. Aceptaste hacer cosas que nadie se había atrevido a hacer conmigo, a menos que yo los obligara. Era un placer amarrarte, azotarte, escupirte en la cara, enterrarte cigarrillos encendidos en el culo.
FLOR: Me sentía totalmente tuya cuando lo hacías. Si no te hubiera querido, habría sido otra tortura más. Pero nunca fuiste honesto conmigo.
ALEJANDRO: Jugué contigo, es cierto, te hice sufrir. Lo hice a propósito y me divertí mucho. Todo fue para someterte por completo y dejarte bien en claro que yo soy el hombre. (FLOR ESCUCHA CON PACIENCIA). Y eso nadie tiene por qué saberlo. Nadie.
FLOR: Va a ser difícil. (TOMA UN TRAGO DE GOLPE. SE METE DOS LÍNEAS MÁS DE COCA. ALEJANDRO LA DETIENE).
ALEJANDRO: Pero no te metái tanto. Después no vai a poder ni subirte al escenario. (LA BESA Y MANOSEA INTENSAMENTE).

DE SÚBITO, FLOR DE FANGO LE ARREBATA EL REVÓLVER Y LO APUNTA.
SILENCIO TENSO.
ALEJANDRO (ATÓNITO): No, Florcita...
FLOR: No me llames Florcita. La Flor de Fango está muerta. Quedo yo sola y ni siquiera tengo nombre.
ALEJANDRO: Si lo haces por jugar... sí, reconozco que es excitante... pero ten cuidado... está cargado y no sabís cómo usarlo...
FLOR: Tú me enseñaste a usarlo.
ALEJANDRO: Está bueno ya, Florcita....
FLOR (DA UN DISPARO EN EL AIRE): No me llames, Florcita.
ALEJANDRO: Yo nunca te hice daño... Yo te quiero... Enrique.
FLOR: No me llames Enrique. Enrique murió junto a mi madre...
ALEJANDRO: Todo lo hice porque me ordenaron hacerlo. Tenía que hacerlo... (PAUSA TENSA). Está bien, calmémonos... Esto podemos conversarlo. Estoy seguro que llegamos a entendernos.
FLOR: Eso es imposible. No vamos a entendernos nunca. Ni siquiera puedes entender el daño que hiciste a tanta gente, el terror que fuiste sembrando por todas partes. Eres bello como un ángel, pero llevas el infierno dentro. ¿Sabes lo que es ser violado, humillado, asesinado? ¿Torturado, degollado?
ALEJANDRO: Sí, lo sé... (OTRO DISPARO AL AIRE. ALEJANDRO SE DERRUMBA DESESPERADO): ¿Qué puedo hacer para demostrarte que te quiero... que no soy el que piensas... (PAUSA). Dime. ¿Qué hago?...

FLOR: Levanta los brazos. Acércate al sillón. Bien junto al sillón. Dame la espalda. Así. Agáchate. ¡Agáchate! Bien. ¡Suéltate el cinturón! ¡Suéltatelo! (SE LO SUELTA).
ALEJANDRO: No, Enrique, por favor no...
FLOR LE BAJA LOS PANTALONES DE UN TIRÓN. LUEGO LOS CALZONCILLOS.
ALEJANDRO SE LEVANTA DE GOLPE PARA RESISTIR.
FLOR (LE DA UN FUERTE CULATAZO EN LA NUCA Y LUEGO OTRO Y LO EMPUJA HACIA ABAJO AMENAZÁNDOLO CON EL REVÓLVER): Aparta las piernas, basura. Más. Así. ¿Por qué tan nervioso? No te voy a hacer nada que tú no le hayas hecho a otros. Al menos, según lo que dices. ¡No te muevas! Así. Bien. Qué belleza. Nunca había visto un culo tan bonito. ¡Qué desperdicio! (TOMA UNA BOTELLA VACÍA. ALEJANDRO SE RESISTE OTRA VEZ Y FLOR VUELVE A DISPARAR EN EL AIRE). Quédate quieto, quietecito.
ALEJANDRO: Flor, por favor... por favorcito...
FLOR (DÁNDOLE UNA VIOLENTA NALGADA. TOMA UNA BOTELLA): Te va a doler al principio pero después te acostumbrarás. Verás que tu vida va a ser diferente... (LEVANTA LA BOTELLA Y LA ALZA EN EL AIRE) ...después que te entierre esta botella hasta el fondo. (LE ENTIERRA VIOLENTAMENTE LA BOTELLA EN EL RECTO, MIENTRAS ALEJANDRO DA UN TERRIBLE ALARIDO. FLOR LE RETUERCE LA BOTELLA TRATANDO DE HUNDÍRSELA CADA VEZ MÁS): ¡Para que te duela con todo el dolor que causaste a los demás! Para que no

nos olvides nunca, hijo de puta! (FINALMENTE SACA LA BOTELLA Y LA TIRA LEJOS. ALEJANDRO SIGUE INCLINADO SOBRE EL SOFÁ TEMBLANDO DEL DOLOR Y LA HUMILLACIÓN. FLOR TOMA EL REVÓLVER Y APUNTA A ALEJANDRO EN EL TRASERO). ¡Sí, Alejandro, tenías razón! ¡Nunca quise a nadie como a ti! (LE DISPARA. ALEJANDRO GRITA Y SE RETUERCE DEL DOLOR, CAYENDO AL SUELO). Adiós... ¡Alejandro Schiavi! (DISPARA. VUELVE A DISPARAR A LOS GENITALES. PAUSA. SE DEJA CAER DE RODILLAS. LLORA AMARGAMENTE). ¿Por qué, por qué tuve que haberte querido tanto, hijo de puta?... (FLOR SE REPONE LENTAMENTE. SE ALZA. ALEJANDRO TODAVÍA SE RETUERCE CON DOLORES ATROCES. FLOR VUELVE A TOMAR EL REVÓLVER Y APUNTA A ALEJANDRO EN EL PECHO). ¡El disparo final, mi amor, en el corazón que nunca tuviste! (DISPARA).
PAUSA.
LO MIRA, LE ACARICIA EL PELO Y LO BESA EN LA BOCA.
SE LEVANTA, SE PONE LA CHAQUETA, COGE UN SOBRE DE COCAÍNA, ASEGURA EL REVÓLVER Y CUENTA UNA BALA.
AVANZA HACIA EL FRENTE DEL ESCENARIO MANCHADA DE SANGRE.
FLOR (AL PÚBLICO): Una sola bala es suficiente. Será mi última canción. (SALE).
OSCURIDAD.
SE ESCUCHA LA MISMA COMPOSICION DE PIAZZOLA QUE OYÉRAMOS AL COMENZAR LA

OBRA. ESTE TANGO SEGUIRÁ TOCÁNDOSE HASTA EL FINAL.
http://www.youtube.com/watch?v=QjLFY1VWESM o http://www.youtube.com/watch?v=hMWTG-x8LsM

BAJA UNA VEZ MÁS LA PANTALLA Y SE PROYECTAN LAS SIGUIENTES FRASES INFORMATIVAS:

1. EL MERCURIO ANUNCIÓ EL SUICIDIO DE ENRIQUE CABRERA (FLOR DE FANGO) AL DÍA SIGUIENTE. FUE UNA NOTICIA BREVE QUE NO TUVO MAYOR TRASCENDENCIA.

2. AUNQUE EL FRACASO DE SU NÚMERO PARECIERA SER LA CAUSA DEL SUICIDIO, LAS EVIDENCIAS MUESTRAN QUE YA LO HABÍA PLANEADO DESDE ANTES.

3. ALEJANDRO SCHIAVI MÜLLERBERGH MURIÓ DESANGRADO ANTES DE QUE LLEGARA LA AMBULANCIA. SUS RESTOS FUERON TRASLADADOS A LA CAPILLA DEL REGIMIENTO CHACABUCO DE SU CIUDAD NATAL, CONCEPCIÓN, DONDE FUE NOMBRADO HIJO ILUSTRE POST MORTEM.

4. JUANA CHINCA CHINCA (LOLA PUÑALES) APARECIÓ DEGOLLADA EN UN

BASURERO DEL PUERTO EL 11 DE SEPTIEMBRE DE 1976. NO HUBO MAYOR INVESTIGACIÓN Y EL CADÁVER FUE CEDIDO A ESTUDIANTES DE MEDICINA QUE ESTUDIAN LAS CAUSAS BIOLÓGICAS DE LA TRANSEXUALIDAD Y EL TRAVESTISMO.

5. BERNARDO (ÑATO) SIERRA GUZMÁN INGRESÓ A LA CÁRCEL POR CRÍMENES COMETIDOS CONTRA INOCENTES, TRÁFICO DE DROGAS Y CORRUPCIÓN DE MENORES. A LA SEGUNDA SEMANA DE SU INGRESO, SE AHORCÓ EN UN BAÑO DEL RECINTO DESPUÉS DE HABER SIDO VIOLADO EN GRUPO POR LOS OTROS REOS DE LA CÁRCEL.

6. OMAR APOLAYA CIFUENTES (CAR'E MUÑECA) ESCAPÓ A MÉXICO DONDE SIGUE PRÓFUGO POR CRÍMENES POLÍTICOS, TRAFICO DE DROGAS Y DE PROSTITUCIÓN INFANTIL.

7. A YOLANTA MONTES DEL CASINO, ALIAS LA BOMBA ATÓMICA, SE LE APARECIÓ LA VIRGEN DEL CARMEN EN LA PLAZA ECHAURREN. DESDE ESE MOMENTO DECIDIÓ DEJAR LOS ESCENARIOS Y

VOLVER CON SU MADRE A OLMUÉ. TRABAJA COMO EMPLEADA PUERTAS AFUERA.

8. EL AMERICAN STAR FUE DESTRUIDO POR UN INCENDIO PROVOCADO POR DESCONOCIDOS. 27 PERSONAS MURIERON INCINERADAS, 14 QUEDARON EN ESTADO CRÍTICO Y HAY 3 DESAPARECIDOS.

9. EN SU LUGAR, VENDIDO A UNA FIRMA EXTRANJERA, HAY AHORA UN MALL Y YA NADIE SE QUIERE ACORDAR DEL CABARET.

10. HERIBERTO ZAVALETA Y OTTO MÜLLERBERGH FUERON DETENIDOS EN EL AEROPUERTO BARAJAS, MADRID, POR VIAJAR CON DOCUMENTOS FALSOS. SE LES IMPUTAN TAMBIÉN TRANSACCIONES BANCARIAS FRAUDULENTAS Y CRÍMENES CONTRA LOS DERECHOS HUMANOS. TODAVÍA ESTÁ PENDIENTE SU EXTRADICIÓN.

11. MARTA AVELLANEDA HUENCHUMILLA DE GUAJARDO (DELFINA DE VIÑA) VOLVIÓ A SAN ANTONIO CON SU MARIDO ULISES GUAJARDO, QUIEN LA PERDONÓ Y ACEPTÓ EN SU CASA. SE CONVIRTIÓ AL EVANGELIO

Y AHORA ES ADVENTISTA DEL SEPTIMO DÍA.

12. CONSUELO DEL VALLE GREENBERG, DOCTORADA EN LA UNIVERSIDAD DE CHICAGO, ES ESPECIALISTA EN ESTUDIOS CULTURALES EN UN INSTITUTO DE SANTIAGO Y DIRIGE UN TALLER DE ESTUDIOS SUBALTERNOS.

13. MARK J. GREENBERG, ESPOSO DE CONSUELO DEL VALLE, ES GERENTE DE UN CANAL TELEVISIVO INTERNACIONAL.

14. DON TRÁNSITO CURILEM CARVALHO MURIÓ DE HIPOTERMIA EN LA PLAZA CRUZ DE CONCEPCIÓN. NADIE RECLAMÓ EL CADÁVER Y FUE ARROJADO A LA FOSA COMÚN.

15. WASHINGTON VARELA GRIFFO, ALIAS EL POLLO, HUYÓ AL EXTRANJERO, DESPUÉS DEL INCENDIO DEL AMERICAN STAR, CON TODOS LOS FONDOS QUE QUEDABAN DEL CABARET. SE DESCONOCE SU PARADERO.

16. EL CUERPO DE ENRIQUE CABRERA CHACÓN (FLOR DE FANGO) FUE ENTERRADO EN EL CEMENTERIO

GENERAL DE PLAYA ANCHA, VALPARAÍSO. NADIE VA A PONERLE FLORES.

17. ENRIQUE GIORDANO Y ALBERTO BARRUYLLE FUERON EN ALGUNOS DE SUS VIAJES A DEJARLE VIOLETAS, PERO NO PUDIERON DAR CON SU TUMBA.

18. ACERCA DE LA FLOR DE FANGO Y LA DICTADURA MILITAR HAY UNA TESIS DOCTORAL DE ANA MARÍA FUENTEALBA REDACTADA EN 1997.

19. NADIE SE INTERESÓ EN PUBLICARLA.

FIN

Nueva York-Santiago, 1983.
Cincinnati, Ohio, 2011

CRÓNICA DE UN SUEÑO

Crónica dramática en tres partes,
un preludio, una introducción y un epílogo

PERSONAJES

Miguel (alrededor de 24 años)
Alejandro (alrededor de 24 años)
Carla (alrededor de 30 años)
Gustavo (alrededor de 30 años)
El Escritor (alrededor de 35 años)
El Músico (alrededor de 35 años)
Dos actores (un hombre y una mujer que representarán personajes múltiples)

ESPACIO ESCÉNICO

Al fondo una pantalla grande que irá cambiando de color en cada escena según la atmósfera que la situación dramática necesite, ya sea como afirmación, intensificación o contrapunto. La obra recurre con frecuencia a imágenes filmadas en video o diapositivas fijas que (1) configuran un espacio inconsciente u onírico, o simplemente (2) aportan información necesaria para el desarrollo narrativo.

La escenografía se compone de una pantalla panorámica al fondo y cuatro plataformas a diversos niveles. Mientras las plataformas dos, tres y cuatro se identifican con el mundo de Miguel, de Alejandro y del binomio Músico/Escritor, el espacio uno es indeterminado, transformándose constantemente en una calle, un bar, una cárcel, un aeropuerto, etc. No obstante, las cuatro plataformas son susceptibles de cambiar en cualquier momento sin quedar identificadas con ningún personaje o situación en particular. Lo que el espectador ve transcurre en un espacio mental de una obra en el proceso de escribirse: lo que pudo, no pudo o podría suceder. Los espacios no tienen límites definidos: se va constantemente de lo consciente a lo inconsciente, de la realidad a la fantasía, de lo prosaico a lo poético.

Las plataformas van unidas por escaleras o se continúan unas en otras dando la sensación de una "cinta de Moebius", sin comienzo ni fin. Así mismo se deben incluir los espacios vacíos entre las plataformas, sobre todo en momentos en que los personajes se ven desplazados, desubicados o inciertos.

Por todo lo dicho, se debe evitar un decorado realista y reducir al mínimo los elementos a utilizar. Éstos deben ser los absolutamente imprescindibles y debe reducirse al máximo, como la máquina de escribir del escritor (que no puede ser una computadora puesto que la obra transcurre ---excepto en el epílogo--- durante los años 80). El músico (Miguel) tiene algunos instrumentos musicales entre los que se destaca una guitarra. Miguel irá componiendo la música incidental, paralelamente a Alejandro quien irá componiendo el texto escrito de la crónica dramática. El texto requiere de una estilización que evite las restricciones impuestas por las exigencias de la ilusión de realidad. Debe permitir, además, la ductilidad necesaria para los constantes cambios de planos que el texto sugiere. El espectáculo se apoya visualmente en la luz, el color y las imágenes. A ellos se integra el diálogo (que también se desplaza por niveles reales, irreales o poéticos), la música de fondo o sonidos que van configurando el espacio anímico de la obra y las canciones que, en función de monólogos, expresan un momento decisivo en la interioridad del personaje en puntos clave del desarrollo dramático.

INDICACIÓN DEL AUTOR

"Crónica de un sueño" es un texto híbrido a partir de la contradicción de su propio título: el sueño no puede ser registrado como una crónica, puesto que se resiste a ser narrado con procedimientos discursivos lineales. Como la descripción de la escenografía, los sueños carecen de marcos, límites y configuraciones fijas. En la producción que se hiciera en Santiago en 1986 se la denominó melodrama musical lo cual fue un error. La obra no es un melodrama, aunque utiliza constantemente recursos melodramáticos. Restringirla a este género borra de inmediato todos los otros niveles que el texto sugiere y pretende configurar. Si hay elementos deliberadamente melodramáticos, "telenovelescos" e incluso cursis, se trata de hacer uso de éstos a la manera de Manuel Puig, Fassbinder o Almodóvar. Lo melodramático se da en algunos de los niveles de un texto que pretende ser multifacético. De la misma manera no es una comedia musical o una ópera rock. Es un texto donde lo visual, lo verbal y lo musical trabajan en conjunto según las exigencias y necesidades del espectáculo teatral.

PRELUDIO

ANTES DE COMENZAR LA OBRA, EL ESCENARIO ESTARÁ EN SEMI-PENUMBRA, SE ESCUCHARÁ UN TEMA RECURRENTE EN LA OBRA. ESTA ESCENA DEBE YA ESTAR VISIBLE ANTES DE EMPEZAR LA FUNCIÓN MIENTRAS EL PÚBLICO VA ENTRANDO.

SE VERÁ YA A LOS PERSONAJES, CADA UNO EN SU POSICIÓN HABITUAL. NO HAY MOVIMIENTO: CADA UNO SE MANTIENE EN SU POSICIÓN CON CAMBIOS MÍNIMOS. POR OTRO LADO, NO PUEDEN PERMANECER ESTÁTICOS; NO SON ESTATUAS.

PLATAFORMA UNO: MIGUEL Y CARLA TENDIDOS EN UN EDREDÓN, COMO SI DURMIERAN JUNTOS.

PLATAFORMA DOS: EL ESCRITOR MIRANDO HACIA LA PLATAFORMA UNO.

PLATAFORMA TRES: ALEJANDRO TENDIDO EN EL SUELO COMO EN CONTRACCIÓN DOLOROSA.

PLATAFORMA CUATRO: EL MÚSICO MIRANDO HACIA LA PLATAFORMA UNO.

AL COMENZAR LA FUNCIÓN, EL ESCENARIO SE OSCURECE. EL ESCRITOR Y EL MÚSICO SE

DESPLAZAN HACIA UN COSTADO DESDE DONDE OBSERVARÁN LA ESCENA SIGUIENTE.

SOBRE LA PANTALLA GRANDE DEL FONDO SE PROYECTA LA IMAGEN DIFUSA DEL ROSTRO DE ALEJANDRO QUE CADA VEZ SE IRÁ HACIENDO MÁS NÍTIDA Y CERCANA, HASTA LLEGAR A UN PRIMER PLANO.
ESTA ESCENA LLEVARÁ COMO MÚSICA DE FONDO RUIDOS GUTURALES COMO QUEJIDOS, EXHALACIONES Y ALGUNOS ACORDES MUSICALES REITERATIVOS, TODO DESDE UN TRASFONDO SUGIRIENDO UN ESPACIO ONÍRICO.

VOZ DE ALEJANDRO DESDE LA PANTALLA (DIRIGIENDO SU MIRADA HACIA EL LUGAR DONDE DUERME MIGUEL): Acuérdate, Miguel.... el amor que nunca se amó queda enterrado para siempre en la parte más sensible de tu cuerpo… El amor que nunca se amó se te coagula para siempre como un quejido que nadie escucha… (LA BOCA Y EL MENTÓN DE ALEJANDRO SE CONTRAEN. SU ROSTRO SE INCLINA HACIA ATRÁS EN UN ESPASMO ERÓTICO Y A LA VEZ DOLOROSO). …como un quejido que nadie escucha… (EL ROSTRO VUELVE A MIRAR FIJAMENTE HACIA MIGUEL). Sé que estás soñando en mí. Cada segundo piensas en mí. Cada vez que respiras piensas en mí... (LA IMAGEN COMIENZA A CAMBIAR HACIA EL COLOR ROJO. POCO A POCO EL ROSTRO SE IRÁ VIENDO RODEADO DE LLAMAS). Yo existo,

Miguel. Yo existo. Pienso siempre en ti. (EL ROSTRO COMIENZA A DESAPARECER Y A CONSUMIRSE ENTRE LAS LLAMAS). Pero también sé, Miguel, que pronto terminarás matándome… terminarás matándome, Miguel… porque el amor también mata…. También mata… también mata…
DESAPARECE SU ROSTRO DE LA PANTALLA CONVERTIDO EN CENIZAS, TOTALMENTE CONSUMIDO POR LAS LLAMAS.
APAGÓN BRUSCO.

EN LA PLATAFORMA UNO, MIGUEL --QUE DUERME CON CARLA-- SE LEVANTA SOBRESALTADO.
MIGUEL: ¡Alejandro!... (SILENCIO) ¿Alejandro?...
MIRA A SU ALREDEDOR.
RESPIRA AGITADAMENTE.
VUELVE A RECLINARSE JUNTO A CARLA.
CARLA: ¿Otra pesadilla, mi amor?
MIGUEL: No es una pesadilla. Él existe… lo siento cada vez más fuerte… Me llama… Tengo miedo de volver a dormirme.
CARLA: No pienses en eso, mi amor. (LO ABRAZA).
MIGUEL (ABRAZÁNDOSE A ELLA): Lo persiguen… lo torturan… lo hacen sufrir… Y me llama, me necesita…
VUELVE A DORMIRSE ABRAZADO A CARLA.
OSCURIDAD.
QUEJIDOS DOLOROSOS DE ALEJANDRO EN LA PLATAFORMA TRES, EN PLENO SÍNDROME DE ABSTINENCIA.

LA ILUMINACIÓN SUBE HASTA DIBUJARSE, EN LA PENUMBRA, LA FIGURA DE ALEJANDRO A MEDIDA QUE SE RETUERCE EN ESPASMOS.

ALEJANDRO: Estoy aquí, Miguel.... Y sé que me escuchas... Me escuchas, Miguel, no estás soñando... Me escuchas porque estoy aquí... porque te estoy llamando... porque te necesito, Miguel...

TRATA DE INCORPORARSE, PERO NO PUEDE.

DESDE EL FONDO DEL ESCENARIO SE APROXIMA GUSTAVO QUIEN ABRAZA A ALEJANDRO, AYUDÁNDOLO A INCORPORARSE.

GUSTAVO: Nadie te escucha excepto yo, Alejandro. Cálmate...

ALEJANDRO (BALBUCIENTE, TRATANDO DE DESHACERSE DE GUSTAVO): Él cree que es sueño, pero no lo es... Él piensa en mí.... Yo quiero que me escuche...

GUSTAVO: Nadie te llama. Nadie piensa en ti. Estás delirando... ¡Cálmate!... (FORCEJEAN HASTA QUE GUSTAVO LOGRA DETENER A ALEJANDRO). Traje algo para ti.

LE MUESTRA UN SOBRE: ES HEROÍNA.

ALEJANDRO SE ABALANZA SOBRE ELLA, SE AMARRA EL BRAZO CON UN ELÁSTICO Y MIENTRAS SE LA INYECTA, MIGUEL DESPIERTA DE GOLPE.

MIGUEL SE INCORPORA, CORRE HACIA LA PLATAFORMA TRES PERO, ANGUSTIADO, SE DETIENE.

CARLA (CANTANDO): *Y piensa en él / Y piensa en él Cada vez que me mira / Lo mira a él, lo mira a él / Cada vez que me besa / Lo besa a él, o besa a él...* (ETC.)

MIGUEL: No… Piensa en mí. Sé que existes. No lo hagas, Alejandro por favor.
OSCURIDAD TOTAL.

PRIMERA PARTE

SOBRE LA PANTALLA DEL FONDO SE PROYECTA LA LEYENDA:

SANTIAGO:
INVIERNO 1985

LA LUZ CAE PRIMERO SOBRE EL ESCRITOR (EN LA PLATAFORMA DOS) Y EL MÚSICO (EN LA PLATAFORMA CUATRO).
EL RESTO DEL ESPACIO ESCÉNICO QUEDA EN PENUMBRA EN LA CUAL PODEMOS PERCIBIR A MIGUEL CON CARLA Y ALEJANDRO CON GUSTAVO.

ESCRITOR (AL MÚSICO): ¿Qué te parece?
MÚSICO (MIENTRAS ENSAYA UNOS ACORDES EN SU GUITARRA). No sé, no estoy seguro…
PAUSA.
ESCRITOR (INDICA, MIENTRAS SE ACERCA A LA PLATAFORMA TRES): Alejandro vive solo en Nueva York. Lleva siete años y se siente solo.
MUSICO: ¿Por qué solo?
ESCRITOR: Llegó huyendo hacia un sitio donde nunca quiso ir. (MIENTRAS OBSERVA A ALEJANDRO). Lo ha perdido todo, menos la capacidad de soñar. Como puede, sueña. Lo único que no le pueden quitar. (SE APROXIMA A UN CUBO QUE HACE LAS

VECES DE ESCRITORIO. TOMA UNA HOJA DE PAPEL ESCRITO). Alejandro es poeta. Al menos, trata de escribir. (MOSTRÁNDOLE LA HOJA DE PAPEL AL MÚSICO). No es fácil. Le han quitado hasta el deseo de escribir.
MÚSICO: ¿Quiénes?
ESCRITOR: Todos. Quizás hasta las mismas palabras. (PAUSA. MIRANDO HACIA LA PLATAFORMA DE MIGUEL). Sólo una obsesión lo mantiene vivo.
MÚSICO: Miguel.
ESCRITOR: Todas las noches sueña con él. Siente que Miguel está solo, infinitamente desamparado. Una noche despertó de golpe y creyó verlo a su lado. Lo miraba con infinita ternura y con una gran tristeza. "Soy Miguel," dijo. "Ya lo sé," le contestó, Alejandro. Le tendió la mano para acercarse, pero en ese preciso momento la imagen de Miguel se fue alejando hasta desaparecer...
MÚSICO: Eso a mí más bien me parece...
ESCRITOR (SIN HACERLE CASO): Desde entonces, la obsesión de Miguel ocupó cada segundo de su vida. En algún lugar del mundo, Miguel lo llama con insistencia. (PAUSA. MIGUEL SE INCORPORA Y PRACTICA UNOS ACORDES CON SU GUITARRA ELÉCTRICA). ¿Qué me dices de Miguel?
MIRAN A LA PLATAFORMA DOS DONDE ESTÁ INSTALADO MIGUEL AHORA, Y SE APROXIMAN UN TANTO HACIA ELLA.
MUSICO: Miguel vive en Santiago. No vive solo.
ENTRA CARLA Y SUBE A LA PLATAFORMA DOS.

CARLA (A MIGUEL): ¡Una hora! Más de una hora esperándote. (MIGUEL SIGUE CONCENTRADO EN SU GUITARRA). Da lo mismo, ¿no es cierto?
MIGUEL: ¿Por qué no entraste sola?
CARLA: ¡Porque la película ya había empezado! Siempre dijimos que la íbamos a ver juntos. Además me carga que me dejen esperando. (MIGUEL SONRÍE). Yo no le encuentro ninguna gracia. Te pones tan insoportable a veces.
MIGUEL: Si me pongo insoportable, lo más lógico... (PAUSA. SE QUEDAN MIRANDO FIJO). Carla, perdóname, pero es que antes de salir me puse a ensayar mi nueva canción... Me metí en esto y... bueno, se me fue la hora... Sabes que hace tiempo que estoy tratando de terminarla y no puedo... no me sale...
CARLA: ¿Es tan importante esa canción? ¿Por qué no la dejas por un rato y escribes otra.
MIGUEL: Porque no puedo escribir otra. No me interesa escribir otra.
CARLA: Esa canción nos está matando, Miguel. Destruye nuestro amor poco a poco. Cada vez que habla de ella, es como si te alejaras un poco... cada vez más....
MIGUEL SE APARTA UN POCO Y MIRA HACIA LA PLATAFORMA TRES. ÉSTA SE ILUMINA. ALEJANDRO ESTÁ AL PIE DE LA CAMA, SENTADO EN EL SUELO Y ACUCLILLADO CON LA CABEZA SOBRE LAS RODILLAS.
MIGUEL: Cuando lo imaginé por primera vez estaba totalmente solo, Carla. Así lo recuerdo todas las noches: solo, rodeado de cemento y acero, entre edificios gigantescos y monstruosos. (ALEJANDRO ALZA LA

CABEZA Y MIRA HACIA DONDE ESTÁ MIGUEL). Piensa en mí, sabe que lo llamo. Está totalmente desamparado. Lo han abandonado todos… lo persiguen… lo maltratan… lo humillan… (ALEJANDRO SE INCORPORA, QUEDANDO DE RODILLAS. TOMA UNA HOJA DE PAPEL Y LA ENSEÑA HACIA DONDE ESTÁ MIGUEL). Una noche soñé que me escribía un poema… pensando en mí escribía un poema…

CARLA INTERRUMPE ENÉRGICA.

SE VA LA LUZ DE LA PLATAFORMA TRES.

ALEJANDRO SE DESVANECE EN LA OSCURIDAD CON LA HOJA EN LA MANO.

CARLA: Es absurdo, Miguel.

MIGUEL: Te parecerá a ti, pero no lo es.

CARLA: Es un sueño, Miguel. Tan irreal como todos los sueños…

MIGUEL: ¡Lo escucho todas las noches, Carla!

CARLA: Miguel, tú no estás bien. Me asustas. ¡Alejandro no existe! ¡Es una obsesión, una locura!

MIGUEL (LA MIRA. COMIENZA A CANTAR):

Sufre, sufre, lo hacen sufrir
Está solo en un túnel de cemento
Solo en una pieza oscura
Solo en su cama húmeda
Solo en su escritorio anónimo

CARLA (CANTANDO):

No es más que un sueño
Una locura, una obsesión
Él no existe, no existe
En ningún lugar del mundo
Existe ni piensa en ti

Tienes que matar ese sueño, Miguel
Tienes que matarlo.
(ETC.)
OSCURIDAD.
EL ESCRITOR Y EL MÚSICO ESTÁN EN LA PLATAFORMA CUATRO.
ESCRITOR: ¿Qué te parece?
MÚSICO: No me parece verosímil que dos personas que no se conocen estén seguras de que la otra existe.
ESCRITOR (CON INTENCIÓN): Menos verosímil me parece que dos personas que se conocen y estén tan cerca nunca lleguen a conocerse.
MÚSICO (ESQUIVANDO EL COMENTARIO): ¿Cuál es el enlace entre Miguel y Alejandro?
SE ILUMINA LA PLATAFORMA TRES DONDE ESTÁN ALEJANDRO Y GUSTAVO.
GUSTAVO: ¿Mil dólares?
ALEJANDRO (CON GRAN DIFICULTAD): Los necesito, Gustavo. Mañana me cortan la luz. La semana próxima me echan a la calle. Perdóname, pero es que no tengo a quién recurrir.
GUSTAVO: Pero... ¿mil dólares, mi lindo? Si hace algunos días te presté cuatrocientos. Y si seguimos calculando hacia atrás... (TOMA LA HOJA DEL POEMA). De la poesía no se vive. (SEÑALA LA JERINGA). Y de esto menos.
ALEJANDRO: ¿Me vas a prestar el dinero o no?
GUSTAVO: ¿Y por qué no me pides de una vez que te los regale? ¿Cómo me vas a devolver toda esa plata? De tus derechos de autor no, por supuesto. (PAUSA. ABRE SU CHEQUERA). Esto no tiene fin. (ALEJANDRO TOMA UN TRAGO DE SU PETACA).

Eso, emborráchate ahora. A ver si así se te acaban los problemas. (LE ESCRIBE EL CHEQUE). Sólo puedo darte seiscientos.

ALEJANDRO: ¡Gracias, Gustavo! (LO ABRAZA, LE DA UN BESO). ¡Gracias! (SALE DE LA ESCENA).

GUSTAVO: Eso, querido Alejandro. Derecho a la muerte. (VE EL POEMA DE ALEJANDRO. EMPIEZA A LEERLO). "Un poema para Miguel." Buen título. ¿Miguel? Qué casualidad. (SIGUE LEYENDO MIENTRAS CAMINA HACIA LA PLATAFORMA DOS): "*…una vez te dije / que el amor que nunca se amó / se te queda enterrado para siempre / en la parte más sensible de tu cuerpo…* (VA SALIENDO DE LA PLATAFORMA DOS QUE QUEDA VACÍA. MIRA HACIA LA PLATAFORMA TRES DONDE AHORA ESTÁ MIGUEL DURMIENDO). Cuando despiertes, Carla te abrazará. Inclinará su rostro sobre tu pecho… (SE SIENTA DESOLADO, AL BORDE DE LA PLATAFORMA). Te quiero, Miguel…

OSCURIDAD.

LUZ SOBRE LA PLATAFORMA UNO.

EL AGENTE: Lo siento muchísimo, pero no hay nada que se pueda hacer. Ninguna grabadora quiere saber nada contigo. Y en cuanto a la televisión, ¡ni por broma! ¡Estamos en 1985, Miguel! En resumen, estoy harto y no puedo seguir siendo tu agente. Tengo una esposa y tres hijos que alimentar. Lo único que me faltaba es que a mí también me pusieran en la lista negra. (TOMA SU MALETÍN). Se lo he advertido miles de veces: esas canciones no se pueden cantar en Chile. Si quiere

seguir así, váyase derechito al extranjero o ingrese directamente a la clandestinidad.
MIGUEL: Por favor, no se vaya todavía. Ya le hablé de mi nuevo proyecto. Son canciones de otro tipo: de amor… Tal vez con ellas…
AGENTE: ¿De amor? Linda clase de amor… Si ahora quiere meterse en esa onda maraca, es asunto suyo, pero yo tengo una mujer y tres hijos. ¡Adiós!
APAGÓN.
EN LA PLATAFORMA CUATRO:
ESCRITOR: Y Gustavo vuelve a Chile con los poemas de Alejandro.
MÚSICO: Eso todavía no me queda claro.
ESCRITOR: Ten paciencia.
SE SIENTA A ESCRIBIR.
LUZ EN LA PLATAFORMA DOS.
CARLA: ¡Gustavo! (ENTRA GUSTAVO). ¡Volviste! Ya creíamos que te quedabas en los Estados Unidos
MIGUEL (ENTRANDO): Gustavo, ¡qué buena sorpresa!
ESCRITOR (MIENTRAS ESCRIBE): Son amigos desde hace mucho tiempo. Gustavo lo ayudó mucho en su carrera.
CARLA: ¿Un trago?
GUSTAVO: Sí, una cerveza.
MIGUEL: Yo nada, gracias.
CARLA SALE.
ESCRITOR: Acto seguido, Gustavo le habla sobre los poemas sin mencionar que son de Alejandro.
MÚSICO: Fantástico.
TOMA SU GUITARRA Y ENSAYA ALGUNOS ACORDES.

GUSTAVO: El autor es desconocido y como poemas no son gran cosa, pero como letra de canción estoy seguro que funcionaría. Te los dejo.
MIENTRAS MIGUEL LEE, LA PLATAFORMA SE OSCURECE. VA QUEDANDO ÉL SOLO BAJO UN FOCO DE LUZ, DISTINGUIÉNDOSE AL FONDO LA IMAGEN DE GUSTAVO.
MIGUEL: Gracias, Gustavo. (LEYENDO) "*...hasta que el pecho encontraba el pecho y mi aliento a mar encontraba tu aliento a mar*". (SE DETIENE). "*El amor que nunca se amó / se te queda enterrado para siempre / en la parte más sensible de tu cuerpo... Se te coagula para siempre / como un quejido que nadie escucha...*" (PAUSA. MIRA ASOMBRADO HACIA EL VACÍO). ¿Alejandro?
OSCURIDAD.
MIENTRAS EL ESCRITOR ESCRIBE Y MIGUEL COMPONE LA MÚSICA, GUSTAVO CAMINA SOLO POR LA PLATAFORMA Y SE DESPLAZA CANTANDO PARA SUMIRSE FINALMENTE EN LA OSCURIDAD.
GUSTAVO:
Sé que leerás esos poemas, Miguel
Sé que lo vas a hacer
Y entonces llegarás a sentir
Lo que realmente sientes
Lo que nunca quisiste sentir
Lo que siempre temiste
Entonces tal vez entiendas
lo que siento por ti. (SALE).
MUSICO: ¿Hay que ser bien huevón para creer eso, no?

ESCRITOR: No. Cuando uno se enamora comete las estupideces más grandes. Eso ya lo sabemos muy bien.
MÚSICO: ¿A qué te refieres?..
LUZ EN LA PLATAFORMA DOS.
MIGUEL ENSAYA CON SU GUITARRA UNA POSIBLE MUSICALIZACIÓN DEL POEMA. TIENE DIFICULTADES. TODAVÍA NO DA CON LA MÚSICA, PERO YA ESTÁ CERCA DE ELLO.
CARLA: ¿Quieres un café?
MIGUEL: No, gracias.
CARLA (CON CARIÑO): Necesitas algo?
MIGUEL. Sí, que me dejes tranquilo.
CARLA SALE OFENDIDA.
MIGUEL NO LE PRESTA ATENCIÓN.
SIGUE INTENTANDO CON LA GUITARRA, HASTA QUE DA CON LA NOTA PRECISA.
LA REPITE, Y DE PRONTO DESCUBRE QUE HA ENTRADO EN LA CANCIÓN.
MIGUEL, CON ENSAYO, REPETICIONES Y CORRECCIONES AL PRINCIPIO, COMIENZA A CANTAR Y SIGUE HACIÉNDOLO YA COORDINADAMENTE COMO SI LA CANCIÓN SURGIERA POR SÍ SOLA.
MIGUEL (CANTANDO):
Yo sé que él existe
que él existe
en algún lugar existe
piensa en mí
(ETC.)
MIGUEL (AL TERMINAR): ¡Carla! Lo logré. Lo logré por fin! (SALE).
OSCURIDAD.

LUZ EN LA PLATAFORMA CUATRO.
MÚSICO (MIENTRAS SIGUE CON SU GUITARRA): ¿Y qué hacemos con Gustavo?
ESCRITOR: Lo más lógico. Es tan predecible que tal vez ni haga falta que escribamos la escena.
LUZ EN LA PLATAFORMA UNO.
GUSTAVO Y MIGUEL CONVERSAN EN UN BAR, UN BANCO DE UNA PLAZA O... NO IMPORTA.
GUSTAVO: ¿Por qué quieres saberlo?
MIGUEL: Sus poemas me apasionan. Ya escribí la primera canción de sus poemas. ¿Cómo se llama? ¿Quién es?...
GUSTAVO: Una loca huevona.
MIGUEL: Gustavo, por favor...
GUSTAVO: Una loca que hace como siete años que vive como refugiada en Nueva York. ¡Una yegua, no la soporto! (PAUSA). Se llama Alejandro. Nadie se acuerda ni de su apellido.
MIGUEL: Háblame en serio.
GUSTAVO: Y claro que te estoy hablando en serio. ¿Quién te creías que era? Ese poema es lo único decente que ha escrito.
MIGUEL: El poema es genial.
GUSTAVO: Sí, casi. ¿Pero por qué tanto interés, Miguel? Alejandro es una loca de medio pelo que vive pidiendo plata prestada y nunca la devuelve. Se cree con derecho a todo porque es poeta, la maricona...
MIGUEL: Gustavo, háblame en serio. (SILENCIO). Mírame de frente. Dime la verdad. (SILENCIO). Hace meses que sueño con él. El poema que me diste contiene las mismas frases que él me dice cuando estoy soñando. Las palabras son idénticas.

GUSTAVO: Me estás tomando el pelo.
MIGUEL: No, Gustavo, no. Y además ya te lo había dicho un par de veces.
GUSTAVO: No me acuerdo.
MIGUEL: Si mientes por cariño a Carla, te comprendo. Pero lo de Alejandro es diferente... No influye para nada en mi relación con ella. Es otra manera de amar.
GUSTAVO: Y ahora me sales con la misma huevada de siempre: "otra manera de amar..." ¿Por qué no aceptas de una vez que te gustan los hombres?
MIGUEL: ¡No se trata de eso, Gustavo! (PAUSA). Quisiera escribirle...
GUSTAVO: No tengo su dirección.
MIGUEL: Dijiste que vive en Nueva York.
GUSTAVO: Nueva York tiene como quince millones de habitantes.
MIIGUEL: Si lo conoces puedes conseguir su dirección. Gustavo, quiero escribirle y quizás... conocerlo.
GUSTAVO: Lo conocías. (PAUSA). Lo conocías y entonces estabas a tiempo si hubieras puesto atención. (MIGUEL LO ESCUCHA ASOMBRADO. PAUSA). Fue compañero tuyo en la enseñanza media.
MIGUEL: ¿Y cómo no me di cuenta entonces?
GUSTAVO (RESENTIDO, EN TONO VIOLENTO): ¡Porque mientras él te miraba tú estabas bajo el escritorio con un espejo tratando de verle la zorra a la profesora de dibujo!
MIGUEL: ¿Por qué te enojas tanto?
GUSTAVO: ¿Sabes a cuánta gente has herido simplemente por no poner atención, responder a una mirada, ser sincero con lo que sientes de adentro? (SE LEVANTA). Haré lo que pueda, pero no te lo prometo.

SALE.
OSCURIDAD.
GUSTAVO SE DETIENE EN EL ESPACIO NEUTRO ENTRE DOS PLATAFORMAS. IRRUMPE EN LLANTO.
GUSTAVO: Todo me salió al revés. Esto me pasa por tonta, por estúpida, por huevona!.... (PAUSA. SE LEVANTA. CANTA):
No es a mí a quien ama
No es a mí. No a mí
Miguel, nunca verás a Alejandro
Nunca, mientras yo viva
Y si llegas a conocerlo
Tú mismo acabarás de matarlo…
(ETC.)
GUSTAVO (VA A SALIR, PERO SE DETIENE CON UNA IDEA SÚBITA): Aunque… No lo había pensado… ¿Y si llegaran a conocerse?... A Alejandro no le queda mucho tiempo de vida… No es como Miguel lo sueña, si es que realmente sueña. Cuando lo vea, es probable que ni siquiera lo reconozca… (PAUSA). Tienes que pensarlo muy bien, Gustavo.
SALE.
OSCURIDAD.
LUZ EN LA PLATAFORMA TRES DONDE ALEJANDRO ESCRIBE.
LUZ EN LA PLATAFORMA DOS DONDE MIGUEL, A SU VEZ, ESCRIBE.
ALEJANDRO (ESCRIBIENDO): Yo sé que existes, Miguel. Habrás cambiado mucho durante todos estos años, como yo… Pero… Eres una persona maravillosa,

Miguel…. Lo sé, ahora. Yo sé que existes… piensas en mí… (SE DETIENE Y PIENSA).
MIGUEL: Estimado, Alejandro… (PIENSA Y LUEGO TARJA "ESTIMADO"). Querido, Alejandro. Me fascinaron tus poemas. (PIENSA. TARJA ESTA SEGUNDA FRASE. ESCRIBE). Durante años estuve soñando con ellos. Hace años que quería verlos escritos. Me llegaron por fin. Los encuentro maravillosos.
ALEJANDRO (EMPIEZA A CANTAR):
Yo sé que él existe
Que en algún lugar
del mundo existe
Yo sé que existes, Miguel…
SE INTERRUMPE.
MIGUEL: Estoy poniendo en música algunos de tus poemas. Ya tengo listo uno de ellos. El que tienen que ver con ellos. Empieza así… (CANTA LOS DOS PRIMEROS VERSOS A CAPELLA. PAUSA). Algún día me gustaría que lo escucharas… Lo escucharas y… luego lo cantáramos juntos. Solos. Para nosotros dos. (COMIENZA A CANTAR LA VERSIÓN DEFINITIVA): *Yo sé que existes…* (ETC.)
POCO A POCO SE VA INCORPORANDO ALEJANDRO Y TERMINAN CANTANDO JUNTOS, CADA UNO EN SU LUGAR, MIRANDO HACIA UN PUNTO EN EL VACÍO DONDE TRATAN DE UBICARSE MUTUAMENTE.
MIGUEL (AL TERMINAR LA CANCIÓN): Quiero conocerte, Alejandro. Por favor, contéstame pronto. Un abrazo, Miguel.
OSCURIDAD LENTA.

SEGUNDA PARTE

CAE LA LUZ DE GOLPE SOBRE LA PLATAFORMA DOS. ALLÍ ESTÁN MIGUEL Y GUSTAVO.

GUSTAVO (MIRANDO EL SOBRE): ¿Dirección equivocada?... ¡Qué atroz!... (CON INTENCIÓN). ¿No lo habrán vuelto a echar de su apartamento?

MIGUEL: ¿Seguro que no fuiste tú el que se equivocó de dirección?

GUSTAVO: ¿Yo? ¿Pero cómo me iba a equivocar yo? No creo…

MIGUEL: Lo hiciste a propósito.

GUSTAVO: ¿Pero por qué? Lo único que hice fue tratar de ayudarte.

MIGUEL: Gustavo, esto no es ningún chiste. Ya sabes lo importante que Alejandro es para mí. Pensaba que me ibas a ayudar, pero lo único que haces es burlarte.

COMO EN LAS TELENOVELAS, CARLA APARECE EN EL FONDO.

PRESENCIA LA ESCENA SIN SER VISTA.

GUSTAVO: ¿Cuándo me he burlado yo de ti?

MIGUEL: Alejandro es la única persona que podría amar en mi vida. Amar de veras, quiero decir.

CARLA PALIDECE.

GUSTAVO: Y eso es lo que llamas "otra manera de amar". (IRÓNICO): A una persona que no conoces, que si viste alguna vez ya ni te acuerdas. Eras demasiado "hombre" para mirar a ese tipo de gente.

MIGUEL: No fue así. No tergiverses las cosas.

GUSTAVO (A MIGUEL, CAMBIANDO DE TONO BRUSCAMENTE): ¿Y nunca se te ha ocurrido pensar

que aunque llegues a conocer a Alejandro, él no te quiera de esa manera, o simplemente no le importes?
MIGUEL: Basta, Gustavo. No hablemos más de esto. Prefiero...
GUSTAVO: El único que puede amarte de esa forma soy yo, Miguel. Yo. (SILENCIO). ¿Por qué me miras así? ¿No te habías dado cuenta? Todo lo que he hecho por ti, todo lo que te he ayudado para que surjas en la carrera ha sido por amor, Miguel.
INTENTA BESARLO.
MIGUEL LO RECHAZA ENÉRGICAMENTE.
MIGUEL: Suéltame. (GUSTAVO SE LE ACERCA) ¡No lo vuelvas a hacer!
GUSTAVO: ¿Te da asco? No es la primera vez que te besa un hombre... ya te han besado varias veces y no siempre en la boca. (MIGUEL LE DA UN PUÑETAZO. SILENCIO). Alejandro no existe. Lo inventé. Y el poema famoso ese, lo escribí yo. Entonces como no me atreví a decírtelo, inventé al famoso Alejandro. Pero nunca llegué a pensar...
CARLA: Mientes tan bien, Gustavo. Te admiro. Pero nunca podrías escribir un poema así. (PAUSA).
GUSTAVO: Carla, te estás engañando y te pones de parte suya. ¡Qué ingenua que eres!
CARLA: No quiero echarte, Gustavo, pero preferiría que te fueras.
GUSTAVO: Pobre Carla. Nunca te ha querido. Toda su vida ha perseguido un sueño. Ese sueño no eres tú.
CARLA: Ándate, por favor.
GUSTAVO (SE DISPONE A PARTIR): ¿Por qué no te buscas a otro? A un verdadero hombre.
CARLA: ¡Lárgate!

PAUSA TENSA.
GUSTAVO MIRA A MIGUEL Y SALE CON LENTITUD.
MIGUEL: Carla…
CARLA: No, no me expliques nada. Por favor. No hace falta.
SE QUEDAN MIRANDO EN SILENCIO.
OSCURIDAD.
LUZ EN LA PLATAFORMA CUATRO.
ESCRITOR: ¿Tú crees que vamos por buen camino?
MUSICO: No estoy seguro, pero eso es problema tuyo. Yo sólo me encargo de la música.
ESCRITOR: Claro, disociando la letra de la música. ¿Por qué estamos trabajando juntos entonces?
MUSICO: Cuéntame. ¿Qué le pasa a Alejandro mientras tanto?
ESCRITOR: Va de mal en peor.
LUZ SOBRE LA PLATAFORMA UNO.
ALEJANDRO DISCUTE CON UNA MUJER DE APARIENCIA DURA Y ORDINARIA.
LA MUJER: ¿Entonces para qué mierda me hizo venir?
ALEJANDRO: Lo siento, pero no pude conseguir los chavos anoche.
LA MUJER: No me venga con pendejadas. ¿Cree que me hace mucha gracia perder el tiempo? No sé qué explicación les voy a dar a ellos.
ALEJANDRO: Lo siento.
LA MUJER: Lo siento, lo siento… ¡Pendejo de mierda! (CIERRA SU BOLSO EN ADEMÁN DE IRSE). ¡Con estas cosas no se juega, coño! Los business son los business! A la próxima te corto la pinga, maricón. (VA A SALIR).

ALEJANDRO: Si me deja un gramo por adelantado, yo se lo pago mañana. Le consigo la plata para mañana por la tarde… Se lo prometo.
LA MUJER: ¿Ah, sí? ¿Y de dónde te la vas a sacar, chico? ¿De la puñeta? ¿De la concha de tu madre? ¡P'al carajo, coño!
ALEJANDRO: Le prometo que mañana…
LA MUJER: No chavos, no heroína. ¡Y vete a hincharle los huevos a otra!
SALE.
ALEJANDRO SE DEJA CAER EN LA CAMA.
MUY ANGUSTIADO, CANTA):
¿Dónde estás, Miguel?
¿Dónde estás?
En qué lugar del mundo
(ETC.)
OSCURIDAD.

SOBRE LA PANTALLA DEL FONDO SE PROYECTA:

SANTIAGO: INVIERNO 1986

SUENA EL TELÉFONO.
LUZ EN LA PLATAFORMA DOS:
MIGUEL: Sí, con él. Ah, buenas tardes, ¿cómo está?... ¿Yo? Regular. Ahora vivo solo… Se fue, sí. Qué le vamos a hacer, ¿no? ¿Un proyecto? Por supuesto, dígame.
EN LA PLATAFORMA CUATRO:

MÚSICO: ¿Una gira?
ESCRITOR: Sí, por Latinoamérica, Canadá… Imagínate, ¿dónde más?
MÚSICO: Nueva York.
ESCRITOR: Exacto.
MÚSICO: ¿No te parece que todavía es muy pronto?
ESCRITOR: Es una gira organizada por una organización internacional. No es una cosa comercial. Hay razones políticas.
MIGUEL: ¡No lo puedo creer!....
ESCRITOR: Tiene miedo. Vacila. Su impulso inmediato es pedir consejo.
MIGUEL (VA AL TELÉFONO, MARCA UN NÚMERO, LUEGO CONTESTA). ¿Gustavo? Me voy en una gira, por toda Latinoamérica hasta Canadá!... Sí, estoy muy contento, claro… pero también me asusta… ¡Estoy aterrado! Nunca había salido de Chile. Sí, claro.
SIGUE HABLANDO MIENTRAS SE OSCURECE.
VOCES EN LA OSCURIDAD.
SOBRE LA PANTALLA DEL FONDO SE VEN IMÁGENES DE NUEVA YORK, ACENTUANDO LO VERTIGINOSO, ABRUMADOR E INHUMANO DE LA CIUDAD.
VOZ (DESDE LA OSCURIDAD): Y mañana. Y pasado mañana. Y después de pasado mañana.
ALEJANDRO EN LA PLATAFORMA TRES SE INCORPORA CON UN GRITO, CREYENDO SALIR DE UNA PESADILLLA.
LAS IMÁGENES DE NUEVA YORK SIGUEN VERTIGINOSAS.
LAS VOCES CONTINÚAN.

SIMULTÁNEAMENTE, ALEJANDRO, QUE DORMÍA VESTIDO, SE PONE RÁPIDAMENTE LA CHAQUETA Y SALE DESPAVORIDO HACIA LA PLATAFORMA UNO. EN SU MANO LLEVA SU PETACA. BEBE COMPULSIVAMENTE.
Voz 1: La calle.
Voz 2: El día de mañana.
Voz 1: El arriendo.
Voz 2: El día de pasado mañana.
Voz 1: Las deudas.
Voz 2: El día después de pasado mañana.
Voz 1: El silencio.
Voz 2: Y después.
Voz 1: Los poemas que nadie lee.
Voz 2: Y después
Voz 1: Tu cuarto vacío, inmundo.
Voz 2: Y mañana.
SE LE ACABA EL ALCOHOL. TIRA CON FURIA LA PETACA AL SUELO.
Voz 1 y 2: El alcohol, la heroína, la heroína…
ALEJANDRO CAE AL SUELO EN CONVULSIONES.
QUEDA EN POSICIÓN FETAL.
UN HOMBRE LO HA ESTADO OBSERVANDO. SE ACERCA A ÉL. LE TOCA EL HOMBRO. LO LEVANTA. LO MIRA.
ALEJANDRO: Miguel, ¿eres tú?
EL HOMBRE NO DICE NADA.
LE DA DE BEBER.
ALEJANDRO SE CALMA.
EL HOMBRE LO BESA EN FORMA INTENSA.
LUEGO LO MANOSEA CON VIOLENCIA.

EL HOMBRE (DETENIÉNDOSE Y DÁNDOLE MÁS LICOR): Do you live around here? (ALEJANDRO ASIENTE CON LA CABEZA). Alone? (ALEJANDRO SONRÍE). Great!...

VUELVE A MANOSEARLO.

ALEJANDRO COMIENZA A REÍR, LUEGO RÍE A CARCAJADAS CONVULSIVAS.

OSCURIDAD.

LUZ SOBRE LA PLATAFORMA CUATRO.

MIENTRAS EL MÚSICO Y EL ESCRITOR OBSERVAN DETENIDAMENTE DESDE EL FONDO, EN SEMI-OOSCURIDAD, GUSTAVO, SENTADO AL BORDE DE LA PLATAFORMA, MEDITA.

GUSTAVO: ¿No estarás cometiendo un error, Gustavo? ¿Al impedir que conozca a Alejandro, no estarás, por el contrario, aumentando su obsesión?

AL COSTADO IZQUIERDO DEL ESPECTADOR, SIN CAMISA Y CON LOS PANTALONES SUELTOS, ENTRE DOS PLATAFORMAS, VEMOS A ALEJANDRO TIRADO EN EL SUELO, INCONSCIENTE.

UNA LINTERNA DE POLICÍA CAE SOBRE SU ROSTRO.

LO ZAMARREAN, LE DAN DE BASTONAZOS.

SE LO LLEVAN ARRASTRANDO POR LA IZQUIERDA DEL ESPECTADOR.

SOBRE LA PANTALLA DEL FONDO SE VE LA CABEZA DE ALEJANDRO FOTOGRAFIADA POR LA POLICÍA: DE FRENTE, DE PERFIL, ETC.

GUSTAVO: No sería mejor idea hacer que se encontraran? ¿Que Miguel vea que ahora Alejandro no

es más que un sueño podrido? (PAUSA). Es necesario volver a Nueva York. Encontrarlo. Seguir destruyéndolo poco a poco... No tomaría mucho tiempo... (PAUSA). Tienes que planearlo muy bien, Gustavo.
OSCURIDAD SOBRE GUSTAVO Y LA PLATAFORMA CUATRO.
LUZ COLOR VIOLETA SOBRE LA PLATAFORMA UNO.
UN POLICÍA TIRA A ALEJANDRO DE UN EMPUJÓN AL SUELO.
POLICÍA: Estás en tu nueva casa, papito. Y de aquí no me sales en un buen tiempo. (LE AGARRA LAS NALGAS APRETÁNDOSELAS FUERTEMENTE). Y con este culito les vas a caer muy bien a todos los otros presos...
SALEN.
ALEJANDRO (MIRANDO ATERRADO A SU ALREDEDOR. VA HACIA LAS REJAS. LAS AGARRA Y GRITA): ¡Sáquenme de aquí! ¡No hice nada!... Let me go, please... (SE DEJA CAER AL SUELO. INTERMINABLES GOLPES DE REJAS DE LOS DEMÁS PRESOS. CUANDO SE HACE SILENCIO, ALEJANDRO HA QUEDADO ILUMINADO POR UNA LUZ CENITAL. EMPIEZA A CANTAR):
Estás muerto, Alejandro
Estas muerto
Y ya nadie piensa en ti
Estás solo
Como una botella vacía
Nadie vendrá a buscarte

Nadie se acordará de ti
Estás muerto, Alejandro, estás muerto.
(ETC.)
LUZ NATURAL SOBRE LA PANTALLA.
ENTRA GUSTAVO ACOMPAÑADO DE UN POLICÍA.
POLICÍA: Right there.
GUSTAVO: Thank you.
ALEJANDRO (CORRE A ABRAZAR A GUSTAVO): ¡No sabía que habías vuelto!...
EL POLICÍA SE QUEDA ESPERANDO CON LAS LLAVES MIENTRAS GUSTAVO MIRA FIJAMENTE A ALEJANDRO.
OSCURIDAD.
RUIDO DE AEROPUERTO.
SE ILUMINA LA PLATAFORMA UNO.
MIGUEL, NERVIOSO, ESPERA.
CARLA ENTRA.
CARLA: Miguel.
MIGUEL (ALEGREMENTE SORPRENDIDO): ¡Carla, tú aquí!
CARLA: No quería que te fueras sin despedirnos. (PAUSA). Estoy segura de que te va a ir muy bien.
MIGUEL: Tengo miedo.
CARLA: No tienes por qué. Ten confianza en ti.
MIGUEL: Muchas gracias por venir, Carla. (SE ABRAZAN. LLAMADA DEL VUELO POR ALTAVOCES. PAUSA). Gracias. Gracias por haber sido tan buena conmigo. (NUEVO LLAMADO). Nos vemos.
SALE.
BAJA LA LUZ DEL ESCENARIO.

QUEDA CARLA SOLA BAJO UN HAZ DE LUZ.
CARLA (CANTANDO):
Vas a conocerlo, Miguel
Sé que lo conocerás
Vas a vivir tu sueño
Ese sueño tan lejos de mí
Del que siempre fuera quedaré **(ETC.) Adiós, Miguel. Que te vaya bien.**
SALE.
OSCURIDAD.

TERCERA PARTE

LUZ EN LA PLATAFORMA DOS.
ALEJANDRO ESTÁ SEMI-DESNUDO EN SU CAMA, VISIBLEMENTE DESTRUIDO. TIEMBLA. MIRA FIJO AL VACÍO.
GUSTAVO: ¡Ni un miligramo más, mi lindo! ¡Estoy harto! Esto se paga en dólares y me estás saliendo demasiado caro. (ALEJANDRO SE TOMA UN TRAGO CON AVIDEZ. VUELVE A LA MISMA POSICIÓN). No te quiero tanto como para soportar todo esto. (PAUSA). Eras tan diferente, Alejandro. Eras la promesa del colegio. Un futuro gran poeta. Nunca fuiste muy hermoso, pero de ti irradiaba un encanto, un hechizo. ¿Y ahora...? Lo has perdido todo. Mira la mierda en que te has convertido. ¡Mírate! (LE ALCANZA UN ESPEJO DE MANO. ALEJANDRO LO EVITA CON VIOLENCIA). Apenas puedo aguantarte. Hasta hueles mal. De sólo verte me dan ganas de vomitar. (ALEJANDRO SE INCORPORA Y AGARRA LA BOTELLA PARA GOLPEAR A GUSTAVO. ÉSTE LO DETIENE CON ENERGÍA. LE QUITA LA BOTELLA Y SE LA VACÍA EN LA CABEZA). Chivas Regal, 38 dólares, mi lindo. Todavía queda un conchito. (SE LA PONE EN SUS MANOS AFERRÁNDOLAS) Tómatelo.
SALE.
OSCURIDAD.
SOBRE LA PANTALLA DE NUEVA YORK VUELVEN LAS IMÁGENES DE LA CIUDAD, MONSTRUOSA, ABRUMADORA, LABERÍNTICA.

EN LA PLATAFORMA UNO VEMOS A MIGUEL.
MIGUEL (CANTANDO):
¿Todas estas calles
adónde van?
¿Toda esa gente
adónde va?¿Adónde corre
tan despavorida?
¿Quiénes viven
detrás de todas esas ventanas?
Y tú, Alejandro, ¿detrás de cuál…?
(ETC.)
OSCURIDAD.
LUZ BAJA SOBRE LA PLATAFORMA TRES.
GUSTAVO (A ALEJANDRO QUE ESTÁ TIRADO SOBRE EL SUELO): Levántate. (LE DA CON EL PIE). ¡Levántate! (ALEJANDRO TRATA DE LEVANTARSE, PERO NO PUEDE. GUSTAVO SONRÍE. CON APARENTE TERNURA LE MUESTRA UN PEQUEÑO SOBRE Y LO AGITA EN EL AIRE. ALEJANDRO TRATA DE COGERLO PERO GUSTAVO SE LO ALEJA). ¿Cómo hacen los perritos cuando ven un huesito? ¿Qué hacen? (ALEJANDRO TRATA OTRA VEZ DE COGER EL SOBRE). No, no... ¿Cómo lo hacen?... ¿Cómo lo hace un perrito bueno? A ver, ¿cómo te dije que hacen?... ¿Ah? Mueven el rabito, no es cierto. Sí, mueven el rabito… Y así le dan su huesito… Anda, vamos… (ALEJANDRO COMIENZA A MOVERSE COMO UN PERRO). Más… más… Sé que puedes hacerlo mejor… (ALEJANDRO HACE COMO UN PERRO MOVIENDO LA COLA E IRGUIÉNDOSE EN DOS PATAS). Así, así es como lo hacen. Así da gusto. Un

perrito bueno. (LO ACARICIA. ALEJANDRO COGE EL SOBRE Y CORRE POR LA PIEZA BUSCANDO, COMO PUEDE, ALGO, CON DESESPERACIÓN). ¿Y qué hacen los perritos después que le han dado su huesito? (ALEJANDRO TOMA UN CUCHILLO, SE ABRE UNA VENA DEL BRAZO Y, COMO PUEDE, SE METE EL LÍQUIDO EN LA SANGRE. SILENCIO. GUSTAVO ATÓNITO): Sí, eso. Eso es exactamente lo que hacen.

SILENCIO.

LUZ EN LA PLATAFORMA UNO.

A UN BORDE ESTÁN EL ESCRITOR Y EL MÚSICO TOMANDO UN TRAGO EN UN BAR.

MÚSICO: Me está pareciendo un poco demasiado.

ESCRITOR: No te preocupes.

MÚICO: No sé adónde vamos con todo esto.

ESCRITOR: Quedamos de acuerdo en que no sería una comedia musical. (ANOTANDO EN UNA LIBRETA). Eso lo dejamos bien en claro.

SE ENCIENDE LA PANTALLA DEL FONDO Y VEMOS A MIGUEL EN PLENA ENTREVISTA TELEVISIVA.

MIGUEL: No, la letra no es totalmente mía. La escribió un poeta que no conozco. Se llama Alejandro. Ni siquiera sé su apellido. Solo sé que vive en Nueva York, pero nada más.

ENTREVISTADORA: ¿Y cómo te enteraste del poema?

MIGUEL: Yo soñaba con un poema constantemente, hasta que una tarde un amigo mío llegó con un manuscrito que me podía servir de letra para una canción diferente a lo que yo siempre cantaba… Al

leerlo, esto es increíble, lo sé... me di cuenta que la letra era casi exactamente igual... como algo mágico, no sé.
ENTREVISTADORA: Fíjate tú. Las sorpresas que nos da la vida.
MIGUEL: Quisiera conocer al autor. (DE FRENTE). Ojalá me estuviera viendo en este momento.
ENTREVISTADORA: Miguel, ¿por qué no nos cantas el tema? ¡Lo encuentro chulísimo! ¡Me fascina!
MIGUEL CANTA LA CANCIÓN "YO SÉ QUE ÉL EXISTE".
AL TERMINAR SE APAGA LA PANTALLA.
EN LA PLATAFORMA UNO:
MÚSICO: Eso no va a resultar. (EL ESCRITOR LO MIRA INTERROGANTE). No tiene televisor. Lo vendió por heroína.
ESCRITOR: Pero ya borramos esa escena.
MÚSICO: Aun así. Igual sería mucha la casualidad que Alejandro estuviera viendo el canal 41, justamente a esa misma hora.
ESCRITOR: Tienes razón. Además Alejandro nunca ve televisión. Menos el canal 41. (ROMPE EL PAPEL). Hay que seguir recurriendo a Gustavo.
LUZ SOBRE LA PLATAFORMA UNO.
GUSTAVO DISCUTE CON ALEJANDRO.
GUSTAVO. Me lo imaginaba. Siempre tomando la decisión más cobarde. Te felicito.
ALEJANDRO: ¿Por qué no me lo dijiste antes?
GUSTAVO: Llámalo ahora mismo. Está en el canal 41.
ALEJANDRO: Si lo conocías desde hace tanto tiempo, ¿por qué no me lo dijiste antes? Hace años que sueño con él y lo sabes. ¿Por qué no me lo dijiste cuando todavía era tiempo?

GUSTAVO: Llámalo.
ALEJANDRO: ¡El poema te lo di hace más de un año atrás y tú no me dijiste nada!
GUSTAVO: Si no lo llamas ahora, lo perderás para siempre. (ALEJANDRO SE SIENTA. SE MUESTRA DESCONCERTADO. TOMA UN TRAGO DE LICOR). También te ama, ¿sabes? Él también sueña contigo. Quiere conocerte.
ALEJANDRO: Lo estás inventando.
GUSTAVO: No, me lo contó él mismo. (LE MUESTRA UN PERIÓDICO. ALEJANDRO LO MIRA Y LO APARTA ATERRADO). Es hermoso, ¿verdad? Mucho más hombre, ha crecido. Y ha cambiado. Ya no es el muchacho que te copiaba en los exámenes y te desconocía en la calle o en los recreos.
ALEJANDRO: Pero ahora no puede ser. No puede conocerme así. Si me conoce ahora…
GUSTAVO: Es tu última oportunidad.
ALEJANDRO (QUEBRADO): Yo… yo me estoy muriendo, Gustavo. No puedo vivir un sueño. Yo no soy ya la persona que él espera. Si me ve… No puedo hacerlo ahora, Gustavo. Dame algunos meses… si voy a una clínica… si cambio… si hago algo por cambiar… (DESESPERADO). Pero ahora no. Tú mismo lo has dicho: soy patético, denigrante, de sólo verme…
GUSTAVO: El sueño de su vida convertido en un vómito. (PAUSA). En eso, querido Alejandro, no puedo ayudarte. Es ahora o nunca. Todo depende de ti. O lo llamas o lo pierdes para siempre. Suerte.
SALE.
ALEJANDRO (DESOLADO, CON DIFICULTAD, COMIENZA A CANTAR):

Perdóname, Miguel, perdóname
No puedes verme así
Nuestro sueño ya se fue...
(AL LEVANTARSE DEL BANCO, TAMBALEA, ESTÁ MUY DÉBIL Y DESOLADO. PAUSA. VA SALIENDO).
Perdóname, Miguel
No puedes conocerme ahora
No puedes verme así
No puedes... (TAMBALEA SOBRE UNA PLATAFORMA AL FONDO. SE AFIRMA SOBRE UN BORDE. VISIBLEMENTE LE FALLA EL CORAZÓN. HABLA CON DIFICULTAD). Perdóname, Miguel... (SALE).
OSCURIDAD.
LUZ SOBRE LA PLATAFORMA UNO.
MIENTRAS EL ESCRITOR Y EL MÚSICO SIGUEN SENTADOS EN EL BAR, MIGUEL ESTÁ SENTADO SOBRE UNA MESA. TOMA UN CAFÉ Y TRATA DE ESCRIBIR.
MIGUEL (MIENTRAS ESCRIBE): Carla, me siento terriblemente solo. La gira no ha sido lo que yo esperaba. (PAUSA). Nueva York es horrible, me asusta... es enorme y monstruosa... Una ciudad en blanco y negro... Cruel... No puedo dormir por las noches, Carla. Lo peor... creo que nunca voy a poder encontrar... no voy a poder...
ROMPE EL PAPEL.
SE TOMA EL ÚLTIMO SORBO DEL CAFÉ.
VA A PEDIR LA CUENTA, PERO ENTRA GUSTAVO.
GUSTAVO: Miguel.

MIGUEL: ¡Gustavo, tú aquí!
GUSTAVO: He seguido todos tus pasos. De mí no te libras tan fácil. (SE ABRAZAN). Vine en viaje de negocios, pero sabía que en estos días cantabas en Nueva York. Me quedé más tiempo. Quería darte la sorpresa.
MIGUEL: Me la diste.
GUSTAVO (MIRANDO EL PAPEL ARRUGADO): ¿Otra canción?
MIGUEL: No, una carta para… (SILENCIO)… para Carla.
PAUSA.
GUSTAVO: ¿Por qué no nos vamos a otro sitio a tomarnos un trago? Este café es una lata.
MIGUEL: No, Gustavo. No me gustan los bares y estoy muy cansado. Mañana canto y tengo otra entrevista…
GUSTAVO: ¿Qué importa? Estás en Nueva York, Miguel. No vienes aquí todos los años. ¡Diviértete un poco, viejito!
MIGUEL: ¿Por qué no lo dejamos para…
GUSTAVO (AL ESCRITOR). Can I have the check, please?
ESCRITOR: Sure.
MIGUEL: Gustavo…
GUSTAVO: No te vas a arrepentir de haberte encontrado conmigo. Tengo algo importante que decirte. Algo que te va a interesar mucho. Una calle, un número… Muy cerca de aquí.
MIGUEL LO MIRA FIJO.
OSCURIDAD.
MIENTRAS SE ILUMINA LA PLATAFORMA CUATRO, EL ESCRITOR Y EL MÚSICO CAMINAN

HACIA ESA PLATAFORMA QUE SE VA ILUMINANDO DE A POCO.
MÚSICO: ¿Y va a terminarlo así? Se conocen. ¿Y qué pasa después? ¿Vivieron felices?
ESCRITOR: Ya verás. Miguel, con un papel en la mano, corre buscando la dirección de Alejandro. Corre, pero al final se detiene frente a la puerta. Duda. Unos instantes. Está nervioso.
SUENA UN TIMBRE.
SILENCIO.
SUENA OTRA VEZ.
VOZ DE ALEJANDRO: La puerta está sin llave. SILENCIO.
LUZ EN LA PLATAFORMA TRES.
MIGUEL ESTÁ AL BORDE, A PUNTO DE ENTRAR.
ALEJANDRO: Entre. Ya sabía que iba a venir. Gustavo me lo dijo. (MIGUEL MIRA EXTRAÑADO LA HABITACIÓN). Alejandro no está aquí.
MIGUEL (DESUBICADO, DESCONCERTADO): ¿Cómo…?
ALEJANDRO: Alejandro ya no vive aquí.
MIGUEL: Gustavo me dijo.
ALEJANDRO: Gustavo siempre miente.
MIGUEL: Pero si esta misma tarde…
ALEJANDRO: Ya le dije, nunca le crea a Gustavo.
MIGUEL: Entonces, ¿dónde está Alejandro? (PAUSA). ¿No puede decirme dónde está?
ALEJANDRO: Una historia muy complicada. No se quede ahí de pie. Acérquese. Acérquese. (MIGUEL, VACILANTE, SE SIENTA CASI AL LADO SUYO.

ALEJANDRO LE TOCA LA CARA SUAVEMENTE). Eres muy hermoso. Y cantas muy bien además.
PAUSA.
MIGUEL: Está un poco oscuro aquí.
ALEJANDRO: A veces la oscuridad es mejor para nosotros. (PAUSA. MIGUEL PARECE NO ENTENDER). Para los que nos despreciamos cuando nos miramos en un espejo. (PAUSA. ENCIENDE UNA LÁMPARA. MIRA HACIA EL SUELO. EL DESGASTE FÍSICO QUE HA SUFRIDO ES NOTORIO). Y bueno, ahora tenemos claridad suficiente.
MIGUEL: ¿Me puede decir dónde está Alejandro?
PAUSA.
ALEJANDRO: Alejandro se fue de Nueva York hace casi un año ya. Odiaba los Estados Unidos. Pensaba que en Europa todo sería mejor.
MIGUEL: ¿Dónde en Europa? (SILENCIO). ¿Dónde?
ALEJANDRO: No sé, probablemente en Ámsterdam. Al menos allí fue donde lo vieron por última vez. Una amiga nuestra recibió hace como un año una tarjeta suya. Lo único que decía era… "ese amor que sólo nosotros conocemos navega perdido por los canales de Ámsterdam." Eso fue todo. Nunca más supimos de él. (PAUSA) ¿No quiere un trago?
MIGUEL: Pero, entonces, ¿por qué me dijo Gustavo…?
ALEJANDRO: Olvídese de todo eso.
MIGUEL: No entiendo nada.
ALEJANDRO: Es muy fácil. Esta es una trampa que le creó Gustavo para atraparlo. Me pidió que le mintiera y le dijera que yo era Alejandro para desilusionarlo. Para que se olvidara para siempre de él. (PAUSA. SE LE

SALTAN LAS LÁGRIMAS) Y claro, ¿cómo podría ser yo Alejandro…? ¿Cómo? ¿Podría ser yo el sueño de alguien…? (PAUSA. REPONIÉNDOSE). ¿De veras que no quiere un trago?
MIGUEL: Me cuesta creerlo.
ALEJANDRO: Es muy comprensible. Gustavo estuvo siempre enamorado de usted, desde la escuela secundaria. Sólo quiso borrar su sueño porque lo estaba matando según él. Cuando uno se enamora, es capaz de hacer las estupideces más terribles. ¿No quiere un trago? (MIGUEL PARECE NO ESCUCHARLO). Tomaré yo solo, entonces. (SONRÍE). Me hace falta… (TOMA UN TRAGO Y LUEGO SE QUEDA MIRANDO A MIGUEL). Perdóname… Venías a conocer a Alejandro y te encontraste con este pobre junkie. Le mentí a Gustavo porque necesitaba la plata, y porque necesitaba heroína. Pero cuando te vi, me di cuenta de que nunca iba a poder engañarte. Conocí a Alejandro bastante. Era una persona maravillosa. ¡Cómo me hubiera gustado ser él….! (MIGUEL SE ACERCA Y LE VA TOMAR DE UN BRAZO EN ACTITUD DE CONSUELO). No, por favor, no haga eso… (ENCIENDE UN CIGARRILLO). Alejandro me hablaba mucho de usted.
MIGUEL: ¿De veras?
ALEJANDRO: Sí, soñaba con usted. Creía que algún día se encontrarían y serían felices. Increíble, ¿no? (PAUSA). Alejandro escribió ese poema pensando en usted. Un día, viendo unas fotos de Gustavo, se encontró con una suya. Le dijeron que vivía en Santiago, que era cantante, que estaba censurado por el régimen… Conociendo a Alejandro como lo conozco,

no me extrañó que en un par de días volara a Santiago. (SONRÍE TRISTEMENTE). No lo dejaron entrar en el país. Tres días después, mutilado física y moralmente, se encontró de vuelta, solo en el aeropuerto Kennedy. De allí empezó a deteriorarse de a poco. Odiaba este país cada segundo de su vida y ese odio lo descargaba consigo mismo... Hasta que un buen día se fue. Y ya se lo dije... no supimos más de él. (PAUSA). Si Alejandro hubiera sabido lo del poema, si hubiera escuchado esa canción...

MIGUEL COMIENZA A SOLLOZAR.

OCULTA EL ROSTRO.

ALEJANDRO LO MIRA CON TERNURA.

LE TOMA UNA MANO Y SUAVEMENTE LE BESA EN LA CARA.

ALEJANDRO: Y ahora le voy a pedir un favor. Váyase. (PAUSA). No lo tome a mal. Váyase por favor.

MIGUEL: Usted también lo quería.

ALEJANDRO: Váyase, por favor. (LO MIRA DE FRENTE). Yo también estoy sufriendo mucho con todo esto. ¿Por favor...?

MIGUEL SE LEVANTA INDECISO.

ALEJANDRO: En todo caso, debo decirle que todo fue real. Alejandro llegó a quererlo. Lo amó con una intensidad que nadie podría sufrir. Nada de lo que soñó fue imaginación. Él realmente lo llamaba, sabía que usted pensaba en él.

MIGUEL LO MIRA PROFUNDAMENTE.

IMPULSIVAMENTE LE DA UN FUERTE Y LARGO ABRAZO.

ALEJANDRO: Adiós, Miguel.

MIGUEL: Adiós.

SALE LENTAMENTE MIENTRAS ALEJANDRO LO OBSERVA POR UN INSTANTE Y LUEGO SE VA HACIA OTRO COSTADO DE LAS PLATAFORMAS.
ALEJANDRO: Esto es lo que uno siente cuando mata un sueño.
TOMA UN TRAGO Y TIRA CON VIOLENCIA LA BOTELLA AL FONDO DEL ESCENARIO.
OSCURIDAD.
MIGUEL (AL BORDE DE LA PLATAFORMA UNO. CANTA):
Y ahora ¿en qué lugar del mundo
En cual rincón, Alejandro
Sigues soñando en mí?
Sigues pensando en mí
Te siento más lejos que nunca
Te olvidaré, Alejandro. Te olvidaré
Así te sentiste, Alejandro
En esta ciudad horrible
En estas calles, en esta gente
Que pasa. Que empuja, que pasa.
Te olvidaré, Miguel, te olvidaré…
(ETC.)
SE ENCIENDE LA PANTALLA DEL FONDO.
VEMOS EL ROSTRO DE ALEJANDRO EN COLORES SATURADOS.
ALEJANDRO: He destrozado tu sueño, Miguel. Tuve que destrozarlo. Lo hice por ti. Ahora me olvidarás para siempre. No vuelvas a soñar, Miguel. Los sueños matan. Matan. (EL ROSTRO CAMBIA A NEGATIVO). Y ahora en esta soledad final a la que nunca volverás a verme, me iré borrando de a poco...

(LA IMAGEN VA DESAPARECIENDO EN UN FADING LENTO). ...de a poco... en la oscuridad...
LA IMAGEN TERMINA DE DESAPARECER.
OSCURIDAD.
GRITO ANGUSTIADO DE ALEJANDRO: ¡Miguel!.
OSCURIDAD. SILENCIO.
UNA ENFERMERA ENTRA CON GUSTAVO A LA PLATAFORMA TRES.
EN EL SUELO HAY UN CUERPO TAPADO CON UNA SÁBANA BLANCA.
ENFERMERA: ¿No tiene parientes?
GUSTAVO: No.
ENFERMERA: ¿Amigos?
GUSTAVO: No. Solamente yo.
ENFERMERA: Murió a la 1 y 17 de la mañana. Sobredosis. (AL SALIR). Lo esperamos en la oficina 437.
GUSTAVO: Pobre Alejandro, tan caro te resultó soñar. Si yo hubiera podido alguna vez soñar y amar así, quizás hubiera llegado a entender lo que es morir de amor.
EN LA PANTALLA DEL FONDO VEMOS PROYECTADO EL ROSTRO DE ALEJANDRO QUE EMPIEZA A QUEMARSE ENTRE LAS LLAMAS.
GUSTAVO: ¿Valía la pena morir así, Alejandro? No me recuerdes con odio. Yo también lo quise, a mi manera. Y sin embargo, tendré que vivir siempre en la certeza que nadie me amó, ni me va a amar nunca... Admiro tu infinita fe. Miguel te seguirá soñando yo estaré para siempre fuera de ese sueño. (LA CABEZA DE ALEJANDRO ESTÁ YA CONVERTIDA EN UNA CALAVERA CARBONIZADA). Adiós, Alejandro. No

siento lástima por ti. Todos hemos sufrido igual y a cada cual su propio infierno.
MIENTRAS LA CALAVERA SE DESHACE, GUSTAVO SALE Y SE HACE LA OSCURIDAD.
OSCURIDAD.
EN LA PLATAFORMA DOS VEMOS A CARLA QUE ESPERA ANSIOSA A MIGUEL.
CARLA (A MIGUEL): ¡Miguel, por fin! (MIGUEL SUBE A LA PLATAFORMA. CARLA LO ABRAZA INTENSAMENTE). ¡Miguel, sabía que ibas a volver!
ESCRITOR: ¡No, no, no! ¡Así no podemos terminar la obra!
MÚSICO: Quedamos en que Miguel volvía con Carla.
ESCRITOR: Pero no de esa manera. Además no me gusta esa solución. No sólo es cursi. Es una mentira.
MÚSICO: Miguel le escribió a Carla desde Nueva York.
ESCRITOR: Y eso, ¿qué importa? Además nunca las mandó… Ni siquiera las terminó. Esa escenita huevona que acabamos de imaginar simplemente no va.
MÚSICO: Solamente yo puedo saber el terror que sintió Miguel cuando escribía esas cartas. (PAUSA).
ESCRITOR: ¿Qué dijiste?
MÚSICO: Que solamente yo puedo comprender el terror de Miguel en Nueva York. Yo sé que en ese momento necesitaba a Carla.
ESCRITOR: ¿Necesitaba? (LO MIRA FIJO). Eso que sintió, ¿no será el mismo que sientes tú ahora?
MÚSICO (ENÉRGICO): ¡Sí, el mismo, Alejandro! (PAUSA TENSA). Cuando Miguel vuelve a Chile, se da cuenta de que ha cometido el error más grande de su vida.
ESCRITOR: ¿Error? ¿Pero de qué me estás hablando?

MÚSICO: No me interrumpas. Miguel volvió al silencio. Volvió a la imposibilidad de amar… Volvió al país del terror… A la imposibilidad de todo. Lo único que puede pensar en ese momento es en Carla. Se da cuenta de que es la única persona que ha amado. Carla es quien lo espera como nunca nadie antes lo ha esperado. (MIRA FIJO AL ESCRITOR). Se da cuenta por fin de que Alejandro fue una mentira. (VA AL TELÉFONO Y MARCA UN NÚMERO. CARLA LEVANTA EL FONO DESDE EL OTRO COSTADO DE LA PLATAFORMA DOS. TIENE UNA BOTELLA DE WHISKY EN LA MANO). Carla, soy yo. Estoy de vuelta. Aquí en Santiago. Necesito verte. Te necesito, Carla. (SILENCIO). ¿Carla?
CARLA: Sí, estoy aquí
MÚSICO: ¡Te necesito, Carla!
CARLA (APARENTEMENTE INEXPRESIVA): Yo también, Miguel. Te espero. (CORTA. TOMA OTRO TRAGO DE WHISKY. CANTA):
Nunca olvidarás a Alejandro, Miguel
Volverá cada noche a tus sueños
Cada vez que me ames
Lo estarás amando a él
Los sueños no mueren, Miguel
¡A los sueños hay que matarlos!
¡A los sueños hay que matarlos!... (ETC.)
TOMA LA BOTELLA, LA ALZA EN EL AIRE Y LA ROMPE CON VIOLENCIA.
CAE DESMAYADA AL SUELO.
OSCURIDAD.
LUZ CENITAL SOBRE EL MÚSICO QUE HA CORRIDO HACIA SU PUERTA.

MÚSICO: Carla. ¿Carla?... ¡Carla, contéstame! (CAE DE RODILLAS). ¡Contéstame!
ESCRITOR (DESDE LA PLATAFORMA CUATRO): No puede.
MÚSICO: ¡Carla!
ESCRITOR: No puede contestarte. Tú mismo acabaste por matarla. ¿A eso le tenías miedo?
MÚSICO: ¡Hijo de puta!
ESCRITOR: No fue idea mía. Lo acabas de imaginar tú. Tú mismo. Carla no moría en nuestra obra. Menos así.
MÚSICO: No, tú lo fuiste preparando todo hasta su muerte. Por pura morbosidad.
ESCRITOR: No hacía ninguna falta que se suicidara. En realidad, no se suicidó porque esa escena no se va a escribir.
MÚSICO: No, Alejandro, es la obra la que no se va a escribir.
ESCRITOR: Otra vez el miedo, Miguel. Te lo advertí muchas veces. El miedo a tus verdaderos sentimientos mata a personas inocentes, como Carla, por ejemplo. Por miedo le has destruido su vida a ella y a otros.
MÚSICO: Esto se acabó.
AVANZA HACIA SU GUITARRA..
ESCRITOR: Siempre estuvimos tan cerca, Miguel. No hacía falta ir tan lejos... ¿Nueva York? ¿Para qué?
MÚSICO: No lo sé. Ni me importa ya. Fue todo idea tuya. No vuelvas a contar conmigo.
ESCRITOR: Miguel, ¿estás seguro de que quieres irte?
MÚSICO: Sí, me voy y no quiero volver a verte nunca.
PAUSA.

ESCRITOR: Muy bien. Ándate entonces. Pero si crees que vas a olvidarme, te equivocas.
MÚSICO: Piensa lo que quieras.
SE DISPONE A SALIR.
ESCRITOR: En Nueva York al menos le diste un abrazo. (PAUSA). No te engañes, Miguel. Desde el primer momento te diste cuenta que, en realidad, era Alejandro.
MÚSICO: No, es el personaje el que no se da cuenta.
ESCRITOR: Pero tú sí. (PAUSA). Y fue el miedo, el mismo miedo de siempre. Pero lo reconociste. Lo reconociste porque lo amabas, pero te resultó más fácil seguir el juego de Gustavo. Eso lo vas a lamentar por el resto de tu vida.
MÚSICO: ¡Gustavo no existe!
ESCRITOR: Carla tampoco. No ha pasado nada. (VA HACIA SUS PAPELES). Personajes de una obra que siempre quedó inconclusa. (MIRA AL MÚSICO DETENIDAMENTE). Si quieres irte, puedes hacerlo ya. (PAUSA). Es cosa tuya. Sólo depende de ti.
MIGUEL –MÚSICO-- MIRA PROFUNDAMENTE A ALEJANDRO –ESCRITOR-- POR UNOS INSTANTES Y LUEGO, SÚBITAMENTE SE ABALANZA SOBRE ÉL Y LO BESA APASIONADAMENTE.
BRUSCAMENTE SE APARTA.
MIRA A ALEJANDRO.
TOMA SU GUITARRA Y SE VA CORRIENDO POR LAS PLATAFORMAS HASTA PERDERSE EN LA OSCURIDAD DEL FONDO.
ALEJANDRO QUEDA SOLO EN LA PLATAFORMA CUATRO.

LA LUZ SE VA EXTINGUIENDO HASTA DEJARLO AISLADO EN UN HAZ DE LUZ, ACENTUANDO SU SOLEDAD.

ESCRITOR: Estábamos tan cerca, Miguel. Siempre lo estuvimos. Creo que ya te lo dije. (VA A SU ESCRITORIO. SACA UN SOBRE PEQUEÑO). Desde que te veía por la ventana del colegio. Éramos muy niños todavía. Te sentía tan cerca cuando me copiabas los exámenes. Cuando hacías travesuras para que yo te viera. Cuando me mirabas en silencio. Porque no era yo el único que miraba en silencio. Tú también lo hacías y creías que no me daba cuenta. (SE HA IDO PREPARANDO PARA INYECTARSE). Y así ha sido siempre. Lo más importante fue siempre lo que nunca nos dijimos. (SIGUE PREPARÁNDOSE). Precisamente porque estábamos tan cerca, nos encontrábamos tan lejos... tan lejos de ti... (SE INYECTA). Primero los sueños, luego la crónica de un sueño, siempre inconclusa... porque todo en tu vida es y seguirá siendo inconcluso, mi querido Miguel... los sueños sin vivir... la obra de teatro... todo... todo nos fue uniendo cada vez más... cada vez más... por eso nunca podremos estar juntos... nunca voy a despertar en mi cama encontrando tu cuerpo junto al mío... despertando juntos... (LA HEROÍNA LE VA HACIENDO EFECTO NOTORIAMENTE). Hasta pronto, Miguel... Hasta que volvamos a encontrarnos para volvernos a separar... Yo... mientras tanto... seguiré soñando...

QUEDA CON LA MIRADA FIJA EN EL VACÍO.

OSCURIDAD.

EPÍLOGO

RÁPIDAMENTE SE PROYECTA, SOBRE LA PANTALLA DEL FONDO, LA SIGUIENTE LEYENDA:

SANTIAGO: OCTUBRE 2005

LUEGO SE PROYECTAN VARIAS IMÁGENES FIJAS CON FOTOS DE MIGUEL (REPRESENTADO POR EL MISMO ACTOR QUE INTERPRETABA AL MÚSICO). HA TENIDO ÉXITO, HA RECIBIDO UN PREMIO INTERNACIONAL. LO VEMOS DESDE DIVERSAS TOMAS, APOYADAS POR LAS LEYENDAS DE DIARIOS, REVISTAS Y SITIOS DEL INTERNET DONDE SE NOS INFORMA DE SUS ÉXITOS. MIGUEL VUELVE A SANTIAGO EN UNO DE SUS MEJORES MOMENTOS.

TERMINADAS LAS IMÁGENES, SE ENCIENDE LA LUZ EN LA PLATAFORMA UNO, DONDE MIGUEL TOMA UN CAFÉ JUNTO CON UNA PAREJA DE AMIGOS. EL CAMARERO ES EL MISMO ACTOR QUE INTERPRETÓ A GUSTAVO. EL RUIDO DEL LUGAR NO PERMITE ESCUCHAR LO QUE ELLOS DICEN. DE PRONTO, TÍMIDAMENTE, SE ACERCA CARLA. HAN PASADO VEINTE AÑOS Y ESO SE REFLEJA

TANTO EN MIGUEL COMO EN CARLA, AMBOS PASADOS LOS CUARENTA.
CARLA: Perdone, ¿puedo interrumpirlo? Quería pedirle un autógrafo…
MIGUEL: Sí, claro. Con mucho gusto.
VA A ESCRIBIR. DUDA.
CARLA: Carla, me llamo Carla. (ÉL ESCRIBE). Me imagino que lo deben molestar mucho con esto de los autógrafos….
MIGUEL; No es nada. Para una persona como usted es un placer.
LE DEVUELVE LA PORTADA FIRMADA.
CARLA: ¡Muchas gracias! (MIGUEL VUELVE A HABLAR CON LA PAREJA, PERO CARLA QUEDA ALLÍ, VACILANTE… HASTA QUE VUELVE A INTERUMPIR). Perdone... También quería entregarle esto. (LE MUESTRA UN MANUSCRITO). Es de un amigo. Me pidió que se le entregara. (LE ENTREGA EL MANUSCRITO). Cuando tenga un tiempo, léalo, por favor. Le va a interesar mucho. Es de un viejo amigo suyo.
MIGUEL: Muchas gracias, en cuanto pueda lo leo… ¿cómo dijo que se llamaba?
CARLA: Carla. Nos vimos un par de veces en algún sitio, pero hace ya tanto tiempo…
MIGUEL: No dejaré de leerlo, Carla. Ha sido un placer.
SIGUEN CONVERSANDO.
CARLA SE VA LENTAMENTE COMO SI HUBIERA ALGO QUE NO LE PUDO DECIR.
EL AMIGO: Como que no te van a dejar nunca tranquilo…
MIGUEL: Da igual. Ya me estoy acostumbrando.

LA AMIGA: Lindo título: *Crónica de un sueño.*
MIGUEL: ¿Cómo?... (LE ARREBATA EL TEXTO. LO HOJEA. SUS AMIGOS SE MIRAN EXTRAÑADOS). No dice nada del autor. Sólo va su primer nombre, Alejandro. Nada más. (SALE CORRIENDO AL OTRO LADO DE LA PLATAFORMA. MIRA HACIA TODOS LOS LADOS, PERO YA NO HAY RASTROS DE CARLA. PREGUNTA AL BAR TENDER. ESTE MUEVE NEGATIVAMENTE LA CABEZA. VUELVE A LA MESA). ¡Ninguna información! Ni un dato de su dirección, nada. Me dio el manuscrito, se fue y ya.
EL AMIGO: Hombre, ¿tan importante es el autor? Ya te buscará. Seguro que querrá saber... Te va a buscar en algún momento.
MIGUEL: No, el que tendría que contactarlo ahora soy yo. (PAUSA). Es muy largo de contar… Una historia muy vieja. (VUELVE A TOMAR EL TEXTO Y LO MIRA OBSESIONADO).
LA AMIGA: ¿No conoces a esa mujer?
MIGUEL: No, ni la recuerdo para nada. Nunca conocí a los amigos de Alejandro.
LA AMIGA: Ten paciencia. Santiago no es tan grande. Ya aparecerá. No te preocupes, hombre.
PAUSA.
MIGUEL: ¿Me perdonan si no voy con ustedes?
EL AMIGO: Pero no puedes faltar a esa recepción.
MIGUEL: Díganles que llegaré más tarde. Inventen cualquier cosa. (PAUSA).
LA AMIGA: Está bien, pero por favor llega, aunque sea tarde.
MIGUEL: Sí.

SE OSCURECE EL ESCENARIO MIENTRAS SE VA EL RUIDO DEL CAFÉ Y LOS DEMÁS SE VAN MARCHANDO.
QUEDA MIGUEL SOLO EN UN HAZ DE LUZ. TOMA UNA NOTA QUE CAE DEL MANUSCRITO. LEE.
VOZ DE ALEJANDRO: Querido Miguel, no creo que esto se llegue nunca a representar. Pero te lo dejo para que veas el texto. Te lo mando con una amiga porque tenía miedo que no quisieras verme. Ha cambiado muy poco, excepto que el final es distinto, después de todo ya estamos en el siglo veintiuno. Lo único que te pido es que la leas, aunque no te guste. Después de todo esta obrita fue lo último que hicimos juntos y lo que más cerca me tuvo de ti. Si quieres volver a verme, sólo tienes que buscarme. Si de veras lo quieres, me encontrarás.
SIGUE LEYENDO.
LA LUZ DISMINUYE, PERO MIGUEL QUEDA SIEMPRE VISIBLE DURANTE TODA LA ESCENA SIGUIENTE.
SE ILUMINA LA PLATAFORMA TRES.
ALEJANDRO, REPRESENTADO POR EL ACTOR QUE INTERPRETABA AL ESCRITOR, DUERME TENDIDO EN LA PLATAFORMA CUATRO.
MIGUEL (EL ACTOR QUE INTERPRETABA AL MÚSICO SE LE ACERCA LENTAMENTE): Alejandro... Alejandro, despierta. (ALEJANDRO SE INCORPORA DE UN SALTO). Calma, tranquilo. Estoy contigo. (ALEJANDRO MIRA A SU ALREDEDOR DESCONCERTADO).

MIGUEL: Ahora estamos juntos y no voy a dejarte. Fue todo un sueño, una pesadilla. No moriste en Nueva York.
ALEJANDRO: Soñaba que te ibas para siempre. Que yo estaba muerto...
MIGUEL: Cálmate. En esta versión tenemos un final feliz. Yo me arrepentí y corrí a salvarte. Desde allí todo fue muy diferente.
SE ILUMINA AÚN MÁS LA PLATAFORMA CON COLORES MÁS VIVOS.
ALEJANDRO: ¿Dónde estamos?
MIGUEL: En nuestra casa. En Santiago. Ya han pasado veinte años. Todo es muy diferente ahora. Ya no tenemos que tener miedo.
ALEJANDRO: ¿Y los demás? ¿Carla? ¿Gustavo?
MIGUEL: Nunca existieron. Fueron personajes de una obra que nunca se escribió. Si se escribiera, terminaría así. Con nosotros dos, solos. Y terminaríamos cantando, como en las comedias musicales: "Hay que vivir los sueños..."
COMIENZA A CANTAR Y LUEGO LE SIGUE ALEJANDRO, ACOMPAÑÁNDOLO.
AMBOS:
Hay que vivir los sueños
Hay que vivir los sueños.
Yo sabía que tú existías,
Que tú existías
Y pensabas en mí... (ETC.)
TERMINAN DE CANTAR. SE MIRAN. SONRÍEN.
ALEJANDRO RECLINA LA CABEZA SOBRE EL HOMBRO DE MIGUEL.
OSCURIDAD.

VUELVE UN TANTO LA LUZ SOBRE LA PLATAFORMA UNO.
MIGUEL (AL MOZO): La cuenta, por favor.
SE DISPONE A SALIR.
AL HACERLO, EL MOZO LE HABLA.
MOZO: No se preocupe, lo único que necesita es tener paciencia.
MIGUEL: ¿Cómo?
MOZO: De vez en cuando pasa por este sitio. Le gusta sentarse en esa misma mesa.
MIGUEL (MIRÁNDOLO EXTRAÑADO): Gracias. VA A SALIR.
MOZO: Otra cosa. Cuando la obra se estrene, no se olviden de invitarnos.
MIGUEL: Se lo prometo.
OSCURIDAD.
EN LA PANTALLA DEL FONDO SE VE UNA COMPOSICIÓN DE LOS ROSTROS DE LOS DOS ALEJANDROS FORMANDO UN SOLO ROSTRO HÍBRIDO.
VOZ DE ALEJANDRO: Si quieres volver a verme, sólo tienes que buscarme, Miguel. Si de verdad lo quieres, me encontrarás.
LA IMAGEN VA CAMBIANDO LA GRADACIÓN DEL COLOR, AL MISMO TIEMPO QUE SE VA DESVANECIENDO. OSCURIDAD TOTAL.

FIN

Nueva York y Santiago de Chile, 1986
Ohio (Estados Unidos), Santiago de Chile, 2005

CUATRO, TRES, CINCO, UNO, SIETE, SIETE

Pieza abstracta en un acto breve

PERSONAJES

El extraño
Silueta 1
Silueta 2
Silueta 3
Una voz

ESCENARIO VACÍO.

AL FONDO, UN LETRERO LUMINOSO QUE DICE "ALINTRAPEX"
SILENCIO Y OSCURIDAD ABSOLUTOS.

UNA VOZ PROVENIENTE DE UN PARLANTE DICE IMPERATIVAMENTE: ¡Se necesita urgentemente al señor Carnet 435177 en las oficinas de Alintrapex!

SE VUELVE A REPETIR EL LLAMADO AHORA CON MAYOR VOLUMEN.

EN ESE INSTANTE SE ILUMINA EL LETRERO DE "ALINTRAPEX" QUE SE ENCIENDE Y APAGA INTERMITENTEMENTE. DELANTE DE ÉL ESTÁ EL EXTRAÑO QUIEN LLEVA UNA MALETA DE LA QUE SE IRÁ AFERRANDO EN EL TRANSCURSO DE LA OBRA. DA LA ESPALDA AL PÚBLICO Y SE VE TOTALMENTE DESOLADO.

SE REPITE EL LLAMADO POR EL PARLANTE.

EL ESCENARIO EMPIEZA A ILUMINARSE LENTAMENTE HASTA QUEDAR ENTRE LA CLARIDAD Y LA PENUMBRA. FLOTA YA UN AMBIENTE DE ENIGMA. EL LETRERO SIGUE INSISTENTEMENTE EN SU INTERMITENCIA.

SE REPITE EL LLAMADO.

EL EXTRAÑO GIRA QUEDANDO CASI DE FRENTE AL PÚBLICO. CAMINA ALGUNOS PASOS SIN RUMBO Y LUEGO SE DETIENE.

VOZ: ¡Se necesita urgentemente al señor Carnet 435177 en las oficinas de Alintrapex! (MÁS FUERTE). ¡Se necesita urgentemente al señor Carnet 435177 en las oficinas de Alintrapex! (PAUSA).
EL EXTRAÑO (QUIEN PARECE NO OÍR EL LLAMADO): ¿No hay nadie aquí?... (SILENCIO). ¿No hay nadie?... ¿No hay nadie?... (SILENCIO). ¿Cómo no va a haber alguien... alguna persona que me escuche?... (SILENCIO). No conozco este sitio... no lo conozco... No sé dónde estoy... ¿Cómo no va a haber alguien?... (EN UN GRITO): ¡Alguien!... (PAUSA). No sé dónde estoy... no lo sé... Bajé aquí por equivocación... Creí que este era el sitio pero me equivoqué... No era mi intención llegar aquí... ¡Quiero saber dónde estoy!... ¡Quiero salir de aquí!... (PAUSA). ¿No hay nadie?... ¿No hay nadie?... (SILENCIO). No conozco este sitio... Tengo miedo... (TOMA ALIENTO AGITADAMENTE).
VOZ: ¡Se necesita urgentemente al señor 435177 en las oficinas de Alintraplex!
EL EXTRAÑO (SIN OÍR EL LLAMADO): ¿Cómo no va a haber alguien que me escuche?... Una persona siquiera... Una persona... (PAUSA). ¡Socorro!... ¡Socorro! (SILENCIO ABSOLUTO. EL EXTRAÑO SE SIENTA DESALENTADO EN SU MALETA). Yo no quería equivocarme... Ahora estoy solo... y ni siquiera sé qué lugar es este... (PAUSA). Hace frío...

ni siquiera traje mi abrigo… Tengo miedo… Tengo miedo… (LEVANTÁNDOSE): ¡Socorro!... ¡Socorro!... (DESALENTADO, SE TAPA EL ROSTRO).

BREVE PAUSA.

SE ESCUCHA EL RUIDO DE TRES GOLPES SIMULTÁNEOS, TRES GOLPES INDEFINIDOS, ENIGMÁTICOS, IMPACTANTES, SECOS, PROFUNDOS Y RETUMBANTES.
SE ESCUCHAN POR SEGUNDA VEZ.

EL EXTRAÑO (MIRANDO HACIA LOS COSTADOS INQUIETO): ¿Qué es eso?... ¿Hay alguien?... ¿Hay alguien?... (SE LEVANTA LENTAMENTE, EN TENSIÓN. SE ESCUCHA POR TERCERA VEZ EL RUIDO. CAMINA DESCONCERTADO E INQUIETO HACIA UN COSTADO SIN LLEGAR A ÉL. SE MUEVE EN FORMA INDECISA Y VACILANTE. SE ESCUCHA POR CUARTA VEZ EL RUIDO). ¿Qué ruido es ese? (SE ESCUCHA POR QUINTA VEZ EL RUIDO. LUEGO POR SEXTA, SÉPTIMA, OCTAVA VEZ Y ASÍ SUCESIVAMENTE EN FORMA CADA VEZ MÁS CONTINUADA E INTENSA. EL EXTRAÑO SE MUEVE DE UN LUGAR A OTRO EN FORMA VACILANTE Y CADA VEZ MÁS NERVIOSO. TOMA SU MALETA Y SE AFERRA A ELLA COMO SU TABLA DE SALVACIÓN). ¿Qué ruido es ese?... ¿Dónde estoy?...

EL EXTRAÑO SE DIRIGE CORRIENDO HACIA UN COSTADO COMO QUERIENDO HUIR, PERO

SÚBITAMENTE SURGE LA SILUETA 1 QUE LE INTERCEPTA EL PASO.
EL EXTRAÑO SE DETIENE DE GOLPE, ATERRADO.
LA SILUETA 1 VISTE MALLA NEGRA, Y POR CABEZA TIENE UN ÓVALO BLANCO SIN FACCIONES DE APARIENCIA COMPLETAMENTE INHUMANA, MOVIMIENTOS AUTOMÁTICOS Y RÍGIDOS. DEBE SER REPRESENTADA POR UN ACTOR ALTO. NO REALIZA NINGUNA CLASE DE GESTOS, PERO EN SU FIGURA HIERÁTICA HAY ALGO DE ENIGMÁTICO Y AMENAZANTE.

EL EXTRAÑO (A LA SILUETA 1): ¿Quién es usted?... (La SILUETA 1 NO CONTESTA). ¡Conteste!... ¿Quién es usted?... (SILENCIO. SE DEJAN DE OÍR POR EL MOMENTO LOS RUIDOS ANTERIORES. QUERIENDO ENTABLAR DESESPERADAMENTE COMUNICACIÓN CON LA SILUETA 1 QUE PERMANECE IMMÓVIL Y RÍGIDA): Escuche… llegué a este sitio por equivocación, y no lo conozco… Quiero saber dónde estoy… o salir de aquí… (PAUSA). Contésteme, por favor… (PAUSA. AHORA CON DESESPERACIÓN): ¡Contésteme! (SILENCIO. PAUSA). No quiero nada de usted… tan sólo que me conteste… ¿Por qué no dice algo?... ¿Por qué está ahí inmóvil?... ¡Le estoy pidiendo ayuda!... ¿No lo entiende?...
VOZ (EN VELOCIDAD MUY LENTA LO QUE LA HACE GRAVE Y DISTORSIONADA): ¡Se necesita urgentemente al señor 435177 en las oficinas de Alintraplex!

EL EXTRAÑO: ¡Ah, ya comprendo: usted quiere dinero!... Le daré todo lo que me pida porque me diga siquiera dónde estoy… (PAUSA). ¿Cuánto quiere?... (SILENCIO). ¿Cuánto quiere?... (SILENCIO. DESESPERADO): ¡Le estoy hablando!...
VOZ (EN VELOCIDAD MUY RÁPIDA LO QUE LA HACE AGUDA Y DISTORSIONADA): ¡Se necesita urgentemente al señor 435177 en las oficinas de Alintraplex!
EL EXTRAÑO (ANGUSTIADO Y EXASPERADO, EN UN GRITO): ¡Contésteme! (SILENCIO ABSOLUTO. DECAÍDO Y DESCONCERTADO): Le doy lo que me pida… le doy lo que me pida… Sólo quiero sabe qué sitio es este… Nunca he estado aquí antes… le doy lo que me pida…
VOZ (AHORA NORMAL): ¡Se necesita urgentemente al señor 435177 en las oficinas de Alintraplex!
EL EXTRAÑO: ¿O es que no me entiende?... Contésteme, se lo ruego… ¿Qué lugar es este?... Nunca antes había estado aquí… Yo vengo de… de… ¡Qué extraño… lo he olvidado… lo he olvidado!... ¡No puede ser!... ¡No puedo haber olvidado de dónde vengo!... ¡No puedo haberlo olvidado así tan fácilmente!... (SE ESCUCHA NUEVAMENTE EL RUIDO. A LA SILUETA 1 COMO ENLOQUECIDO): ¡No lo puedo haber olvidado!... ¡No lo puedo haber olvidado!... (SE SIGUE ESCUCHANDO EL RUIDO PAUSADAMENTE). ¡Pare ese ruido!... ¡No lo soporto!... ¡Le he dicho que no lo soporto!... ¡Deje ese ruido!... ¡Si no quiere oírme, por lo menos deje de atormentarme!... (PAUSA TENSA). ¿Por qué no me escucha?...

VOZ (DISTORSIONADA Y ZIGZAGUEANTE): ¡Se necesita urgentemente al señor 435177 en las oficinas de Alintraplex! ¡Se necesita urgentemente al señor 435177 en las oficinas de Alintraplex!

LOS RUIDOS SE ESCUCHAN Y DEJAN DE ESCUCHARSE EN UNA RELACIÓN DE RITMO CON LA VOZ Y LAS SITUACIONES DRAMÁTICAS. DEBEN DAR LA IMPRESIÓN DE PRODUCIRSE POR VOLUNTAD DE LA SILUETA 1.

EL EXTRAÑO: Yo sólo quiero que me escuche y me conteste… No pido nada más… He sido todo lo correcto que me ha sido posible… Ayúdeme, por favor… (SILENCIO, TRATANDO DE SER AMABLE): Mi nombre es… Mi nombre… es… mi nombre… mi nombre… mi profesión… es… mi profesión… mi nombre… es… Oh, no es posible… no es posible… (SE ARRODILLA Y SE TAPA EL ROSTRO): ¿Por qué tenía que ocurrirme esto a mí?... ¿por qué?...
VOZ (NORMAL, PERO CON VOLUMEN EXCESIVO): ¡¡Se necesita urgentemente al señor Carnet 435177!!
EL EXTRAÑO (SIN OÍR LA VOZ): Mi carnet… ¡Mi carnet!... (LO BUSCA DESESPERADAMENTE EN SU ROPA, LO ENCUENTRA, LO MIRA DESESPERADO MIENTRAS SE OYEN LOS RUIDOS SIMULTÁNEOS ALGO MÁS INTENSOS. DESILUSIONADO Y ALARMADO): Cuatro, tres, cinco, uno, siete, siete… Cuatro, tres, cinco, uno, siete, siete… Cuatro, tres, cinco, uno, siete, siete… (A LA

SILUETA): ¡Deja ese ruido!... ¡Deja ese ruido!... ¿Por qué tendría que ocurrirme esto a mí?... (A LA SILUETA 1 AL AUMENTAR LA INTENSIDAD Y LA CONTINUIDAD DEL RUIDO): ¡Le he dicho que deje ese ruido! ¡No lo soporto!... ¡Le repito que no lo soporto!... (LA SILUETA 1 COMIENZA A AVANZAR HACIA EL EXTRAÑO. ÉSTE VA RETROCEDIENDO). ¡Se lo vuelvo a repetir! ¡No lo soporto!... (SIGUE AVANZANDO LA SILUETA 1. EL EXTRAÑO SIGUE RETROCEDIENDO). ¡No lo soporto! ¿Qué pretende?... ¿Por qué me atormenta?... ¡Déjeme, por favor! ¡No lo soporto ese ruido!... ¡no lo soporto!... (SE TAPA LOS OÍDOS Y GRITA DESESPERADO. AUMENTA EL RUIDO. LA SILUETA 1 SE ACERCA CADA VEZ MÁS HACIA EL EXTRAÑO). ¡Déjeme, déjeme!...

EL EXTRAÑO ESCAPA HACIA EL OTRO EXTREMO, PERO AL LLEGAR A ESTE SURGE SÚBITAMENTE LA SILUETA 2 QUE LE INTERCEPTA EL PASO.
LA SILUETA 2 VISTE EXACTAMENTE IGUAL QUE LA SILUETA 1 Y TIENE LA MISMA FIGURA.
EL EXTRAÑO RETROCEDE.
QUEDA DE PIE ENTRE AMBAS SILUETAS.
AUMENTA LA INTENSIDAD DEL RUIDO.

EL EXTRAÑO: ¿Quiénes son ustedes? ¿Qué quieren de mí?... (ANGUSTIOSAMENTE, EN UN GRITO): ¿Dónde estoy?

EL EXTRAÑO HUYE HACIA ATRÁS POR UN COSTADO DEL LETRERO QUE HA SEGUIDO ENCENDIÉNDOSE Y APAGÁNDOSE CON INTERMITENCIA, PERO SURGE LA SILUETA 3 QUE TAMBIÉN LE INTERCEPTA EL PASO.
ES EXACTAMENTE IGUAL A LAS OTRAS DOS.
LAS TRES SILUETAS FORMAN AHORA UN CÍRCULO ALREDEDOR DEL EXTRAÑO.
ÉSTE AVANZA ATERRADO HACIA LA PARTE ANTERIOR DEL ESCENARIO.

EL EXTRAÑO: ¿Qué quieren?... Yo no les he hecho nada… ni siquiera los conozco… ni siquiera sé qué lugar es este… si llegué aquí fue por equivocación… se los aseguro… fue por equivocación y nada más… (LAS SILUETAS SE ACERCAN A ÉL LENTAMENTE). Sólo quiero saber dónde estoy… Contéstenme, por favor… ¡Contéstenme! (LAS SILUETAS SIGUEN AVANZANDO SIN CONTESTAR). Les daré lo que me pidan… haré lo que me pidan… pero, por favor, contéstenme… les regalo mi equipaje… todo lo que llevo en la maleta, todas mis cosas… tengo muchas en mi maleta. (LA ABRE: ESTÁ VACÍA). ¡Oh…! No puede ser… no puede ser… yo traía muchas cosas aquí dentro… estoy seguro… muchas cosas… no estoy mintiendo… (LAS SILUETAS AVANZAN MUY LENTAMENTE. EL RUIDO NO HA CESADO). Por favor, escúchenme… Yo no pretendo nada malo… no he cometido ningún delito… llegué aquí por error… ¡pero, por favor, digan algo!... ¡contéstenme!... ¡Contéstenme!

VOZ (NORMAL): Se necesita urgentemente al señor Carnet 435177 en las oficinas de Alexlintrapex de Alexlintrapex de Alexlintrapex de Alexlintrapex de Alexlintrapex de Alexlintrapex (SE SIGUE REPITIENDO "DE ALINTRAPEX" COMO UN DISCO RAYADO).

LAS SILUETAS HAN FORMADO UN CÍRCULO CADA VEZ MÁS ESTRECHO ALREDEDOR DEL EXTRAÑO.

LOS RUIDOS SE HAN HECHO AHORA DESESPERADAMENTE CONTINUOS E INSORPORTABLEMENTE FUERTES.

EL EXTRAÑO TRATA DE ESCAPAR, PERO LE ES IMPOSIBLE: LAS SILUETAS EMPIEZAN A ESTRECHARLO.
EL EXTRAÑO SE SIENTE ENLOQUECER Y SE TAPA LOS OÍDOS.
SIN PODER SOPORTAR MÁS, LANZA UN PROLONGADO, ATROZ Y DESGARRADOR ALARIDO MIENTRAS CAE AL SUELO, SIN SENTIDO.
LA ESCENA SE OSCURECE Y CESAN LOS RUIDOS. JUNTO CON ELLOS SE DEJA DE OÍR LA VOZ Y SE APAGA EL LETRERO INTERMITENTE.

FIN

JUGUEMOS A UN EXTRAÑO JUEGO

Drama en dos actos

PERSONAJES

Tres hombres jóvenes, alrededor de los 25 años que deben tener un tipo físico muy parecido. De acuerdo al orden de aparición, se llamarán:

A

B

C

ESCENOGRAFIA

Debe ser ambigua, algo así como el living de un departamento moderno que también podría ser una clínica. Líneas sobrias, contornos rectangulares y predominio del color blanco.

Entre los elementos fundamentales debe haber:

Un amplio ventanal que ocupa casi todo el fondo del escenario.

Dos puertas: una de salida y otra hacia el interior.

Un sofá amplio.

Un teléfono.

Un armario.

Un botiquín.

Un tocadiscos.

Una percha y una mesita de living con una lámpara junto a ella.

INTRODUCCIÓN

SE COMPONE DE LAS SIGUIENTES IMÁGENES SUCESIVAS:
IMAGEN 1: Luz azul detrás del ventanal del fondo. Se ve la silueta de A que está de espaldas al público. Breves segundos subrayados por un sonido sordo que se intensifica gradualmente y luego se diluye.
Oscuridad.
IMAGEN 2: Se repite la secuencia anterior, sólo que a la derecha de A vemos la silueta de B en posición oblicua como inclinándose hacia el suelo.
Oscuridad.
IMAGEN 3: Lo mismo, pero a la izquierda de A se ve la silueta de C en la misma posición que B, aunque más inclinada y tensa.
Oscuridad.
IMAGEN 4: La misma posición, pero ahora durante la duración del sonido, las siluetas giran hacia el público y avanzan lentamente hacia él.
Oscuridad.
IMAGEN 5: Con el mismo sonido en el trasfondo, se ven las tres siluetas frente al público con los brazos levemente alzados el uno hacia el otro.
Oscuridad.

IMAGEN 6: Lo mismo pero con los brazos más alzados y tensos.
Oscuridad.
IMAGEN 7: Esta vez levantan y estiran los brazos al máximo. Las manos en posición estática expresan una angustiosa necesidad de aferrarse entre sí. El ruido se intensifica más que nunca. No hay apagón y el sonido sigue.
IMAGEN 8: Al ritmo del sonido que se quiebra en trozos contrapuntísticos, las manos logran aferrarse angustiosamente. Los cuerpos quedan semi-caídos y tensos, como si el mismo contacto los empujara en sentido contrario. No hay apagón sino una larga pausa expectante.
IMAGEN 9: Se oyen tres voces alternadas, graves, lentas y distorsionadas (como una grabación magnetofónica en menor velocidad), cada una más que la otra. Se oirán paralelamente y, siguiendo el ritmo, se irán acercando entre sí hasta llegar a unirse en un angustiosamente estrecho abrazo a trío. Cesan las voces.
IMAGEN 10: Se mantiene la figura triangular durante una pausa larga y tensa.
IMAGEN 11: Brusco ruido de cristales rotos al son del cual A, B y C se separan bruscamente como rechazándose entre sí. Al terminar el ruido, que debe ser breve e impactante, las tres figuras quedan

esparcidas por el escenario, quedando finalmente estáticas.
IMAGEN 12: Se mantiene la misma distribución. Comienza a oírse poco a poco, desde un interior subterráneo, una serie de ruidos inconexos, diversos y extraños.

SE OYE UNA VOZ.
VOZ (EN OFF): Un rostro. Me dijeron que tenía un rostro. Creía en mi rostro. Creía sentirlo. Yo era mi rostro. Mi rostro era yo. Y sin embargo... sin embargo.... (SE SIGUE ESCUCHANDO REPETIDAMENTE "...sin embargo..." COMO UN DISCO RAYADO).
A MEDIDA QUE VA DISMINUYENDO EL VOLUMEN DE LA REPETICIÓN, LA ESCENA SE VA OSCURECIENDO LENTAMENTE.
OSCURIDAD Y SILENCIO.

EN LA OSCURIDAD COMIENZA A OÍRSE UN RUIDO MONÓTONO Y PERSISTENTE – SIMILAR AL DE UN ESCAPE DE AIRE — QUE IRÁ AUMENTANDO DE INTENSIDAD.
LA ESCENA QUEDA EN MEDIA PENUMBRA.
POR LA DERECHA DEL ESPECTADOR ENTRA *A*. VA COMO A LA DERIVA HUYENDO DE ALGO IMPRECISO. SE DETIENE EN EL CENTRO DEL

ESCENARIO POR UN INSTANTE Y LUEGO SIGUE CAMINANDO. AVANZA HACIA EL TELÉFONO PERO SE DETIENE. DA MEDIA VUELTA Y VA A SALIR CUANDO EL TELÉFONO SUENA. *A* LO MIRA NERVIOSO, SIN MOVERSE, HASTA QUE EL TELÉFONO DEJA DE SONAR. ALIVIADO SE DEJA CAER EN EL SOFÁ QUE ESTÁ HACIA EL CENTRO DEL ESCENARIO.

PAUSA.

SE LEVANTA Y VA AL TOCADISCOS. LO ENCIENDE Y PONE EL BRAZO DEL PICK-UP EN UN DISCO QUE YA ESTABA. SURGE UNA LENTA MÚSICA DE JAZZ. VUELVE AL SOFÁ, ENCIENDE LA LAMPARITA Y SE SIENTA. ENCIENDE UN CIGARRILLO Y FUMA. TOMA UN LIBRO Y LO HOJEA SIN PRESTARLE ATENCIÓN. LO DEJA.

PAUSA.

APAGA EL CIGARRILLO, VA AL TELÉFONO, MARCA UN NÚMERO, PERO CASI EN SEGUIDA SE ARREPIENTE. VA HACIA EL ARMARIO. SACA DE ALLÍ UNA CARTA QUE DEJA EN LA MESITA DEL LIVING. DEL BOTIQUÍN SACA UN FRASCO DE PÍLDORAS QUE DEJA AL LADO DE LA CARTA. OBSERVA A SU ALREDEDOR. VA A LA PERCHA DONDE CUELGAN UN CHAQUETÓN A LA MODA Y UNA PELUCA BLANCO CENIZA. SE LOS PONE.

SACA DE SU CHAQUETA UNAS GAFAS OSCURAS QUE SE PONE DE INMEDIATO.
DESAPARECE SU NERVIOSISMO. AHORA ESTÁ CALMADO Y SEGURO DE SÍ MISMO. VA AL TOCADISCOS Y LO APAGA SIN SACAR EL DISCO. VA AL BOTIQUÍN Y SACA DE ALLÍ UN REVÓLVER QUE METE EN UN BOLSILLO INTERIOR DE SU CHAQUETÓN. APAGA LA LÁMPARA DE LA MESA DEL LIVING. AVANZA HACIA LA PUERTA DE SALIDA. ALLÍ SE DETIENE, OBSERVA LA SALA, DA MEDIA VUELTA Y SALE DEJANDO LA PUERTA SIN CERRAR.
ALGUNOS INSTANTES DE SILENCIO.
DETRÁS DEL VENTANAL DEL FONDO APARECE LA SILUETA DE *B*, QUIEN CAMINA TEMEROSO Y MIRA SIGILOSAMENTE A SU ALREDEDOR. MIRA CON DIFICULTAD HACIA EL INTERIOR. GOLPEA CON TIMIDEZ EL VENTANAL.
SILENCIO.
VUELVE A GOLPEAR, AHORA UN POCO MÁS FUERTE, PERO NO OBTIENE RESPUESTA.
B (TÍMIDAMENTE): Sandro… Sandro… (PAUSA. VE QUE LA PUERTA ESTÁ ENTREABIERTA. SE ASOMA SIGILOSAMENTE AL INTERIOR. LLAMA AHORA UN POCO MÁS FUERTE). Sandro…
PAUSA.

ENTRA CAUTELOSO. BUSCA EL INTERRUPTOR DE LUZ Y LO ENCUENTRA.
LA ESCENA SE ILUMINA POR COMPLETO.
B OBSERVA A SU ALREDEDOR EXTRAÑADO POR LA FRIALDAD AMBIENTAL. DUDA. LUEGO AVANZA HACIA EL CENTRO DEL ESCENARIO. ALLÍ SE DETIENE. VE LA CARTA, LA LEE, ROSTRO DE DESENCANTO Y AMARGURA. SE DEJA CAER EN EL SOFÁ.
PAUSA.
VE EL TOCADISCOS, VA HACIA ÉL, LO ENCIENDE Y SE DEJA OÍR OTRA VEZ EL JAZZ INTERRUMPIDO. VUELVE LENTAMENTE AL SOFÁ. SE SIENTA SUAVEMENTE.
C APARECE POR LA PUERTA DEL DORMITORIO. SE VE MUY REFINADO. VISTE UNA ELEGANTE BATA DE LEVANTAR Y LLEVA UNA MELENA RUBIA. SE VE MUY SERENO Y SEGURO DE SÍ MISMO. OBSERVA SARCÁSTICAMENTE A *B*. ÉSTE VA A FUMAR, PERO SU CAJETILLA ESTÁ VACÍA. *C* SE ACERCA Y LE OFRECE DE SU CIGARRERA.
B (SOBRESALTADO): ¿Quién es usted?
C: Le estoy ofreciendo cigarrillos.
B: (DUBITATIVO) Gracias...
PAUSA. *C* SE LO ENCIENDE. PAUSA TENSA.

C: Soy el marido de Sandro. (*B* SE SOBRESALTA. PAUSA. IRÓNICO): ¿Le resulta extraño? No hay motivo, créame. Todo es extraño. Basta con cerrar los ojos. A ver, ciérrelos. Ciérrelos. (*B* LO HACE). Bien. Cuando los abra piense que todo esto lo ve por primera vez, nunca lo había visto antes... Ábralos. (*B* LO HACE). Extraño, ¿no? Practíquelo en su casa, en la calle, mirándose en un espejo. Todo le parecerá rarísimo y quizás nada de reconfortante. (PAUSA). Lo noto algo desconcertado. Deducción: usted es un recién llegado al privilegiado mundo de la homosexualidad.
B: No sé qué me quiere decir con eso.
C: ¡Mon Dieux! Dije que era usted un recién llegado. Jamás he sugerido que sea un ingenuo. Usted entiende perfectamente. (PAUSA. VE LA CARTA SOBRE LA MESA) Si hay algo que detesto es encubrir la realidad bajo un halo de inocencia. (SARCÁSTICO). Veo que Sandro le ha dejado una nota. Esto es también extraño. Sandro nunca deja notas a sus encuentros casuales. Ni siquiera a sus amantes. Una nota... Interesante. Esto significa que usted ocupa un sitio bastante privilegiado en su libreta. Veamos lo que dice.
B (MOLESTO, PERO TÍMIDO AÚN): Usted no tiene derecho. Es algo entre él y yo.
C: Sí, pero yo soy su esposa y tengo todo el derecho a enterarme, mi lindo. En todo caso, aunque no lea esta nota, me puedo imaginar perfectamente bien lo que

dice. Y si no, Sandro me lo cuenta todo en la cama, *TODO.* Las aventuras de Sandro son tan entretenidas... (SE RÍE PARA SÍ. ABRE EL SOBRE Y LEE EN VOZ ALTA). "*Mi amor, siento no poder estar contigo esta noche como te había prometido*".
B: ¡Entréguemela!
C (ESCABULLÉNDOSE): "*¡Llegaré tan pronto como pueda! Ten paciencia y espérame*". ¡Ja! Va a tener que esperar sentada, pues, mi linda. (SIGUE). "*Te quiero, te quiero como a nadie...*" (PAUSA). ¡Hijo de puta! (ARRUGA LA CARTA CON RABIA. PAUSA. RECOBRA SU TONO SARCÁSTICO). No deja de tener cierto encanto. (VA HACIA EL BAR). ¿Campari o jerez?
B: Bueno, no sé qué decir... Yo no sabía nada...
C: ¿Qué prefiere: Campari o Jerez?
B: Prefiero irme.
C: Le estoy preguntando si quiere Campari o Jerez, no si quiere quedarse o irse.
B: Se lo agradezco, pero quiero irme.
C: (ENÉRGICO). ¿Campari o Jerez? (PAUSA).
B: Cualquier cosa.
C (SIRVIÉNDOLE JEREZ): Noto que a la inocencia se añade la indecisión. Sandro le dijo que lo esperara, por lo tanto espérelo. Si cree que me incomoda, está equivocado. Por el contrario, me divierte.
B: Él nunca me habló de...

C: De que tenía un marido regio, estupendo, ¿no es así? (LE PASA UN VASO DE JEREZ). Lo que más admiro es la habilidad de los juegos de Sandro. En cuanto lo vi me vino a la mente toda una escena romántica. (OBSERVA A *B*) ¡Pero, por Dios, qué nerviosismo! No tiene por qué. Sandro le dijo que podía disponer de todo en este departamento. Además lo ama. ¿Entonces? (PAUSA). Tómese su jerez y no se ponga tan trágico.

B: Gracias, pero no me siento bien. (LEVANTÁNDOSE). Lo mejor es que...

C: ¿Y mandar todo al diablo? Me carga la gente derrotista. Si él le dijo que lo esperara, espérelo. (PAUSA). Lo esperaremos juntos. Si es por cortesía que quiere retirarse, le repito que no me incomoda en absoluto. Tómese su jerez. (PENSATIVO). Amar a Sandro implica un continuo esperarlo. ¿No lo encuentra doloroso?

B: Usted me confunde.

C: No, usted ya estaba confundido. Yo no hago sino confundirlo un poquito más.

B: Me siento mal...

C (ABRIENDO UN FRASCO DE PASTILLAS): Tome, es un excelente medio para enfrentarlo todo. Tome, una o dos. O tres si usted quiere. Yo también las uso. Las necesito.

B: No, gracias.

C: Como quiera. (GUARDA EL FRASCO. SE SIENTA. PAUSA). Es difícil amar a Sandro. Lo sé muy bien y usted empieza a darse cuenta de lo mismo. Hay cosas más fáciles, más sencillas, más directas. Y sin embargo, nos enamoramos de Sandro. ¿Por qué? Por miedo quizás. O por pura debilidad. Muy pronto se va a dar cuenta de eso. (PAUSA). Veo que Sandro ha sido muy preciso con usted. Le da las cosas por anticipado, las pastillas por ejemplo. Puedo advertirle que las aventuras de Sandro se configuran siempre como una cinta de Moebius. No hay comienzo ni hay un fin. Es un círculo que repite al infinito. El anterior, muy parecido a usted, terminó reventado en las baldosas de la vereda. Por algo vivimos en un décimo piso. Cuénteme, ¿cómo empezó su aventura con Sandro?

B: Yo a usted no tengo nada que contarle.

C: Ah... Creía que nos conocíamos lo suficiente como para entrar en confianza. No tengo ninguna mala intención, créame. No se enoje y cuénteme. (PAUSA).

B: No es fácil de explicar.

C: Lo escucho. Tengo paciencia.

B (INCÓMODO, DESPUÉS DE UNA BREVE PAUSA): Iba por una calle. Estaba vacía pero tenía la sensación de que iba a encontrarme con alguien... Con alguien que yo esperaba desde hacía mucho tiempo. Caminé y caminé, sin saber adónde, hasta que... (SILENCIO).

C: Siga.
B (PAUSA): Yo estaba sentado en una plaza...
C (IRÓNICO): Ya me lo imagino. ¿Y no se encontraba tal vez cabizbajo, con la cabeza afirmada entre las manos y los codos sobre las rodillas?
B: Sí.
C (RIENDO): Exactamente igual que en una novela. Problemas existenciales. Me lo imaginaba.
B: No es cómico. No tiene por qué reírse. ¿Pero qué mierda es todo esto?...
C: ¡Ah...! Desde el momento en que alguien dice "mierda" significa que la conversación va por buen camino. Continúe, mi lindo.
B (SE LEVANTA DECIDIDO): ¡Me voy!
C: Francamente, yo en su caso no lo haría. (*B* DUDA UN POCO Y LUEGO SE DIRIGE A LA PUERTA DE SALIDA). Es muy difícil encontrar a Sandro por segunda vez. (*B* SE DETIENE). Con mayor razón aún si se le busca en la forma en que usted lo habrá buscado. (*B* SE HA QUEDADO DE PIE AL FONDO, CERCA DE LA PUERTA). Hágame caso, siéntese y tómese su jerez. Va a tener que esperar por bastante tiempo. Se lo digo por experiencia propia. (*B* VUELVE LENTAMENTE Y SE SIENTA VACILANDO. BEBE DE SU VASO DE JEREZ). ¿Es usted activo o prefiere que se lo metan?
B (SUMAMENTE MOLESTO): ¡No sé a qué se refiere!

C: Lo sabe muy bien desde el momento en que me contesta de esa forma.
B: ¡No hay nada de grosero entre Sandro y yo!
C: ¿Grosero? Ahora soy yo el que no entiende. Me imagino que uno tendrá que montarse encima del otro, si no me equivoco. Hay también otras posibilidades... Y no me ponga esa cara de virgencita ofendida.
B (LEVANTÁNDOSE): Su conversación es asquerosa. No tengo por qué...
C: Entiéndame, preciosura. Todos los que buscamos y esperamos a Sandro somos de una forma u otra pasivos, por muy... *grosero* que le parezca.
B (DECIDIDO): ¡No tengo por qué estar escuchando sus impertinencias! ¡Me voy de aquí!
C (EMPUJÁNDOLO DE LOS HOMBROS LO VUELVE A SENTAR BRUSCAMENTE EN EL SILLÓN): ¡Usted no se va de aquí! Ahora me toca a mí. Tengo ganas de hablar, de hablar mucho y necesito alguien que me escuche.
B (TRATANDO DE LEVANTARSE): Prefiero que no.
C (EMPUJÁNDOLO NUEVAMENTE AL SOFÁ. VIOLENTO Y TERMINANTE): ¡Le dije que me va a escuchar! Es una verdadera delicia encontrar un muchacho joven, inocente, candoroso a quien contar mi historia con Sandro. Ha caído usted en una trampa y no va a salir tan fácilmente. Va a tener que escucharme. (LE SIRVE MÁS JEREZ Y EN SEGUIDA ASUME

UNA POSICIÓN TEATRAL FORZADA). Sandro y yo. (PAUSA). Todo comenzó cuando Sandro me agarró el culo. (DUDA UN INSTANTE). Qué raro... ¿No habrá empezado por la rodilla? ¿O por una mirada?... No, demasiado cursi. Empezó por el culo. ¡Qué éxtasis cuando me agarró las nalgas! ¡Fue como si todo lo absoluto se concentrara en el ano, para luego penetrar por todo el recto e invadir por completo el interior de mi cuerpo! ¡Un verdadero momento de epifanía! Sentí sus piernas traspasando la tela de los pantalones hasta adherirse a mi piel. Rápidamente me arrastró a un lugar oscuro... Allí se quitó la camisa, me bajó los pantalones y los calzoncillos. Me dio vuelta y me agachó. Me tiró un escupo en el hoyo y entonces...

B: ¡No quiero seguir escuchando!

C (VOLVIENDO A SU IRONÍA HABITUAL): Claro, lo escandalizo. El hada misteriosa de esta noche resultó ser, aparte de un novato, un santo... Un santito de porcelana de Meissen. O un gatito felpudo... suave, delicioso, encantador... Una mezcla extraña y paradojal de virgen candorosa y de putita pudorosa. Una cagadita cacofónica. Ingenioso, ¿no es así? (SILENCIO). ¿No? ¡Qué lástima!

B: Nunca en mi vida había visto a alguien tan asqueroso.

C: ¿Asqueroso? Mire, mi lindo, todos estamos partidos. Vertical, horizontal u oblicuamente. Para ser más precisos, todos tenemos un hueco que llenar, en cualquier parte del cuerpo, no sólo en el culo. No desdeñemos el corazón que usted debe considerar importante a partir de su filosofía que supongo de un tenue color rosa, o quizás calipso, aunque no lo creo. ¿Verde? Habría que ser excepcional y no lo somos.

B: No entiendo nada de lo que está diciendo.

C: ¿Está seguro?

B: No entiendo ni quiero tratar de entender.

C: Escucha, preciosura. Sí que puedes entenderlo, pero te asusta seguir entendiendo. Ya te vas dando cuenta de que no es fácil amar a Sandro, si es que se puede "amar" a Sandro. Nada de fácil. (SE SIENTA). Esperamos a Sandro. Yo siempre lo espero. Así es el juego y lo que te aterra es seguirlo hasta el final. (PAUSA). Nunca vas a encontrar a Sandro. Nada significas para él.

B: Está totalmente equivocado. Sandro dijo que me amaba.

C: "Amaba..." ¡Qué palabra tan dulce... tan cursi! Me suena a pastel añejo, ¿sabe? Conozco a mi marido. No se haga ilusiones.

B: Entonces ¿por qué me retiene? ¿Qué quiere?

C: Divertirme.

B: Se va a defraudar.

C: Estoy seguro que no.

B: No sabe lo que hay entre Sandro y yo.

C: Lo sé, no hay nada.

B: Eso es lo que usted cree o quiere creer. Usted parece fuerte, pero en el fondo se está defendiendo. Su espectáculo es deprimente y repugnante.

C: Gracias. Le diré que en realidad me estoy divirtiendo mucho.

B: No crea que me voy a dar por vencido. No soy tan débil. Voy a esperar a Sandro hasta que llegue, aunque se demore un siglo.

C: Pero, por supuesto, espérelo. Veo que se decide a seguir mi consejo.

B: No estoy siguiendo su consejo, hago lo que yo quiero.

C (IRÓNICO): Lo que usted quiere. Pues bien, está en su casa. Acomódese. No es este un departamento, digamos... tan cómodo ni elegante, pero Sandro y yo no tenemos otro que ofrecerle.

B: No diga "Sandro y yo."

C: Muy bien, diré entonces "yo y Sandro". ¿Conforme, mi lindo? (*B* HACE UN GESTO DE FASTIDIO. *C* SE LE ACERCA CON MALIGNA SUAVIDAD). Vamos, no se enoje. Es que no puedo evitar ser ingenioso.

B: No encuentro nada de gracioso en todo esto.

C: Nunca pierda la capacidad de reírse, mi lindo.

B: ¡No me llame "mi lindo."!

C: Como usted quiera, mi lindo. (*B* SE APARTA BRUSCAMENTE Y SE ALEJA DE *C*). ¿Dije algo que le molestara? (SILENCIO). ¿Algún gesto? ¿Alguna mala palabra? (PAUSA BREVE). Veo que sí. ¡Lo siento! (ACERCÁNDOSE A *B* CON INUSITADA Y FALSA INGENUIDAD). Soy muy malo, ¿no?

B: No me joda.

C: Pero si no lo estoy jodiendo. Jamás he pensado en eso. Simplemente estoy tratando de hacerle más amable la espera. Sandro puede demorar muchísimo, o no venir... Si lo he ofendido, no ha sido con mala intención. En el fondo soy bueno. Pensaba que mi ingenio, mi simpatía bastarían para regocijarlo. (CON COQUETERÍA). Dime, preciosura, ¿no me encuentras simpático, ingenioso, sensual...? (ACERCÁNDOSE). ¿Te gusto? (LO TOMA DE LA CINTURA).

B (RECHAZÁNDOLO ENÉRGICAMENTE): ¡Suélteme! ¿Qué se ha imaginado?

C (TEATRAL Y CURSI): Pero, mi amor, sólo te propongo que gocemos un rato mientras Sandro goza por su lado.

B: ¿Y quién mierda se cree que es usted?

C (CAMBIANDO BRUSCAMENTE): ¿Y qué te crees tú, huevón? ¿Qué me gustas? Me cago en tu inocencia. Quiero jugar, eso es todo.

B: Le agradecería que me dejara en paz.

C: Y yo le agradecería que dejara que se dejara de adoptar ese tono de niñita burguesa, semi-virgen.

B: No estoy adoptando ningún tono. Soy leal a Sandro, eso es todo.
C: ¿Eso es todo? ¿No le parece que sería demasiado simple? ¿Y quién es usted para poder decir con tanta seguridad: "soy leal a Sandro"?
B: Soy un hombre.
C: Es usted una cagada, eso es todo.
B: No me insulte. No se lo aguanto.
C: ¿Y quién te crees tú para "aguantarme" o "no aguantarme" algo? (SARCÁSTICO). Hombre... Ser humano... Individuo... Humanidad... Hombre íntegro... Fisonomía bien definida... Seguro de su cara... Enfrentando la circunstancia vital que lo rodea... (EN POSE, PARÓDICO). ¿Ser o no ser? Y usted responde: "yo soy". Yo soy, tú eres, él es. Nosotros somos, vosotros sois, ellos son. Presente de indicativo... ¿Le gusta la gramática?
B: Yo quiero a Sandro.
C (CADA VEZ MÁS INSIDIOSO): Yo quiero, tú quieres, él quiere...
B: Usted me está hueveando porque es el único recurso que le queda.
C: Presente de indicativo del verbo "huevear". Una pregunta más para el test: ¿Voz activa o pasiva? (SILENCIO). ¿Activa o pasiva? (SILENCIO). ¡Ting!... Se le acabó el plazo. Lo sentimos mucho pero le daremos un premio de consuelo.

B (VIOLENTO): ¿Vas a escucharme, "huevón"? ¡Puede joderme todo lo que quiera, todo lo que quiera, pero no voy a dejar de esperar a Sandro!
C: ¿"Huevón de mierda"? Lo felicito, la procacidad indica madurez.
B: Lo que hay entre Sandro y yo es muy distinto a toda su porquería.
C: Continúe. Lo escucho.
B: Es amor, amor y no de novela rosa. (PAUSA).
C (ADOPTANDO UN TONO MEDITATIVO): Ya lo sé. Es una necesidad mutua de comunicarse, de compartir cada instante, cada segundo. Vivir juntos cada segundo con toda su intensidad. Bonito, ¿no le parece? (PAUSA). Regio, me saqué un siete en psicología. Tema: El sentido trascendental del juego de las relaciones humanas y sus repercusiones en el sistema nervioso.
B: No siga.
C: Doble receta: un frasco de barbitúricos en primera instancia. En segunda, algo distinto: el coito, bello acto que nos ayuda a vivir. Comparta con Sandro aquello que usted siente y llama deliciosamente "amor". (HACE UN GESTO OBSCENO CON LAS MANOS). Hágalo, hágalo… Goce de aquel instante de regocijo. Espere a que Sandro, si es que viene, se desagüe en el recto de todo el semen que le queda. (*B*, INDIGNADO, LO VA A ABOFETEAR, PERO *C* SE DETIENE

BRUSCAMENTE CON EL BRAZO EN ALTO, MUY TENSO. *C* HA PERMANECIDO INMÓVIL). Me iba a dar una bofetada. Hágalo. ¿Qué espera? Lo he ofendido y le he dicho unas cuantas cosas que no le han gustado para nada. (PAUSA). ¿Por qué no lo hace? Usted me odia, ¿no es así? Me odia tanto como se odia a sí mismo, aunque de eso no sé si se ha dado cuenta todavía. (MÁS ENÉRGICO). ¡Vamos, hazlo! ¡Decídete de una vez! ¡Golpéame si eres capaz siquiera de eso! (PAUSA). ¿Qué te detiene infeliz? Eres incapaz de hacer daño, ¿no es eso? ¡Golpéame!

B BAJA EL BRAZO Y SE LO LLEVA AL ESTÓMAGO. SE INCLINA CON UN PROFUNDO DOLOR. SE LLEVA LUEGO EL BRAZO A LA BOCA Y SE LO MUERDE CON UN RUGIDO GUTURAL ESPANTOSO Y SE DOBLA HACIA ATRÁS.

C COMIENZA A REÍR Y VA RIÉNDOSE CADA VEZ MÁS FUERTE HASTA LLEGAR A LA EXAGERACIÓN. SU RISA VA EVOLUCIONANDO HACIA UN PROFUNDO DOLOR OCULTO QUE SE VA DESBORDANDO INCONTENIBLE. VE EL FRASCO DE PÍLDORAS QUE ESTÁ EN LA MESITA DEL LIVING Y DEJA DE REÍR. TOMA DOS PASTILLAS. ACTO SEGUIDO, TIRA BRUSCAMENTE EL FRASCO SOBRE EL VENTANAL. VIOLENTO RUIDO DE CRISTALES ROTOS.

BAJA LA LUZ HASTA LA SEMIPENUMBRA. QUEDA EN UNA POSICIÓN SIMILAR A LA DE *B*, PERO EN SENTIDO OPUESTO, COMO FRENTE A UN ESPEJO.

LA ESCENA SE OSCURECE. QUEDA TAN SÓLO LA PANORÁMICA DETRÁS DE LOS VENTALES DE UN COLOR AZUL.

SE SIENTE UN RUIDO COMO EL DE UN ESCAPE DE AIRE -- EL MISMO QUE ESCUCHÁRAMOS AL PRINCIPIO --.
EN EL FONDO, AFUERA, APARECE *A* DETRÁS DEL VENTANAL. LLEVA LA MISMA TENIDA CON QUE SALIÓ. OBSERVA DESDE AFUERA. SU POSE EXPRESA UNA ACTITUD ENIGMÁTICA, CASI INEXPRESIVA. SACA UN CIGARRILLO, LO ENCIENDE Y FUMA.
SILENCIO PESADO, ASFIXIANTE.
A APAGA EL CIGARRILLO Y SE VA.
SUENA VIOLENTAMENTE LA CAMPANILLA DEL TELÉFONO.
B Y *C* SIGUEN EN LA MISMA POSICIÓN, ESTÁTICOS, SIN REPARAR EN EL RUIDO.
EL TELÉFONO SUENA Y SUENA.
FINALMENTE *B* Y *C* SE INCORPORAN LENTAMENTE. A UN MISMO TIEMPO SE LLEVA

CADA UNO UNA MANO A LA CARA COMO TRATANDO DE RECONOCERLA. LENTAMENTE SE DESCUBREN EL UNO AL OTRO. SE LEVANTAN SIMULTÁNEAMENTE, QUEDANDO FRENTE A FRENTE, COMO ANTE UN ESPEJO.
SIGUE SONANDO EL TELÉFONO.
B Y *C* SE ACERCAN ENTRE SÍ. SE OBSERVAN EXTRAÑADOS. AL MISMO TIEMPO LEVANTAN LA MANO DERECHA COMO INTENTANDO ALCANZAR LA CARA DEL OTRO.
HACEN GIRAR ALTERNATIVAMENTE LA MANO, DESCRIBIENDO UNA CIRCUMFERENCIA DE 90 GRADOS. HAY ENTRE ELLOS UNA PEQUEÑA DISTANCIA. LAS PALMAS DE LAS MANOS QUEDAN FRENTE A FRENTE SIN TOCARSE. SE EMPUÑAN CON FIEREZA. LUEGO TRATA CADA UNO DE GOLPEAR LA CARA DEL OTRO SIN LOGRARLO.
PAUSA.
BAJAN LOS BRAZOS Y GIRAN HACIA EXTREMOS OPUESTOS.
EL TELÉFONO DEJA DE SONAR Y SE VUELVE A ILUMINAR LA ESCENA.
C SE SIENTA EN EL SOFÁ Y ENCIENDE UN CIGARRILLO.

C: ¿Quiere fumar? (SILENCIO). Le estoy preguntando si quiere fumar. (PAUSA). Está bien, como usted quiera. (PAUSA). ¿Sabe, mi lindo? Llevamos casi cinco horas sin decir nada, absolutamente nada. Es como exagerar un poco, ¿no le parece? (SILENCIO). Vamos, diga algo, cualquier cosa, aunque sea una tontería. Las charlas son banales, ya lo sé. Pero ayudan a convivir. Diga cualquier cosa, diga, por ejemplo: "¡Qué noche tan hermosa!" (SILENCIO). Vamos, diga: "¡Qué noche tan hermosa!" (SILENCIO). ¿O prefiere otra cosa?... Algún juego que no necesite palabras... un juego mudo y extraño.... Por ejemplo (LE ACARICIA UNA PIERNA)... ¿esto? (*B* LO RECHAZA BRUSCAMENTE). El hada misteriosa de esta noche de esta noche comienza a darse cuenta de que ha caído en una trampa. Entró como suave y sutil mariposa y se le empiezan a quemar sus alas. Pero sigue y sigue revoloteando sobre la luz que la encandila. No se complique, diga: "¡Qué noche tan hermosa!" y sea feliz por el breve instante en que lo dice. (SILENCIO). ¿Qué esperas para decirlo, carajo de mierda? (SILENCIO DE *B*). Muy bien, puede usted seguir practicando su *mística del silencio.* (VA AL TOCADISCOS Y LO ENCIENDE. SE DEJA OÍR LA MISMA MÚSICA DE JAZZ DEL PRINCIPIO.

B (BRUSCAMENTE): Apague eso. (*C* LO MIRA EXTRAÑADO). ¡Apáguelo!

C: Y ese exabrupto, ¿se puede saber a qué oculta razón obedece?

B: ¡Apague eso de una vez por todas!

C (MIRANDO FIJAMENTE A *B*): Mire, tesoro, hay algunas cosas que no entiendo. Primero, no veo por qué no podamos escuchar jazz, ya que no hay otra cosa que hacer. Segundo, no veo por qué tenga que reaccionar de esa forma tan neurótica. Y en tercer lugar…

B: ¡Apague eso!

C (ALZANDO EL VOLUMEN): Y en tercer lugar, no veo por qué no pueda ser usted quien apague el tocadiscos. (PAUSA TENSA. *B* VA AL TOCADISCOS Y LO APAGA). ¿No le gusta el jazz?

B: Mucho.

C: ¿El tema no le agrada?

B: Me gusta mucho… Es lo que más me gusta… (PAUSA).

C: Ya veo, no es el momento propicio.

B: No, no lo es. (PAUSA). Me gusta mucho… Es decir, no sé… Es… todo aquello que…

C: Todo aquello que tiene que ver con Sandro, ¿verdad? Sí, lo entiendo perfectamente. Por algo ese disco existe en este departamento de mierda. Lo escucho todos los días, una y otra vez. Lo escucho esperando a Sandro porque ese tema es muy bien el tema de Sandro. Pero tenga en cuenta que ese disco lo escuchan miles y miles de personas. Para cada una significa algo diferente. Para nosotros significa Sandro y eso quizás nos una. Pero tenga en cuenta que para todos los demás no lo es.

Usted siente en ese disco algo sublime, se emociona, llora. A veces se angustia, otras logra algo así como la "catarsis". Muy sentimental, muy *chic.* (COMIENZA A REÍRSE, PERO SU RISA ES AHORA ALGO NERVIOSA). Yo muchas veces me río, me río a carcajadas. Me río hasta caer agotado. Luego me levanto, vuelvo a escuchar el disco y sigo riéndome. (DEJA DE REÍR. MIRA DE GOLPE A *B*). ¿Por qué me mira así? (PAUSA). ¿Y usted qué hace? ¿Qué hace aparte de no hacer nada? ¿Qué hace aparte de comerse las uñas y destrozarse los dedos? (PAUSA).

B: Sandro me prometió que iba a venir. Yo sé que va a venir.

C: Muchos otros como tú acabaron reventados en las baldosas de la calle. Otros con el estómago lleno de píldoras. Algunos con los sesos molidos de un balazo. ¿Te crees que vas a ser la excepción? ¿Quién mierda te crees? ¿Quién? ¿Quién, aparte de ese muchachito tenue y difuso que entró hace algunas horas? No significas nada para nadie. Da lo mismo que existieras o no. Si te tiras por la ventana, nadie va a sentir tu muerte. Estamos en un décimo piso. ¿Quieres probarlo? ¡Tírate! Si vives destruyéndote por dentro, bien puedes hacerlo por fuera.

B (VA A PONER EL DISCO DE JAZZ): Tírese usted. Yo sigo esperando a Sandro.

C: Usted y yo. Yo y usted. Ese disco no nos va a salvar. Por eso nos detestamos. Nos detestamos tanto como cuando nos miramos en un espejo. Y por lo demás hay miles, millones de espejos. (*B* ELEVA EL VOLUMEN Y APENAS SE PUEDE OÍIR A *C*). ¡Tírate! Hay miles y miles de personas que se tiran desde un décimo piso!
B SUBE EL VOLUMEN AL MÁXIMO. *C* VA AL TOCADISCOS Y LO APAGA. LE DA UNA VIOLENTA BOFETADA A *B*, QUIEN CAE EN EL SOFÁ.
PAUSA.
B (JADEANTE): Sandro me dijo que viniera… Amo a Sandro… (PAUSA TENSA). Voy a seguir esperando..
C (CON ANGUSTIA CONTENIDA Y UN OCULTO SENTIMIENTO DE FRACASO): Yo también. (*B* LO MIRA). Yo también estoy esperando a Sandro. Hace mucho tiempo que sigo esperando a Sandro.
APAGÓN BRUSCO.
SÓLO QUEDA LA LUZ AZUL DEL FONDO.
DETRÁS DEL VENTANAL APARECE *A*. ENCIENDE UN CIGARRILLO Y MIRA HACIA EL INTERIOR.
UNA VOZ (EN OFF): *Mi amor, siento no poder estar contigo esta noche. Llegaré tan pronto como pueda, pero no sé a qué hora. Ten paciencia y espérame… espérame… espérame… espérame… espérame…*

(SIGUE REPITIENDO "espérame" COMO UN DISCO RAYADO).
A APAGA EL CIGARRILLO Y SE VA.
CAE UNA LUZ SOBRE *B*.
C PARECE ESCUCHARLO DESDE LA PENUMBRA.
B (EN FORMA ENTRECORTADA, CASI ESPAMÓDICA A VECES. SU MONÓLOGO NO SE DESENVUELVE CON FLUIDEZ. LE CUESTA MUCHO HABLAR): Estaba vacío... Era como una clínica... pero más vacío todavía que una clínica... vacío... me detuve en el centro... si es que había un centro... todo, todo vacío como el color blanco... los muebles, los objetos... todo blanco... cuadros de naturaleza muerta... muerta... quería estar... no, no quería estar... quería escapar... los muros eran blancos, geométricos... chocaba contra ellos... una y otra vez... y no sabía dónde estaba... cómo llegué allí... Sentí que el color blanco me inundaba el cuerpo por dentro... Grité, pero mi grito resonó blanco y geométrico... un grito vacío... ¿Y después del grito?... Había un espejo. Me paré frente a él pero... estaba vacío... no vi a nadie... ¿Me entiende? Creo que corrí de un lado a otro... no sé... Choqué contra muchos objetos... y los objetos se fueron multiplicando... multiplicándose hasta aplastarme... aplastarme cada vez más... Quise estallar... hacerme mil pedazos... Pero el vacío volvía a inundarlo todo... estaba allí...

fuera y dentro de mí... en todo... pero todo era también nada... nada... (JADEA. UNA PROFUNDA ANGUSTIA LE INTERRUMPE LA RESPIRACIÓN).

C: Continúe. Lo escucho.

B: No sé si me entiende... era como huir de algo impreciso. Corrí, corrí... corrí por muchas calles... por un laberinto de calles... por lugares que se desconocen de tanto verlos... pero que ahora están vacíos... No sé si me entiende.

C: Siga.

B: Seguí corriendo. Por mi lado cruzaba gente y más gente.... No sé, nadie me veía... Había una multitud, pero a la vez no había nadie... no conocía a nadie... voces... ruidos... No podía soportar el silencio... pero tampoco podía soportar el ruido... (SE TAPA LOS OÍDOS Y LANZA UN ALARIDO TERRIBLE. PAUSA. SE QUITA LENTAMENTE LAS MANOS DE LOS OÍDOS). Tomé un bus... no sé cuál... no sé por qué... no sabía el rumbo... Llegué al paradero final... ¿Es éste el paradero final?, pregunté furioso... ¿Solamente llegamos hasta aquí?... Nadie me contestó... me miraban con desconfianza... No sabía dónde estaba... qué lugar era ése... la gente me seguía mirando, pero estaban todos petrificados... como si estuvieran muertos o todo fuera una película que se detuvo de improviso... "Lo siento, no sé dónde estoy, llegué aquí por equivocación", les expliqué... pero no me entendían… Creo que grité… no sé… entonces todo empezó a girar… todo… giraba la gente… giraban la casas… los autos… las calles vacías… todo giraba sin un centro preciso… No había dónde aferrarse. Bruscamente todo se detuvo. (PAUSA). Allí no había nadie. Miré a mi alrededor y todo estaba vacío. Creo que traté de huir… no sé… seguí corriendo… Llegué a un lugar, no sé adónde… Me detuve de súbito… lo más terrible, lo más espantoso fue que todo aquello tan desconocido era lo mismo de siempre. Las calles, los edificios, los vehículos… eran los de siempre. (PAUSA. *C* LO OBSERVA Y LE OFRECE UN CIGARRILLO. *B* LO ACEPTA SIN DECIR NADA. *C* SE LO ENCIENDE. FUMA). Era algo así como una plaza, pero no sé si era una plaza. Era una gran extensión rectangular. Una superficie cubierta de baldosas. No había árboles, todo era de cemento. El rectángulo era de cemento y estaba vacío… Estaba vacío porque era un cementerio, era un cementerio donde nadie viene a ver a sus muertos. Me sentí de pronto que el color blanco me invadía… que mi cuerpo también estaba vacío… Creí que me estaba desintegrando… sentí el peso de algo indefinido dentro y fuera de mí… algo transparente, sin contornos… pesado, muy pesado… extraño, muy extraño… Y entonces decidí escapar. Me levanté y huí… huí… por un laberinto de baldosas… laberintos fríos, grises…

Necesitaba algo, alguien… ¡Alguien a quien aferrarme… ¡alguien!... Por eso corrí, pero corrí sin rumbo… sin saber adónde llegar… sin saber a quién encontrar. Y él estaba allí. (SE DETIENE PENSATIVO).

C: ¿Quién?

B: Él. Él estaba allí.

C: ¿Dónde?

B: En un árbol. Estaba reclinado junto al árbol. Estaba de espaldas y fumaba.

C: ¿Cómo era su cara?

B: No la vi al principio. Estaba de espaldas. Era él. ¡Existía! Corrí hacia él y me aferré a su cintura. Él se volvió hacia mí. Me miró con un gesto de ternura… de protección, de amor… no sé… Entonces sentí que le decía… que le decía… (SE DETIENE, CAE DE RODILLAS AL SUELO. LA EMOCIÓN NO LE PERMITE HABLAR).

C EXTIENDE LA MANO Y LE ACARICIA EL PELO, PERO DE SÚBITO RETIRA LA MANO CON CIERTA BRUSQUEDAD.

C (CON SARCASMO): "Tú eres la persona que he buscado durante toda mi vida". (*B* LO MIRA ESTUPEFACTO. LO ESCUPE EN LA CARA. *C* SONRÍE Y SE PASA LOS DEDOS POR LA SALIVA). Interesante gesto.

B: Hasta llegué a creer por un momento que me comprendía.
C: Permítame que lo corrija. No fue un momento sino una extensión temporal bastante larga, si no me equivoco. En segundo lugar, comprendí perfectamente todo lo que me dijo. Comprendí, ¿y qué? ¿Pretendía que lloráramos juntos de rodillas en el suelo? Me ha contado una serie de cosas que no constituyen ninguna novedad, al menos para mí. Las he oído hasta el cansancio. En su caso veo una dosis de masoquismo. Masoquismo del señor que va al psiquiatra, le cuenta sus problemas y luego se desilusiona porque éste le dice en tono consolador: "No se preocupe tanto, no es usted el único". Yo puedo consolarlo de la misma manera. (ASUMIENDO UN TONO PROTECTOR). Relájese. Permítale a su cuerpo descansar. Deje que una agradable sensación lo invada.
B: ¡No empiece de nuevo!
C: Como usted quiera. (PAUSA). Me quedé con las ganas de saber quién era ese hombre regio que fumaba de espaldas.
B: Era Sandro.
C: ¿Ah, sí?
B: ¿Para qué, si usted lo conoce?
C: Sí, pero nada me asegura que el hombre que usted encontró sea necesariamente Sandro. Descríbamelo.

(PAUSA). Difícil, ¿no es así? Vamos, empiece con un rasgo que lo caracterice, aunque sea menor.
B (NERVIOSO): Es difícil... en realidad no podría... Pero era Sandro. Estoy convencido que era él.
C: ¿Era alto?
B: Más o menos...
C: ¿Delgado?
B: No, no era delgado... aunque sí, tal vez lo era...
C: ¿Rubio? ¿Moreno?
B: No sé, no recuerdo... Da lo mismo, ¿no?
C: ¿Sus ojos?
B (TOMANDO LA DELANTERA): Eran verdes.
C: ¿Está seguro?
B: Sí, sus ojos eran verdes.
C: ¿Y si hubiera llevado gafas?
B: No llevaba gafas. Una persona como Sandro tenía que tener los ojos verdes.
C: ¡Ah!... Dice usted: "tenía que tener". Estamos en el plano de las posibilidades y no de las certezas. Todo ahora es cuestionable, ¿no es así? Yo, por mi parte, deduzco algo muy concluyente: usted no conoce a Sandro.
B: ¡Por supuesto que lo conozco!
C: No hay prueba alguna que lo demuestre.
B: Me dejó una carta.
C: Sí, dejó una carta. ¿Y qué?

B: Eso prueba que Sandro me conoce, que sabía que yo iba a venir.
C: Su argumento a simple vista es muy efectivo, pero consideremos algunos puntos en contra. Primero: ¿lo nombra a usted en alguna parte? Me parece que no, por lo tanto la carta en cuestión puede estar dirigida a cualquiera otra persona. Segundo: ¿hay alguna forma de comprobar que fuera Sandro el que la escribió.
B: Era su letra.
C: ¿Pero cómo lo sabe usted si nunca se la ha visto?
B: Me dio su dirección, la tengo en mi libreta.
C: ¿Y qué prueba una dirección? Hay millones y millones de direcciones. Yo, sin ir más lejos, cada vez que me culean dejo una dirección falsa.
B: Pero es en esta dirección donde vive Sandro. En la carta está el nombre de Sandro. Además está... el amante de Sandro.
C: Ah. ¿Y si yo no fuera el amante de Sandro? No hay nada que lo compruebe. ¿O usted piensa que sí? Hagamos un *racconto* y examinemos más a fondo la situación. Usted corre por una calle desierta y se abraza a un señor que fuma de espaldas reclinado sobre un árbol. El señor se da vuelta y usted ve o cree ver en él ternura, protección y amor, ¿me equivoco? (SILENCIO). Aparte de lo poco verosímil que ya es dicha situación, tenemos que creer que el hombre en cuestión le dejó su dirección. Supongamos que en el

intervalo sucedieron cosas que justifiquen tanta intimidad. La cosa es que el señor se va tan rápido que usted no alcanza a distinguir sus facciones. Pudo entonces haber sido un maricón cualquiera que salió a buscar hombres en la oscuridad.
B: Usted quiere confundirme para librarse de mí.
C: No pretendo desconcertarlo para quedarme yo con la exclusividad de Sandro. En el fondo lo estoy ayudando, aunque sea haciéndole ver que tal vez esté equivocado.
B: ¿Equivocado? No soy tan tonto.
C: Todo se complica, ¿no es así, hada misteriosa de la noche? Sospecho que ya empieza a darse cuenta de que ha caído en una trampa. De pronto se ve usted en medio de un juego muy extraño.
B: Usted ha estado hablándome todo el tiempo de Sandro. Usted sabía que yo venía por Sandro. ¿Cómo se explica, entonces?
C: Ultimo argumento que se derrumba. Estaba yo a punto de correrme una paja en mi habitación, cuando sentí una vocecita muy fina y agradable que llamaba: "Sandro… Sandro…" Entonces me abroché pensando: ¿por qué no? Juguemos a un extraño juego. (CAMBIANDO BRUSCAMENTE DE TONO). ¡Hay que jugar, sí, hay que jugarse por entero, hasta lo último, hasta hacerse pedazos!
B: ¿Me cree tan tonto, tan idiota como para dejarme llevar por su juego? ¡No va a poder engañarme! ¡Váyase

a su dormitorio y mastúrbese todo lo que quiera! ¡Vaya, enciérrese, puta de mierda! ¡Yo voy a esperar a Sandro y él podrá demorarse todo lo que quiera! ¡No me moveré de aquí! (PAUSA).

C: Piense en que perfectamente podría echarlo a la calle a patadas en el culo y no lo hice. Pude haberlo hecho ya, ¿no le parece? Sin embargo, no lo voy a hacer. Prefiero ver cómo se irá usted desmoronando lenta y paulatinamente. Quiero también ver el desenlace que ya sospecho por su continua repetición. ¿Sabes lo que espero? ¿Lo sabes? Espero un cortocircuito. Los polos idénticos se rechazan, se rechazan violentamente, así... "¡tazzz!" y una explosión. Me divierte mucho su espera absurda porque, sépalo muy bien, mi lindo, Sandro no va a venir nunca. No se haga ilusiones como me las hice yo hace mucho tiempo. (PAUSA LARGA). Hace años que espero a Sandro. Hace años que lo espero aquí... aquí... sin saber por qué aquí, pero aquí al fin. No salgo a buscarlo porque tengo miedo... miedo de la gente... de todo... y por sobre todo... miedo de acabar abrazándome una y otra vez a cualquier hombre que fuma de espaldas en cualquier avenida. ¿Me entiende? Esperar... Esperar por temor a buscar... por temor a esperar... Es un círculo que gira, gira y me ahoga. A veces temo que ya no podré seguir inventando juegos. Todo es tan extraño y a la vez... tan sin nada de extraño... ¿Qué hay de extraño en que yo...? es decir, usted... yo... ¿Qué hay de extraño en encontrar una carta que usted mismo escribió para darse una excusa?... Y espere... espere... porque en alguna parte, tal vez, vio a Sandro. Lo sintió... se convence de que va a venir... Pero Sandro no viene. (PAUSA). Sus ojos tienen que ser verdes. Los oculta con gafas oscuras, pero cuando se las saca, descubre un mundo... Hay todo un mundo detrás de sus ojos verdes. (PAUSA). Él estaba allí, en un callejón oscuro. Estaba de espaldas reclinado a un árbol y fumaba. Me abracé a él, me abracé con desesperación... Sentí que le decía, que le decía: "Sandro, mátame, mátame". Él se volvió hacia mí, muy despacio... Se quitó las gafas y lo pude ver... no tenía facciones... no tenía rostro... (PAUSA LARGA).

B: ¿Qué sucedió entonces?

C: Cuando desperté en la mañana, me encontré sobre el cemento de la calle, en un charco de sangre. Él ya no estaba... Ni siquiera un indicio donde encontrarlo. Entiéndame, yo desde entonces le pertenecí, pero él nunca volvió. Caminé con dificultad a mi departamento, sentía el cuerpo destrozado, una sensación de que me hubieran arrancado las vísceras. Cuando llegué, me miré en el espejo. Tenía la cara desfigurada, pero era mi cara al fin. La tenía llena de moretones, llena de coágulos y semen reseco. Tenía un labio totalmente partido. Uno de mis testículos colgaba desgarrado. Volví a mirarme en el espejo y entonces me odié. Era un pedazo de... de nada. Me odié profundamente y empecé a golpear a puñetazos el cristal... una y otra vez... una y otra vez... hasta romperlo... Una vez roto, seguí golpeándolo... cada vez con más furia... Los pedazos de vidrio se me incrustaban en las manos... la sangre me chorreaba... yo golpeaba y golpeaba contra las astillas del vidrio... la sangre salpicaba la pared... el cielo raso... el piso... mi cuerpo. Caí al suelo sin fuerzas, exhausto... Y así estuve por horas... hasta que me fui levantando de a poco. Me sentía rodeado de un vacío total. (PAUSA). Desde entonces cada año, cada mes, cada día, cada hora, cada minuto, cada segundo, cada fracción de segundo espero a Sandro.

B COMIENZA A LLORAR.

SE VA OSCURECIENDO LENTAMENTE EL ESCENARIO QUEDANDO TAN SÓLO LA LUZ AZUL DEL FONDO.

DETRÁS DEL VENTANAL VUELVE A APARECER *A*. FUMA Y OBSERVA.

DESPUÉS DE UNA LARGA PAUSA, *C* SE LEVANTA DESPACIO DEL SUELO.

C: Ya ni siquiera grito. Juego a reírme. (A *B*): Sandro no va a venir. No va a venir porque es cruel, cruel como un niño con sus juguetes. Los usa y luego los tira a un rincón cuando se aburre de ellos. (SE ACERCA A *B*.

LE ACARICIA LA CABEZA). No es lo mismo. (VA AL TOCADISCOS Y VUELVE A PONER LA MÚSICA DE JAZZ. AVANZA AL CENTRO DEL ESCENARIO. SE ARRANCA LA PELUCA Y LA TIRA AL SOFÁ. TIENE EL PELO DE COLOR CASTAÑO OSCURO, IGUAL QUE *B*). Estamos en un décimo piso... esperando...

SE MIRAN COMO RECONOCIÉNDOSE.

SE LANZAN EL UNO A LOS BRAZOS DEL OTRO, EN UN ESTRECHO ABRAZO.

C: Juguemos ahora a otro extraño juego.

SE BESAN PROFUNDAMENTE Y SE VAN INCLINANDO HASTA DESAPARECER DETRÁS DEL SOFÁ.

A, QUE HA ESTADO OBSERVANDO DETRÁS DEL VENTANAL, COMIENZA A ENTRAR. EN EL UMBRAL SE DETIENE UN INSTANTE Y LUEGO VA AL SOFÁ. ENCIENDE LA LAMPARITA QUE HAY A UN COSTADO. SE SIENTA. ENCIENDE UN CIGARRILLO.

EL ESCENARIO SE OSCURECE, VIÉNDOSE TAN SÓLO EL PUNTO ENCENDIDO DEL CIGARRILLO DE *A*.

OSCURIDAD TOTAL.

II.

SUENA EL TELÉFONO.
SE ILUMINA El ESCENARIO CON TODA LA LUZ EN SU MÁXIMA INTENSIDAD.
SE VE A *B* MIRANDO HACIA AFUERA POR EL VENTANAL, Y *C* ESTÁ SENTADO EN EL SOFA. *B* LLEVA LA BATA DE *C* Y ESTE LA CHAQUETA DE *B*. AMBOS SE MANTIENEN EN SUS POSICIONES SIN MOVERSE NI REPARAR EN EL TELÉFONO QUE SIGUE SONANDO. UN LARGO RATO ASÍ.
EL TELÉFONO DEJA DE SONAR. SILENCIO ASFIXIANTE.
B COMIENZA A PASEARSE POR EL ESCENARIO.
C SIGUE SENTADO.
C: ¿Qué hora es? (*B* SIGUE CAMINANDO POR LA PIEZA SIN CONTESTAR). Le estoy preguntando qué hora es.
B: ¿Y qué importa? (SIGUE CAMINANDO POR LA PIEZA).
C (SE LEVANTA Y VA AL ARMARIO. SACA DE ALLÍ UN FRASCO DE PÍLDORAS. LO ABRE Y SE TOMA DOS. *B* SE HA DETENIDO Y LO OBSERVA). ¿Por qué me mira así?
B: Por nada. Miraba simplemente. (LE DA LA ESPALDA Y SIGUE CAMINANDO).

C VA AL SOFÁ, DEJA EL FRASCO SOBRE LA MESITA DEL LIVING Y MIRA A *B* CON IMPACIENCIA. SE SIENTA DE GOLPE EN EL SOFÁ Y VUELVE A MIRAR A *B*. ¿Quiere dejar de pasearse? Me molesta, me pone nervioso.

B SE DETIENE Y LO MIRA FIJO. *C* NO SOPORTA LA MIRADA Y VUELVE LA CARA.

PAUSA TENSA.

C QUIERE FUMAR Y NO ENCUENTRA CIGARRILLOS. *B* SE ACERCA Y LE OFRECE DE LOS QUE HABÍA EN EL BOLSILLO DE LA BATA. *C* VACILA Y LUEGO LO ACEPTA. *B* SE LO ENCIENDE.

PAUSA.

B SE SIENTA EN EL OTRO EXTREMO DEL SOFÁ. MIRA A *C* SOSTENIDAMENTE.

C: ¿Por qué no deja de una vez por todas de mirarme en esa forma? No lo soporto. (*B* NADA DICE Y SIGUE MIRÁNDOLO) ¡Le estoy diciendo que deje de mirarme así!

B: ¿Así? ¿De qué forma lo estoy mirando?

C: No trate de burlarse, ¿quiere? No tiene derecho, no tiene ningún motivo como para hacerlo. Debería ser yo quien se burle de usted.

B: Y bien, hágalo. ¡Búrlese de mí! Estoy a su total disposición.

C: Es usted un… un…

B: ¿Un qué? Trate de definirme. (*C* NO CONTESTA). Difícil por lo que veo. Inténtelo. Así podremos jugar al juego de las definiciones. O pretende que sigamos así, esperando en el vacío. (PAUSA) ¡Pero, por Dios, qué nervioso que está!

C: ¿Qué pretende? ¿Confundirme? No se olvide de que ambos estamos en la misma situación.

B: Aunque no lo quiera creer, yo, por mi parte no lo estoy. No me angustia esperar. Como usted mismo me enseñó, he aprendido a reírme. Creo que estoy aprendiendo a jugar.

C: No se sienta tan seguro, los dos estamos en una trampa.

B: Es interesante ver cómo se enreda usted en su propio juego.

C: No eso no tiene ningún sentido.

B: Probablemente, no. Como tampoco lo tuvo lo que hicimos detrás del sofá. He entrado en su juego y así es como hemos empezado a tejer nuestra propia telaraña. (PAUSA). Por fin voy entendiendo y le aseguro que no tengo ningún miedo a seguir entendiendo.

PAUSA.

B OBSERVA A *C* QUE ESTÁ VISIBLEMENTE NERVIOSO. *B* SE LE VA A SENTAR AL LADO. LO MIRA. SÚBITA E INUSITADAMENTE COMIENZA A JUGAR CON SUS PALMAS Y LAS DE *C*): Ene tene tú, tape nane nú.

C: ¿Y eso?...

B: Un nuevo juego, ¿no le gusta?

C: No.

B: Cuanto lo siento.

C: ¡Váyase a la mierda!

B: Como usted quiera. Pero, ¿tendría la bondad de decirme dónde se ubica la mierda? (*C* SE VUELVE MOLESTO, SIN CONTESTAR). ¡Qué lástima! Debe ser un sitio desconocido, lleno de misterios y sorpresas. "Mierda," hermosa palabra... Pero como la mierda se produce en mis propios intestinos y sale expulsada por donde todos sabemos, nos encontramos ante un círculo vicioso, una nueva imposibilidad. ¿Interesante mi nueva especulación metafísica, verdad? Y fíjese en lo fascinante que sería crear una nueva metafísica de la mierda. En cierta ocasión pensé en lo extraño que resultaba...

C: ¿Puede hacer el favor de callarse?

B: ¿Qué, no le interesa el tema?

C: No trate de jugar conmigo. No tiene ni el ingenio ni la experiencia para hacerlo.

B: ¿Ah, no?

C: No tengo paciencia para escuchar estupideces.

B: Bueno, si son estupideces nadie lo obliga a escucharlas. Si le molesta mi juego, nada le impide que se vaya.

C: ¿Cómo?

B: Si no se siente a gusto, puede largarse de aquí ahora mismo.
C: ¡Ahá, si alguien tiene que irse, ese es usted!
B: ¿Se puede saber por qué?
C: Porque este es mi departamento.
B: ¿Qué raro? Yo pensaba que era de Sandro.
C: De Sandro y mío. Usted es el que debe irse. ¡Váyase ahora mismo!
B (TAJANTE): No pienso irme. (PAUSA) Me quedo aquí.
C: ¿Qué quiere?
B: Ya se lo dije, quedarme.
C: ¿Pretende que vivamos juntos?
B: ¡Eso sí que sería interesante! Sí, sería muy interesante jugar a tolerarnos mutuamente. Sería como tratar de tolerarse a sí mismo, ¿no es cierto?
C: No sé qué quiere decir con eso.
B (MIRANDO FIJO A *C*): ¿De verdad no lo sabe? Yo sí lo sé. Usted dijo que las conquistas de Sandro se repetían, describían un proceso determinado. Creo que usted comienza a darse cuenta ya de que estamos viviendo algo así como una metamorfosis de dicho proceso. (*C* INTENTA EVADIRSE DE *B*. ESTE LO RETIENE BRUSCAMENTE). ¿Pensaste que a esta hora yo estaría aplastado en las baldosas? ¿Pensaste que me estaría retorciendo en el suelo envenenado con píldoras, que me iba a matar de un balazo? No soy tan

fácil de destruir como creías. Mira a la mesa. Hay un revólver. ¿Eso también forma parte del "proceso determinado"? Si no fue usted el que lo puso ahí, ¿entonces quién? No está ahí por casualidad. Se lo puede usar en cualquier momento. Hasta podríamos jugar a la ruleta rusa, un juego emocionante, con mucho suspenso. Pero no, hay un juego todavía más interesante. Jugar al gato que juega con el ratón antes de matarlo, como trató usted de hacer conmigo. ¿Qué haría el amo si el gato ya está viejo y no puede cazar ratones? Deshacerse de él, por supuesto. ¿Cómo? De muchísimas maneras, pero nos agradan los juegos extraños, como por ejemplo, dejar a merced del gato una rata envenenada. (PAUSA).

C: ¿Piensa usted que se puede deshacer de mí?

B: No, estoy comenzando un juego nuevo, eso es todo. Usted me dijo que me fuera de aquí hace un rato. Le contesté que no. Ahora le explico por qué, aunque a estas alturas resulte redundante. No me voy porque he aprendido muchas cosas. No me voy porque estoy cansado de huir por calles vacías. No me voy porque no quiero seguirme engañándome con hombres que fuman de espalda en cualquiera esquina. Usted juega, juega a juegos inútiles. No los llamemos extraños ni los sublimemos. Son nada más que una forma de masturbación cotidiana. Pero usted no puede prescindir de ellos, nunca podría hacerlo. Muy bien, le propongo que juguemos juntos, juguemos a aguantarnos mutuamente, a odiarnos, a no llegar nunca a destruirnos lo suficiente.

C: No entiendo.

B: Usted se mira en el espejo y prefiere no verse porque se odia a sí mismo. O se mirará de frente y lo destruirá, pero luego va a haber otro espejo, y luego otro y otros. Entonces romperá su propia cara y al romperla dirá: "Sí, tengo un rostro porque puedo destruirlo". No pretende acariciarlo buscando el rostro, porque sabe que si lo hace estará tan perdido como Narciso al querer alcanzar el suyo en una fuente. (BREVE PAUSA). Juguemos a algo diferente, juguemos al único juego que nos queda por jugar: ¡¡juguemos a la destrucción!!

LA LUZ DEL ESCENARIO DISMINUYE DE GOLPE.

C: Es extraño... no sé... usted... yo... usted y yo... (MIRA A SU ALREDEDOR, APARENTEMENTE SIN VER A *B*. SE PALPA EL ROSTRO). ¿Dónde estoy?... Es como si todo lo hubiera dicho yo...

B (APARTE): Estamos jugando al juego que nunca termina.

C: No sé, digo cosas... y luego pienso que fue otro quien las dijo... no yo... Cuando me miré en un espejo y hablé, ¿quién habló?... ¿Quién?... ¿El que estaba detrás del vidrio?... ¿Yo?...

B: Odiarnos. Destruirnos con palabras. Destruirnos con la mirada. Destruirnos con las uñas, con los dientes.

C: ¡Destruirnos!... ¡destruirme yo!... ¡Suicidarnos!... ¡Suicidarnos sin llegar a morir!... ¡Despedazarnos!... No entiendo... estoy solo en esta pieza... no hay nadie... tengo frío... me ahogo... me ahogo... el vacío crece... lo inunda todo... ¡Me ahogo! ¡Me asfixio!

SUBE LA LUZ PERO CON OTRA TONALIDAD MÁS CÁLIDA.

B (A *C*, SARCÁSTICO, PERO SOMBRÍO): ¿A qué nuevo juego está jugando? Me parece interesante.

C: ¿Quién es usted?

B: Veo que no quiere decírmelo. No importa, no tenemos por qué saber el nombre de nuestro juego, si es que hay alguno.

C: ¿Quién es yo?... ¿Dónde está yo?...

B VUELVE A PONER EL DISCO CON EL TEMA DE JAZZ. VE LA PELUCA QUE *C* SE HABÍA QUITADO. SE LA PONE.

C: ¿Quién es usted?

B: Soy el amante de Sandro. (SE LLEVA LAS MANOS AL PELO Y COMIENZA UN BAILE EXTRAÑO, LENTO, SENSUAL).

C: ¿Quién es Sandro?

B: ¿Sandro? Un ser especial... único... extraño... muy extraño. (SE ACERCA A *C*, LO TOMA DE LA

CINTURA Y LO LLEVA EN SU BAILE). ¿No me reconoces? Soy tu hada misteriosa de esta noche… ingenua… sensual… ¿no me reconoces?... recuerda aquella imagen tuya en ese espejo… desapareció cuando te apartaste… volviste, pero ya no era la misma… era yo… yo soy esa imagen… tu imagen… Sandro… es decir… yo… tú… usted… Sandro… yo… (*B* Y *C* SE BESAN INTENSAMENTE, POR UN LARGO RATO. BRUSCAMENTE SE APARTAN. SE MIRAN EXTRAÑADOS. SE VAN APARTANDO LENTAMENTE). ¡Lo odio!... ¡Lo odio!... ¡Me odio!... ¡Tengo miedo!... ¡Me desintegro!... ¡No sé!... ¡No entiendo!... ¡Lo odio… a usted… a mí! ¡Todo se me confunde! (HUNDE LA CABEZA ENTRE SUS MANOS).

C: Yo… yo… odio… yo… asco… Sandro… usted… nadie… yo… yo… yo…

B (ARRANCA CON VIOLENCIA EL DISCO): ¡Esto es absurdo!... ¡Quiero reírme, pero no puedo!… Me miré en el espejo… Le dije a mi rostro: "¡Ríete!" La imagen dijo: "¡Ríete!..." pero no se rió.

C: Quiero reír y no puedo…

B (AVANZANDO HACIA *C* Y AGARRÁNDOLO DE LOS HOMBROS): ¡Ríete! (SILENCIO). ¡Ríete!... es decir, ¡ríase!... Tú, usted, yo… ¡Ríete!.... ¡Ríete!.... ¡Ríete!.... (*C* EMPIEZA A REÍR). ¡Más!... ¡Más!... ¡Ríete!... ¡Más!... ¡Más!... ¡Más!... ¡Más!... ¡Más!...

¡Ríete, pobre infeliz! ¡Es lo único que puedes hacer! ¡Ríete!… ¡Ríete hasta caer muerto! ¡Hasta reventar!

C (JADEANTE): No… no puedo… no puedo reír… (SE DEJA CAER EXTENUADO EN UNO DE LOS BRAZOS DEL SOFÁ).

B: ¡Ríete!... ¡Ríete!... ¡Ríete!... (SE DEJA CAER SIN ALIENTO EN EL OTRO EXTREMO DEL SOFÁ. POSICIÓN SIMILAR A LA DE *C*).

SILENCIO PESADO Y ASFIXIANTE.

APARECE *A* DETRÁS DEL VENTANAL. FUMA Y OBSERVA AL INTERIOR DURANTE TODA LA ESCENA.

RUIDOS DE SIRENAS DE BARCO A LO LEJOS. SIGUEN LOS RUIDOS COMO DE ALTA MAR.

B Y *C* SE INCORPORAN A UN MISMO TIEMPO CON EL RUIDO, COMO SALIENDO DE UNA PESADILLA HORRIBLE. CESA EL RUIDO.

B: Sandro…

C: Sandro…

B: ¿Estás ahí?...

C: ¿Estás ahí?...

B (CON ANGUSTIA): ¡Sandro…!

C (CON ANGUSTIA): ¡Sandro…!

AMBOS EXTIENDEN UN BRAZO CON EL FIN DE ALCANZARSE ENTRE SÍ. NO LO LOGRAN. LAS MANOS NO LOGRAN ENTRELAZARSE.

B: ¡Sandro…!

C: ¡Sandro…!

B: ¡Estás ahí. Sandro, pero no puedo alcanzarte…!

C: ¡No puedo alcanzarte…!

AMBOS: ¡No puedo… no puedo…!

SE SIENTE UN RUIDO COMO DE UN CIRCUITO ELÉCTRICO. SE PROLONGA Y ES MONÓTONO, TENSO Y PERSISTENTE.

A ENTRA EN LA SALA Y SE DIRIGE A *B* Y A *C*. LOS TOMA DE LA MANO, LOS ATRAE A SÍ Y LOS AFERRA EN UN ESTRECHO ABRAZO A TRÍO. LOS TRES SE INCLINAN Y DESAPARECEN TRAS EL SOFÁ.

SILENCIO EXPECTANTE.

BRUSCO RUIDO DE CRISTALES ROTOS, AL SON DEL CUAL SALEN EXPULSADOS *B* Y *C* POR AMBOS EXTREMOS DEL SOFA.

A SE LEVANTA SIN PELUCA Y SIN GAFAS. MIRA INQUIETO ALREDEDOR DE LA PIEZA.

B Y *C* COMIENZAN A JADEAR Y A RETORCERSE EN EL SUELO.

HABLAN INCOHERENTEMENTE:

B: Mis ojos… mis ojos…

C: Mis ojos… mis ojos…

B: No siento los ojos…

C: Ni mi rostro…

B: Ni mi rostro…

A APARECE DETRÁS DEL SOFÁ DE ESPALDAS A *B* Y *C*.

B: Vacío…

C: Blanco…

B: Muerto…

C: Vacío…

B: No soporto… no soporto…

C: Me desintegro… me desintegro…

B: Me asfixio…

C: Me desintegro…

B: Mi rostro…

C: Mi rostro… un rostro…

B: …no uno…

C: …dos…

B: …tres…

C: …miles…

B: …ninguno…

C: …nada…

B: …nadie…

C: …nada…

B: …nadie…

C: …nnn… nddddddd… ddda…

AMBOS SE RETUERCEN CON ESPASMOS QUE VAN EN AUMENTO HASTA LLEGAR AL PAROXISMO. NO ARTICULAN PALABRAS SINO SONIDOS CONVULSIVOS.

A LANZA UN INTENSO GRITO DE ANGUSTIA. DESAPARECE DETRÁS DEL SOFÁ.

B Y *C* SE DETIENEN ANTE EL GRITO Y SE INCORPORAN LENTAMENTE.

B: He gritado.

C: Mi grito sonó extraño.

B: Como si otro….

C: …no yo.

B: …hubiera sido el que gritó.

C: No yo.

B: No yo.

C: Nadie, al fin.

B: Nadie.

C: Nada.

B: Nada.

A SE LEVANTA NUEVAMENTE DETRÁS DEL SOFÁ. AHORA LLEVA UNA PELUCA SIMILAR A LA QUE LLEVARA *C* AL COMIENZO. MIRA DETENIDAMENTE A *B* Y A *C*. LUEGO SALE POR EL VENTANAL.

OSCURIDAD, RUIDOS INCONEXOS, VOCES DISTORSIONADAS E INCOHERENTES QUE SE PROLONGAN POR UN TIEMPO RELATIVAMENTE LARGO.

PAUSA.

VIOLENTO CORTOCIRCUITO Y LA ESCENA SE ILUMINA POR COMPLETO.

B Y *C* ESTÁN CADA UNO CON SUS TENIDAS HABITUALES –LAS DEL PRINCIPIO— Y LLEVAN LA MISMA PELUCA DE *A*. HAY UN GRAN PARECIDO ENTRE LOS TRES PERSONAJES, HASTA EL PUNTO QUE NO SEA FÁCIL DISTINGUIRLOS A PRIMERA VISTA. *B* ESTÁ DE PIE A UN COSTADO DEL VENTANAL. *C* ESTÁ RECLINADO EN EL SOFÁ.

PAUSA LARGA.

C: Y ahora, ¿qué?

B: Sandro no vendrá.

C: No, no vendrá.

B: Me da igual. (PAUSA). Para serle franco, nunca conocí a Sandro.

C: Yo tampoco. (PAUSA).

B: ¿Qué hora es?

C: No sé.

B: Más vale que no sigamos esperando.

C: ¿Piensa irse?

B: No sé.

C: Da igual.

B: Sí, da igual.

C: Por lo demás ¿qué importancia tiene?

B: Ninguna. (PAUSA). Hay un revólver sobre la mesa.

C: Ya lo sé. (PAUSA). Acérquese.

B: ¿Para qué?

C: Acérquese, por favor.

B: ¿Para qué?
C: No importa para qué. Por favor, acérquese.
B (SE LE ACERCA): ¿Y ahora?
C: Deme la mano.
B: ¿Para qué?
C: No importa para qué. Deme su mano. (SILENCIO). Por favor, sólo le pido que me dé su mano. (*B* LE DA LA MANO). Gracias. (RESPIRA PROFUNDAMENTE ALIVIADO. PAUSA). Tenemos que hacer algo.
B: ¿Algo? ¿Qué?
C: No podemos seguir aquí. Es terrible.
B (SARCÁSTICO): Sí, ya me di cuenta.
C: Entonces, hagamos algo, cualquier cosa. ¡No soporto esta situación!
B: Me da lo mismo.
C: ¡Ah, claro, me da lo mismo...! Usted que es un novato puede decirlo, usted que llega a este departamento por primera vez. ¡Pero yo no! No puedo más. ¿Me entiende? ¡No puedo más! Llevo años esperando aquí... ¡años! Usted no está consciente de esto porque todavía no lo ha sufrido como yo. No puedo más. Hagamos cualquier cosa, sigamos jugando. Juguemos a cualquier cosa.
B: Por favor, si va a volver sobre eso, le ruego que se calle. (PAUSA).
C: Ya ni siquiera podemos odiarnos.

B: Ya ni siquiera le tengo asco, ni lástima. Usted no significa nada para mí.

C: Usted tampoco.

B: Me di cuenta. Mejor así.

C: Es que no puede ser así. Es como... como estar muertos.

B: Sí, lo sé, lo sé perfectamente bien.

C: Sandro nos ha destruido, nos ha destruido por completo.

B: No culpe a Sandro. La culpa es nuestra.

C: Sandro es cruel, inhumano.

B: No vuelva a nombrar a Sandro. Me cansa escuchar su nombre.

C: ¡Pero es que Sandro ha estado jugando con nosotros! ¡Nos ha devorado! (PAUSA). Tenemos que asesinar a Sandro.

B: ¿Es un nuevo juego que se le ha ocurrido?

C: Sí, juguemos a asesinarlo.

B: En cierto modo, ya lo hemos asesinado. Por lo demás, sería tan absurdo como jugar a esperarlo. Váyase al dormitorio y juegue solo.

C: No se burle, no tiene derecho.

B: Como usted quiera.

C (MIRANDO POR EL VENTANAL HACIA AFUERA): No soporto más todo esto. (UNA DECISIÓN CRUZA POR SU MENTE). ¡Huir! (ACERCÁNDOSE A *B*): Huir es lo que podemos hacer.

B: ¿Huir? ¿De qué?
C: De todo, de todo esto.
B: ¿Y qué es todo esto?
C: Todo... este departamento, Sandro... todo. Por último, juguemos a huir.
B: No.
C: ¡Tenemos que huir como sea!
B: ¿Adónde vamos a huir? ¿De quién vamos a huir? De nadie, por supuesto. No podemos ni siquiera pensar en una fuga.
C: Sí, ya sé que es otro juego absurdo, pero también lo ha sido jugar a esperar a Sandro. Si hemos jugado a tantos juegos absurdos, por qué no podemos jugar a otro.
B: No estoy dispuesto.
C: Por favor...
B: No insista.
C: ¡Es que tenemos que hacer algo, salvarnos de alguna manera!
B: ¡Por favor, no siga insistiendo!
C: Mire este departamento, mírelo. Basta con mirarlo. ¡Vámonos de aquí!
B: Muy bien, si usted quiere irse, váyase solo. Aquí, allá, o donde sea va a ser igual. Yo no lo necesito y me quedaré aquí. (PAUSA).
C: Bien, me iré solo. Lo siento por ambos. Puede quedarse aquí y esperar. Pronto tendrá que volver a

jugar. Muy pronto y no tiene escapatoria. Entonces va a saber lo terrible que es golpearse frente a un espejo por el resto de su vida.
B: Ya que decidió irse, hágalo de una vez. Sé lo que me espera, no tiene necesidad de explicármelo. (PAUSA).
C: Adiós, entonces. (*B* NO CONTESTA). Le estoy diciendo adiós.
B: No sea ridículo, ¿quiere? (VACILA Y LUEGO SE DIRIGE RÁPIDAMENTE A LA PUERTA. ALLÍ SE DETIENE).
C: Adiós, Alejandro.
B: ¿Cómo dijo?
C: Dije: "Adiós, Alejandro."
B: ¿Alejandro? (SE MIRAN CON INTENSIDAD).
C: Adiós. Que seas feliz. (SALE).
B (PARA SÍ): Alejandro… Me llamo Alejandro y estoy totalmente solo.
AHORA SE VE SEGURO DE SÍ MISMO. VA HACIA EL TOCADISCOS Y PONE EL TEMA DE JAZZ.
VUELVE HACIA EL CENTRO DE LA PIEZA Y SE DEJA CAER EN EL SOFÁ COMO LIBERADO DE UN GRAN PESO.
POR EL VENTANAL ENTRA *A*, QUIEN OBSERVA DETENIDAMENTE A *B*.
B: Yo… Alejandro… (RÍE ALEGREMENTE).

A VA AL TOCADISCOS Y LO APAGA. *B* SE SOBRESALTA. QUEDAN FRENTE A FRENTE, MIRÁNDOSE A LOS OJOS.

B: ¿Quién es usted?

A:: Una pregunta muy estúpida.

B: Le estoy preguntando quién es usted.

A: Estúpida y redundante. Sobre todo viniendo de parte suya. (CAMINA POR LA PIEZA OBSERVÁNDOLA CON SEGURIDAD E IMPERTINENCIA. HAY UN VELADO ACENTO SARCÁSTICO EN ÉL).

B: ¿Va a decirme quién es usted?

A: ¿Y quién es usted?

B: No importa, quiero saber quién es usted y qué hace aquí.

A: Y yo me pregunto lo mismo: ¿Qué hace usted y por qué está aquí? ¿A qué está jugando?

B: No entiendo.

A: Entiende perfectamente. ¿Quién es usted?

B (DESPUÉS DE UNA PAUSA). Alejandro...

A (LANZA UNA CARCAJADA): Alejandro. De modo que usted es Alejandro. (AMENAZANTE): Alejandro... A, ele, e, jota, a, ene, de, ere, o. Junte esas nueve letras, láncelas al aire y verá cómo se diseminan. Luego intente juntarlas. Se pueden organizar de otra manera y dar otros nombres. Si las reúne en el mismo orden lineal que tenían al comienzo, eso será, en definitiva, Alejandro. Nueve letras detrás de las cuales no hay nada. (PAUSA). A menudo jugamos, inventamos juegos, luego jugamos a nombrarlos. Es terrible, ya lo sé, pero no hay remedio alguno. (VA HACIA LA MESITA). A menos que decida tirarse por la ventana. Estamos en un décimo piso. Pero no sería buena idea. ¿Cómo se va a lanzar al vacío si siempre ha estado en él. Hay otras posibilidades. (TOMA EL FRASCO DE PÍLDORAS). Éste, por ejemplo. (TOMA EL REVÓLVER). O este. Es mucho más rápido y eficaz. (*B* ESTÁ ATERRADO, NO SABE QUÉ DECIR). Tómelo, por algo lo tenía guardado en el cajón.

B: No sé de dónde salió. Yo no lo puse allí.

A: ¿No? Entonces, ¿quién? Usted siempre ha vivido recluido en este departamento. Le daba terror salir a la calle, terror la gente… Usted mismo lo puso allí y ahora está indeciso. Tómelo. Está cargado.

B: Es usted el que lo puso ahí y ahora quiere desconcertarme y…

A: Yo nunca he estado en este departamento. Para ser preciso, en este momento no estoy aquí. Puedo estar en cualquier otro sitio o, simplemente, no existir.

B: ¿Por qué quiere que me mate? ¿Por qué me mira así?

A: No miro ni "así" ni de ninguna otra manera. No miro, no puedo mirarlo porque no estoy aquí. Usted está solo y al borde del suicidio. Todo depende de usted (PAUSA). Tómelo, no hay otra salida. ¿Extraño? No tanto. Así es, simplemente. Vamos, decídase.

B ESTÁ DESCONCERTADO. TOMA EL REVÓLVER Y LO MIRA TEMBLANDO. LUEGO MIRA A *A* CON UN GESTO DE DESOLACIÓN.
A SIGUE INMUTABLE.
SÚBITAMENTE *B* TOMA EL REVÓLVER Y CORRE AL CUARTO INTERIOR. DA UN PORTAZO.
PAUSA.
SE SIENTE UN BALAZO. AL OÍRLO, *A* HACE UN GESTO DE ALIVIO Y SE DEJA CAER EN EL SOFÁ. SE QUITA LA PELUCA Y LAS GAFAS. SU PELO ES CASTAÑO OSCURO COMO EL DE *A* Y *B*. SE LLEVA LAS MANOS A LA CARA Y SE PALPA PARA RECONOCER SU ROSTRO. MIRA DE PRONTO EL TELÉFONO. VA A ÉL Y MARCA UN NÚMERO.
A (POR TELÉFONO): Sandro, soy yo. El camino está despejado. Te estoy esperando. Ya puedes venir.... (PAUSA). ¿Cómo...? Sandro. Pero Sandro me dio ese número... 435177... ¡Tiene que ser el número de Sandro!... Sí, ya sé que hay miles y miles de números.... Sí, usted puede hacer algo: decirme la verdad, que Sandro vive allí... ¡Es el único indicio que tengo de Sandro!... ¡No sé cómo ubicarlo!... ¡Tiene que ser su número!... ¡Aló!... ¡Aló!... (MARCA OTRA VEZ. QUEDA ESPERANDO, PERO NO LE VUELVEN A CONTESTAR).
LA ESCENA SE VA OSCURECIENDO HASTA QUEDAR EN PENUMBRA.

POR EL FONDO ENTRAN *B* Y *C*.
A GIRA SOBRESALTADO Y DEJA EL TELÉFONO COLGANDO. LOS TRES TIENEN EL PELO CASTAÑO Y EL MISMO CORTE. EL PARECIDO ES INQUIETANTE.

B y C (CON SARCASMO): Sandro…

C: Ese

B: A.

C: Ene.

B: De.

C: Ere.

B: O.

BRUSCO RUIDO DE CRISTALES ROTOS, AHORA MÁS FUERTE QUE NUNCA.
OSCURIDAD TOTAL.

FIN

Concepción, Chile, 1968.
Filadelfia, Estados Unidos, 1972.

JUEGO A TRES MANOS

Juego dramático en dos partes

PERSONAJES

Daniel (o Dani)
Julia (o Juli)
Rodolfo (o Rodi)
Nota: Sus edades oscilan entre los 21 y los 24 años

I

UNA SALA AMPLIA Y UN ALTILLO, AMBOS COMUNICADOS POR UNA ESCALERA CASI EN PRIMER PLANO. AUNQUE MODESTA Y SIN PRETENSIONES, LA DECORACIÓN REVELA UN ESTILO MUY PERSONAL Y ESPONTÁNEO. EN EL FONDO UNA VENTANA GRANDE CON SALIDA A UN BALCÓN.

EN EL ALTILLO HAY UNA SERIE DE CUADROS, LA MAYORÍA SIN TERMINAR, UNA SERIE DE LIENZOS Y CARTULINAS POR USARSE, BALDES, BROCHAS, VASIJAS, POMOS.

DANIEL (DANI) ESTÁ ABSORTO OBSERVANDO UN CUADRO, MIENTRAS ESCUCHA UN TEMA DE MÚSICA ALTERNATIVA.

JULIA (JULI) LEE TIRADA EN UNA CAMA.

RODOLFO (RODI) JUEGA A LOS SOLITARIOS EN UNA MESITA AL CENTRO DEL ESCENARIO.

LUEGO DE ALGUNOS INSTANTES, DANI TIRA UN CHORRO DE PINTURA, VISIBLEMENTE DISGUSTADO CON LA QUE ESTABA PINTANDO. TIRA UN PAR DE TRAZOS BRUSCOS EN EL CUADRO Y LO ABANDONA. SE SIENTA EN LA ESCALERA Y MIRA A JULIA Y A RODOLFO CON UNA MIRADA ENIGMÁTICA.

BREVES INSTANTES EN ESTA MISMA ACCIÓN.

DANIEL SÚBITAMENTE BAJA, VA AL TOCADISCOS Y CAMBIA EL DISCO POR OTRO. SE ESCUCHA UNA MÚSICA RUIDOSA Y FRENÉTICA. DANIEL COMIENZA UN BAILE ENDEMONIADO, ACOMPAÑADO DE RUIDOS ESTRIDENTES, ALBOROTANDO TODO. TRATA CÓMICAMENTE DE IMITAR A ALGÚN CANTANTE DE MODA, TRATANDO DE CAPTAR LA ATENCIÓN DE JULIA Y DE RODOLFO.

DANI (A JULI): Come on, baby… come on…
JULI: Déjate de hacer el ridículo.
DANI: ¡Come, on...! ¡Come on...! ¡Come on…!
JULI: ¡Déjate de hacer el ridículo!
DANI (ARRODILLÁNDOSE A SUS PIES): ¡I love you…! ¡I love you…! (JULI LE DA LA ESPALDA. ÉL LA RODEA Y SIGUE ACOSÁNDOLA JUGUETONAMENTE). ¡I love you…! ¡I love you..!
JULI (FORCEJEANDO JUGUETONAMENTE): ¡Déjame, bruto…! ¡Dani, por favor, que estoy leyendo…!
DANI (CONTINÚA CON EL JUEGO): ¡I love you…! ¡I love you…!
SIGUEN CON EL JUEGO HASTA QUE JULI SE LIBERA E INTENTA VOLVER A SU LECTURA.
DANI SE ARRASTRA MELODRAMÁTICAMENTE POR EL SUELO.
DANI: ¡Te amo, Julia! ¡No me dejes morir…! (JULI LE TIRA UNA ALMOHADA POR LA CABEZA Y SE

VUELVE AL OTRO EXTREMO DE LA CAMA. DANI LA VUELVE A ATRAPAR). ¡Grrrr…! ¡Te deseo…! ¡Te deseo…!
JULI: ¡Dani…! (DE UN EMPUJÓN LO BOTA AL SUELO, CORRE AL TOCADISCOS Y LO APAGA).
DANI: ¡Has encendido mis apetitos sexuales, mujer libidinosa…! ¡Ahora ya no te me escapas! (JUEGAN A PERSEGUIRSE. VAN HACIENDO UN RODEO). Soy un vil sátiro que va a devorarte. (JULI RÍE A CARCAJADAS). ¡Di adiós a tu fatua virginidad! (EMITE RUIDOS GUTURALES. EN LA PERSECUCIÓN AMBOS GIRAN ALREDEDOR DE RODOLFO, QUIEN APARENTA NO PRESTARLES MAYOR ATENCIÓN). ¡Grrrr…! ¡Grrrr…! ¡Te deseo!... ¡Te deseo!... (JULI ARRANCA AL ALTILLO. ALLÍ ES ACORRALADA POR DANI, QUIEN SE TIRA DE RODILLAS A SUS PIES. SE AFERRA A SUS PIERNAS). No puedo vivir sin ti. Entrégate.
JULI: ¡Dani, ya, basta…! ¡No seas tonto!
DANI (ABALANZÁNDOSE SOBRE ELLA): ¡Voy a ultrajarte!
CAEN RODANDO POR EL SUELO.
JULI: ¡Déjame… me haces cosquillas!
SIGUEN EL JUEGO, PERO LAS RISAS VAN CESANDO Y CUANDO EL JUEGO PARECE ESTAR A PUNTO DE VOLVERSE EN SERIO, JULI EMPUJA A DANI A UN LADO. SE LEVANTA RÁPIDAMENTE Y TOMA UN REVÓLVER IMAGINARIO CON EL QUE APUNTA A DANI.
JULI (MELODRAMÁTICA): ¡Ahora te tengo en mis manos! ¡Morirás sin misericordia!

DANI (TAMBIÉN MELODRAMÁTICO): ¡No lo hagáis, por piedad!… ¡Os amo!
JULI: ¡Ha llegado tu hora, vil escarnecedor de mujeres! ¡Encomienda tu alma a Satanás!
DANI: ¡No, Dorotea, no lo hagáis, por piedad…!
JULI: ¡Bang!... ¡Bang!... ¡Bang!...
DANIEL SIMULA MORIR. FINGE VIOLENTAS CONVULSIONES. SE DEJA CAER POR LA ESCALERA RODANDO JUSTO AL LADO DONDE SE ENCUENTRA RODI.
DANI: He muerto. (RODI LO MIRA Y SIGUE JUGANDO SOLITARIO. JULIA ESCAPA EN PUNTILLAS. DANI LA SORPRENDE, PERO ELLA ALCANZA A HUIR POR LA PUERTA DE SALIDA, CERRÁNDOLA POR FUERA. DANI VA DESLIZÁNDOSE POR LA HOJA DE LA PUERTA HASTA CAER AL SUELO, MIENTRAS EXCLAMA): ¡Je t'aime!... ¡Je t'aime!.. ¡Je t'aime, Je t'aime, Je t'aime!...
RODI: ¡Cállate, idiota!
DANI: No me cortes la inspiración.
RODI: ¿No te puedes quedar tranquilo siquiera un rato?
DANI: No, no puedo, me es absolutamente imposible.
RODI VUELVE A SU JUEGO TRATANDO DE HACER ABSTRACCION DE DANIEL. ESTE CAMINA HACIA ÉL Y LO MIRA CON INSISTENCIA.
RODI: ¿Qué quieres? (DANI LE HACE UNA MUECA). Déjame en paz.
DANI: No entiendo cómo puedes pasarte tanto tiempo con ese juego tan tonto.
ENTRA JULIA.

JULI: ¿Habrá alguna posibilidad de llegar hasta el otro extremo sin ser violada. (PAUSA. VUELVE A SU LIBRO).
DANI: Pero, mira esa... Cómo camina... Esas piernas... Esa cintura... ¡Pero fíjate cómo se sienta! Nunca en mi vida había visto una mina tan rica... ¡M'hijita no se haga la indiferente...! ¡Me la comería...! ¡Me le agarraría...! ¡La haría feliz...! (DE GOLPE INTERRUMPE EL JUEGO. A RODI, CAMBIANDO DE TONO): ¿Y hasta cuándo vas a seguir con ese jueguito?
RODI: Hasta que me dé la gana.
DANI: ¿Qué te pasa?
RODI: No me pasa nada. Déjate de joder. (PAUSA).
DANI (CONTINUANDO EL JUEGO, EN TONO MELODRAMÁTICO): Rodi... No soporto más esta situación, mi amor... No soporto la soledad... Necesito tanto, tanto amor... (SE ECHA EN SUS BRAZOS) ¡Hazme tuyo!
RODI: ¡Déjame tranquilo!
DANI: No, mi querido Rodi, no puedo dejarte tranquilo porque no lo estás. No estás tranquilo. No piensas estar tranquilo. Nunca has estado tranquilo. A mí no me engañas tan fácilmente. Algo te pasa.
RODI: No me pasa nada, ¿hasta cuándo te lo voy a tener que repetir?
DANI: Podrías repetírmelo cien veces, mil veces, millones de veces sin convencerme. Y eso porque te conozco, te conozco demasiado bien y sé con certeza cuando te pasa algo. Y algo te pasa. ¿No le vas a contar a tu amigo?

RODI (IMPACIENTE): ¿Voy a poder terminar mi juego o no?
DANI: No, Rodi, no vas a poder porque aquí estoy yo para impedirlo. Nunca permitiré que te pierdas en ese juego sucio. ¡Cobarde! ¡Escapista! Algo te pasa y tratas de evadirlo jugando a los naipes. Juegas para no pensar en que realmente algo te pasa. Porque sépalo bien, señor Rodolfo, a usted algo le pasa, aunque trate en vano de ocultarlo. (A JULIA): ¡Míralo, Juli, pero si es una perfecta señora de té canasta!
JULI: Dani, no te pongas pesado.
DANI (RETROCEDE SIMULANDO ESTAR ESPANTADO, ACUSANDO A RODI): ¡Cobarde!... ¡Mil veces cobarde!... ¡Me defraudas totalmente! ¡Lo hubiera esperado de todos, menos de ti!... ¿Me entiendes?... ¡De cualquiera menos de ti!... (DECLAMATIVO). ¡Hagamos un sepelio para nuestro Rodi! ¡Nuestro querido Rodi, para nosotros, sus amigos ha muerto! Definitivamente ha muerto, definitivamente ha muerto. Ha muerto dentro de una baraja, asfixiado, totalmente asfixiado. ¿Me oyes, Rodi? ¡Estás muerto! ¡Eme-u-ere-ere-te-o! ¡Muerto, muerto, muerto, muerto, muerto, muerto, muerto!...
JULI: ¡Dani, basta! No te pongas majadero.
DANI (CAMBIANDO BRUSCAMENTE DE TONO): Me excitas…
JULI (MALICIOSA): Feo…
DANI: Libidinosa…
JULI: Feo…
DANI: Libidinosa.
JULI: ¡Feo… feo… feo… feo… feo…!

DANI (JUGANDO AL GÁNGSTER): Nadie se ríe de mí, gatita. (SACA UNA NAVAJA IMAGINARIA). ¡Nadie se ríe de Dani, el temerario!... ¡Anda desnudándote!...
JULI: No quiero.
DANI: ¡Desnúdate o no tendré más remedio que asesinarte!
JULI: No me da la gana.
DANI: ¡Desnúdate! (SE LANZA SOBRE ELLA. JULI LANZA CHILLIDOS. RODI DA UN VIOLENTO PUÑETAZO EN LA MESA. SILENCIO). Está bien, no tienes por qué reaccionar así.
DANI VA HASTA LA VENTANA Y SE PONE A MIRAR HACIA AFUERA.
JULI SE QUEDA OBSERVANDO ATENTAMENTE POR UNOS INSTANTES. LUEGO VUELVE A SU LECTURA.
PAUSA.
DANI (MIRANDO POR LA VENTANA): ¡Qué día de mierda!... No pasa absolutamente nada. (PAUSA). Tengo ganas de hacer algo extraordinario, pero realmente extraordinario. (PIENSA). Como, por ejemplo, tirarle un recipiente con mierda a la vecina del primer piso. ¡Eso sí que sería cómico! (IMITANDO A LA VECINA): "¡Esos jovencitos del piso de arriba!... ¡Esos anti sociales! ¡Esos bandidos!... ¡Ya no se puede vivir tranquila desde que llegaron!..." Ayer me encontré con ella cuando venía entrando. Veo aparecer una nariz, unos anteojos culo de botella y un dedo acusador... No sabía si era ella o el marido, hasta que su ridícula perforación debajo de la nariz se abría para decirme: "¡Hace más de una semana que no podemos dormir con

tanta bulla!" Entonces, me di vuelta, me bajé los pantalones y ¡le mostré el poto! (EMPIEZA A REÍRSE SOLO). La vieja amenazó con llamar a los pacos… (SIGUE RIÉNDOSE, PERO NI JULI NI RODI LE SIGUEN. PAUSA. LOS MIRA FASTIDIADOS). Ah… no, por favor, es inconcebible!... ¿Qué les pasa hoy? Están irremediablemente fósiles, me deprimen. (NO LE CONTESTAN). Me deprimen. (PAUSA). ¡Me deprimen!... ¡Me deprimen, me deprimen, me deprimen, me deprimen, me deprimen!... ¡Me deeeepriiimeeeennnn!...

JULI (PERDIENDO LA PACIENCIA): ¡Dani!...

DANI: Cállate, despreciable burguesa, consumida por la gangrena del tedio. Has muerto en el corazón de Dani. Si me encuentras en la calle, por favor ni me saludes. (MIRA A RODI). Los dos han muerto. Los dos… (FINGE LLORAR). Los dos han muerto. ¡Los dos!... Mis amigos del alma… muertos por los convencionalismos burgueses… Muertos… (MÁS MELODRÁMATICO AÚN, AL ESTILO DEL RADIOTEATRO ANTIGUO): ¡Los he perdido para siempre…! ¡Están muertos!... ¡Muertos!... ¡Muertos!... ¡Muertos!...

JULI: Estamos aburridos, eso es todo.

DANI: Aburridos, nada menos. ¡Merecerían ambos mi más profundo desprecio! (MIRA A RODI, LUEGO A JULI, DE NUEVO A RODI Y DE NUEVO A JULI).

JULI (SOSPECHANDO ALGO EN DANI): ¿Dani, qué vas a hacer ahora? (DANI LA MIRA ESAFIANTE). ¿Qué vas a hacer? (DANI LE QUITA EL LIBRO DE LAS MANOS). ¡Devuélvemelo, Dani!

DANI LEE VERTIGINOSAMENTE LA PÁGINA QUE LEÍA JULI, MIENTRAS ESTA TRATA DE ARREBATÁRSELO.

DANI (LEYENDO VERTIGINOSAMENTE): "*Sí, cuando Fremont ganó tanto dinero, cambió de apellido, dijo George Wallman. La gente siempre nos confundía pues nos parecíamos mucho…*

CORREN ALBOROTADAMENTE POR LA PIEZA, JULI PERSIGUIENDO A DANI.

JULI: ¡Dani, no seas cargante!

DANI (ESCAPANDO DE JULI): "*No me gustaba que la gente dijese de mí que tenía un hermano millonario. No éramos gemelos, pero al parecer, nuestra semejanza se hizo notable…*

JULI: ¡Dani, por favor, Dani!....

DANI: "*Wallman era el apellido de soltera de mi madre, El hijo de Fremont fue bautizado con el nombre de George Wallman Sabin. Yo adopté el nombre de George Wallman…*"

JULI: ¡Dani!...

DANI: "*Poco a poco yo y Fremont me creyó loco pero cuando fue a visitarme a Ohio pudimos hablar. Creo que fue entonces cuando Fremont empezó a ver la luz de la verdad…*"

JULI: ¡Córtala, Dani!...

DANI: "*¿Estaba enterado de su boda? Claro, me dio las llaves de su apartamento y me dijo que fuésemos a pasar la luna de miel. Prometió dejarme utilizar la vivienda siempre que yo lo deseara…*

PASAN POR SOBRE RODI Y SUS CARTAS.

RODI: ¡Por la misma mierda!...

DANI: "*Fremont acudió con su loro. El pájaro decía continuamente: 'Suelta esa pistola, Helen… ¡No dispares! ¡Dios mío, me has matado!...*
RODI: ¿Hasta cuándo, diablos, van a seguir jodiendo? (JULI HA LOGRADO AGARRAR A DANI Y FORCEJEA CON ÉL PARA QUITARLE EL LIBRO). ¡No me dejan concentrarme!
DANI: ¿Qué?
RODI: No me dejan concentrarme.
DANI (SOLTANDO A JULI): ¡Oh…! ¿Has oído, Juli? El señor necesita concentrarse, y entiéndase bien: concentrarse. Con todas sus letras: con-cen-trar-se. ¡Esto es extraordinario, Juli! Nuestro querido Rodi quiere concentrarse y nosotros, viles y desconsiderados no lo dejamos con nuestras actividades tan poco importantes.
RODI (VOLVIENDO AL JUEGO): Huevón.
DANI: Mi querido Rodi, ¿quién lo creyera? Tú, concentrándote. ¿Qué complicado problema metafísico intentas resolver? ¡Ohh… Rodi, pareces al borde de la verdad suprema!... No permitas que se te escape por ningún motivo, Rodi, por ningún motivo… ¡Concéntrate!... ¡Concéntrate!… ¡Concéntrate!… ¡Concéntrate!… (ALZA LOS BRAZOS COMO DECLAMANDO). ¡Que la divina concentración de lo eterno descienda hacia las oscuridades de lo terreno, invadiendo la privilegiada mente de Rodolfo para que se haga en él la luz!… ¡Oh, dioses, escuchad mi plegaria sin que nada os…
RODI (LEVANTÁNDOSE Y DÁNDOLE UNA PATADA EN EL TRASERO A DANI): Te vas a dejar de huevearme, ¿oíste?

DANI (SIMULANDO MIEDO): Sí, sí... Te oí, te oí... (RODI VUELVE A SUS CARTAS). Bueno, no era como para que reaccionaras de esa manera.
JULI: Rodi, ¿qué te pasa hoy? Si sigues así, nos vas a arruinar la tarde.
DANI (A JULI, JUGANDO AL RESENTIDO): No nos quiere, Juli, no nos quiere...
JULI (SIGUIENDO EL JUEGO): Ya no significamos nada para él.
DANI (SIMULANDO ESTAR A PUNTO DE LLORAR): Es tan injusto con nosotros...
JULI: No lo merecemos, Dani... no lo merecemos.
DANI Y JULI (AL EXTREMO DEL MELODRAMA): ¡Rodolfo!... ¿Por qué nos arrojas al fango del olvido?...
SILENCIO PACIENTE DE RODI.
DANI: No, no puedo vivir sin Rodi...
JULI: No puedo concebir la vida sin Rodi...
AMBOS: ¡Ppplop!... (SE DESMAYAN).
DANI: Y después del desmayo...
JULI: Un minuto de expectación.
DANI (INCORPORÁNDOSE): Míralo. Míralo... Sigue mudo ante nuestro sufrimiento.
JULI: Es injusto.
DANI: Rencoroso.
JULI: Vengativo.
DANI: Inhumano.
JULI: ¿Rodi, qué podemos hacer por ti?
RODI: Nada.
JULI Y DANI (CONSTERNADOS): ¿¡Nada!?...
COMIENZAN A RODEAR VERTIGINOSAMENTE A RODI.

RODI (IMPACIENTE): Déjenme jugar tranquilo, por favor.
JULI: No, te queremos demasiado como para dejarte suicidar en esa baraja ridícula.
RODI: Me gusta jugar solitarios. Me encanta jugar solitarios. Me fascina…
DANI: Mientes muy mal, viejito.
JULI: Te conocemos muy bien.
DANI: Y vamos a destruir tu castillo de naipes.
JULI: Ahora.
DANI: Ahora mismo.
DANI Y JULI (INCLINÁNDOSE LENTAMENTE SOBRE LOS NAIPES): Ta, ta, ta, taaan…
RODI: No, no lo hagan..
DANI Y JULI: Ta, ta, ta, taannnn…
RODI: No, que estoy a punto de sacarlo…
DANI Y JULI: Ta, ta, ta, tan…
SE LANZAN SOBRE LA BARAJA Y LANZAN LAS CARTAS POR EL AIRE.
RODI: No, no. ¡Noooo…!
DANI: ¡Vuelen!
JULI: ¡Piérdanse en el vacío!
DANI (PISOTEANDO LAS CARTAS): ¡Mueran!...
JULI: ¡Desparrámense!...
DANI: ¡Perezcan, abominables!...
JULI: ¡Mueran, cochinas burguesas, mueran…!
RODI SE TRABA EN LUCHA CON DANI Y JULI. ESTA ES EMPUJADA SOBRE LA CAMA MIENTRAS RÍE A GRITOS.
DANI Y RODI SIGUEN LUCHANDO SOLOS CON GRAN ALBOROTO, HASTA QUE DANI LOGRA ZAFARSE DE RODI.

RODI (INCORPORÁNDOSE AL JUEGO): ¡Tú eres el causante de todo! ¡Me las vas a pagar!
DANI (ESCAPANDO DE RODI, QUIEN SIMULA PERSEGUIRLO): No, Rodi, por favor… Me arrepiento… De veras que me arrepiento, Rodicito lindo… Perdón, perdón, perdón…
JULI: Rodi, no seas cruel. ¿No ves que está llorando?
DANI: ¿No te conmueven mis lágrimas de arrepentimiento?
JULI: Rodi, ¿cómo puedes ser tan malo?... Tienes un corazón de piedra. Nunca lo hubiera creído de ti.
RODI (A DANI): ¡Tus lágrimas de cocodrilo no me conmueven en absoluto! ¡Grrrrrr…!
RUEDAN POR EL SUELO, MIENTRAS SE DAN GOLPES. DANI HUYE HACIA LA ESCALERA.
DANI (A RODI, DESDE LA ESCALERA): No eres capaz de hacerme daño. No eres capaz de hacerme daño. No me haces ni cosquillas.
RODI: ¿Ah, sí?... Ya vas a ver.
DANI: No puedes hacerme nada, absolutamente nada. Tus golpes no son más que cariños. Tus manotazos, simples corridas de mano.
JULI (INCITÁNDOLOS): ¿Y te vas a quedar así, Rodi? ¿Después de todo lo que te ha dicho? Yo no aguantaría…
RODI (AMPULOSO Y FIERO): No, por supuesto que no, nenita… ¡Nadie se burla de Rodi, el pendenciero!... (A DANI): ¡Ahora vas a ver!
PELEAN JUGANDO AL PRINCIPIO, PERO LUEGO LA PELEA EMPIEZA A TRANSFORMARSE EN SERIO.

DANI: No, no… Rodicito lindo… no… Era una pura broma… una bromita así, chiquitita… ¡Ay!...
CAEN RODANDO POR LA ESCALERA.
UNA VEZ ABAJO, RODI INMOVILIZA A DANI.
DANI: ¡Ay!... ¡Ay, me haces daño!...
RODI: ¿Qué me dices ahora, imbécil? ¿Te arrepientes de veras?
DANI: Sí, sí… me arrepiento… ¡Ay!...
RODI: Te tengo en mis manos, viejito. No puedes conmigo.
DANI: ¡Me duele!... ¡Suéltame!... ¡Ay!...
JULI: Suéltalo, Rodi, le estás haciendo daño.
RODI: ¿Vas a seguir jodiendo?... ¿Me vas a seguir jodiendo?...
DANI: No, Rodi, no te voy a seguir jodiendo… ¡Suéltame! No te molesto más… ¡Ay!...
JULI: ¡Suéltalo, Rodi!
RODI LO SUELTA.
DANI CAE AL SUELO.
QUEDAN MIRÁNDOSE EN SILENCIO POR ALGUNOS INSTANTES.
DANI VA HACIA LA ESCALERA.
DANI: No entiendo, Rodi, no entiendo nada. (SUBE AL ALTILLO. RODI COMIENZA A RECOGER LAS CARTAS, ORDENÁNDOLAS. JULIA LO OBSERVA DETENIDAMENTE).
JULI: ¿Se puede saber qué te pasa?
RODI: Nada.
JULI: No mientas.
RODI: Nada. Eso es lo que me pasa: nada.
JULI: Muy cómodo, ¿no te parece?

RODI: Lo único que quiero es que me dejen jugar en paz. Tú y Dani y me fastidian con sus juegos idiotas.
JULI: Ah... Y tu juego, naturalmente, es el colmo de lo ingenioso.
RODI (EXPLOTANDO): ¡No, ya sé que no!
JULI: ¡Estás intratable!
RODI: Sí, querida, estoy intratable. Soy un egoísta, soy un plomo. No se molesten más por mí, no lo merezco.
JULI: ¿No crees que te estás poniendo un poquito melodramático?
RODI (VA A DECIR ALGO PERO SE INTERRUMPE. PAUSA): Déjame tranquilo. (SIGUE RECOGIENDO CARTAS. JULI ENCIENDE UN CIGARRILLO).
JULI: Decididamente no entiendo qué pasa contigo. Todo iba tan bien hasta ahora, pero tú... No entiendo nada.
RODI: ¿Seguro que no entiendes? (JULI LO MIRA INTERROGATIVAMENTE). Yo diría que entiendes muy bien.
JULI: No sé a qué te refieres.
RODI: Yo diría que lo sabes muy bien.
JULI: ¡No sé a qué te refieres!
RODI: ¿De veras?
JULI: No me confundas. Estábamos tan bien los tres hasta ahora. ¿Por qué no podemos seguir así?
SE VA AL TOCADISCOS.
RODI VUELVE A SENTARSE.
DANI (PINTANDO UN RETRATO DE SÍ MISMO): Dani tiene una boca ancha y ridícula. Qué ridículo te ves, Dani, cuando sonríes. No debes sonreír nunca.

Eres ridículo, totalmente ridículo. (TIRA UN CHORRO DE PINTURA AL CUADRO).
RODI (A JULI): ¿En qué piensas?
JULI: En Fani, en ti, en mi. Sí, Rodi, miedo. A veces pienso que todo es como un castillo de naipes: una carta sobre otra, y luego otra y otra... Así, hasta que llega el momento en que una se da cuenta que no podrá resistir... (PAUSA). ¿Por qué reaccionaste así con Dani?
RODI: No sé, Juli.
JULI: ¿Lo sigues queriendo?
RODI: Tanto como a ti. Eso lo sabes muy bien, ¿por qué me lo preguntas?
JULI: ¿Has vuelto a acostarte con él?
RODI: ¿Y tú? (PAUSA).
DANI (EN EL ALTILLO): Sí, señor Daniel. Es usted totalmente ridículo. No insista, no tiene apelación alguna. No insista. Es usted ri-dí-cu-lo.
JULI: Fue tan hermoso cuando nos conocimos y, tal vez tan sin nada de extraordinario. Si yo hubiera doblado por otra esquina, no habría ocurrido nada. De pronto éramos tres. No volveríamos jamás a ponernos serios. (PAUSA). ¿Qué pasa, Rodi?
RODI (HA PUESTO OTRO DISCO. A JULI): ¿Bailamos? (RODI SE ACERCA A JULI. COMIENZAN UN BAILE LENTO Y MELANCÓLICO). Qué extraño es bailar entre dos. Es como si faltara algo. (RODI LA BESA).
DANI (EN EL ALTILLO): Una carcajada puede cortarse bruscamente y tú lo sabes. No tienes vuelta, mi querido Dani. Merecerías que todo el mundo te señalara con el dedo y dijeran: "Allí va Dani, el ridículo".

Porque eso eres, un miserable ridículo. No trates de esconderte, no te serviría de nada.
JULI: Es imposible no amar a Dani.
RODI: Ya lo sé
JULI: Y sin embargo, no sé... no debería pensar, me confundo... (DEJA DE BAILAR Y SE APARTA. PAUSA).
RODI: Nos estamos poniendo melodramáticos.
JULI: No deberíamos. (SE MIRAN). Es peligroso.
RODI: Muy peligroso.
SOSTENIENDO LA MIRADA SE PONEN A REÍR.
JULI: Somos trágicos.
RODU: No tenemos ninguna disculpa.
JULI: Somos trágicos, Rodi.
RODI: Vergonzosamente trágicos.
SIGUEN RIENDO.
DANIEL LOS OBSERVA.
DANI (A RODI): Así es como me gusta verte, Rodi, radiante. Algún día aprenderás a reírte de veras.
RODI (A DANI): Eres un cínico, no tienes remedio, Dani.
DANI: Los dos, Rodi, los dos somos unos pobres cínicos. No tenemos remedio.
JULI (TEATRAL): Pobre de ti, Julia. Has caído en manos de dos tunantes.
DANI: Tú te lo buscaste, querida.
JULI: Tunantes, tunantes...
DANI Y RODI RODEAN JUGUETONAMENTE A JULI.
RODI: Tú te lo has buscado, Juli.
DANI: Tú lo has querido, Juli.
JULI: Sé lo que pretenden. No podrán, no son capaces.

RODI: ¿Con que no, ah?
DANI: ¿Seguro que no, gatita?
JULI: ¡Tu-nan-tes!
RODI: No vas a escaparte.
SE VAN MOVIENDO EN ESPIRAL.
DANI: Nos excitas.
RODI: Nos provocas.
JULI (HUYENDO): ¡No se la pueden!... ¡No se la pueden!... ¡No se la pueden!...
RODI: Mírala, Dani, mírala.
DANI: ¡Qué piernas!
RODI: ¡Qué cintura!
DANI: ¡Qué tetas!
RODI: ¡Qué labios!
JULI: ¡Ridículos!
RODI (TRATANDO DE AGARRAR A JULI): ¡Ahora vas a saber lo que es bueno!
JULI (ESCAPÁNDOSE): ¡No son capaces! ¡No pueden hacer ni cosquillas!
DANI Y RODI (ALZANDO LOS BRAZOS COMO AVES DE RAPIÑA): ¡Aaaaaaaaahhh…!
SE LANZAN SOBRE ELLA QUE LOGRA ESQUIVARLOS OTRA VEZ.
DANI Y RODI CAEN SOBRE UNA CAMA EN EL FONDO.
JULI TOMA UNA ALMOHADA Y SE LAS TIRA.
DANI Y RODI SIGUEN PERSIGUIÉNDOLA Y ELLA LOGRA ESQUIVARLOS SIEMPRE.
JULI: ¡No se la pueden!... ¡No se la pueden!... ¡No se la pueden!...
DANI Y RODI SE ABRAZAN, CONSOLÁNDOSE MUTUAMENTE.

DANI (SIMULANDO MUCHA TRISTEZA): No le gustamos…
RODI: No significamos nada para ella…
DANI: Quizás no nos encuentra lo suficientemente atractivos…
RODI: Así son las mujeres, mi amigo. Todas iguales.
AMBOS: Pobre de nosotros… ¡Pplooop!… (SE DESMAYAN, IGUAL COMO LO HICIERAN DANI Y JULI ANTERIORMENTE).
JULI: ¡Los dos son feos, feísimos! Me dan lástima, muchísima lástima… (SIGUE SALTANDO). ¡No se la pueden, no se la pueden…!
RODI (ARRASTRÁNDOSE POR EL SUELO): No nos hagas sufrir…
DANI (SIGUIÉNDOLE EL JUEGO): No, nos atormentes más…
RODI: Entrégate…
JULI (SALTANDO POR TODO EL APARTAMENTO): ¡Feos, requetefeos, requeterrecontra feos!...
RODI (CAMBIANDO DE TONO, AHORA AGRESIVO): ¡Hemos perdido la paciencia!
DANI: ¡No aguantamos más!
RODI: ¡Anda encuerándote!
JULI: ¡No quiero!
DANI: ¡Vamos, empelótate, gatita!
JULI: ¡No!
DANI: No nos provoques.
RODI: Te las estás buscando.
JULI (AGARRANDO EN EL ALTILO UN TARRO DE PINTURA): ¡Atrás!
DANI: ¡No…!

RODI: ¡Está lleno de pintura!
JULI: Un paso más y se los tiro encima.
DANI: ¡Juli, por favor!...
RODI: ¡Si lo único que queremos es violarte!...
JULI: A la una…
DANI: No, Juli…
JULI: A las dos…
RODI: ¡No, por favor!...
JULI: ¡Y a las tres!
LES ARROJA DEL BALDE, PERO ESTABA VACÍO.
DANI Y RODI HAN CORRIDO HASTA EL OTRO EXTREMO DE LA HABITACIÓN.
PAUSA.
AMBOS VUELVE AL ATAQUE LANZÁNDOSE COMO AVES DE RAPIÑA.
RODI: Las aves de rapiña se preparan…
DANI: …listo para lanzarse sobre la presa..
AMBOS: Una... dos… tres…
SE LANZAN SOBRE ELLA QUE LOS VUELVE A ESQUIVAR.
PERO RODI TROPIEZA Y SE DA UN FUERTE GOLPE EN LA RODILLA.
RODI: ¡Mierda..!
DANI (QUE HA ATRAPADO A JULI): ¡Te agarré, por fin!
JULI SE DESHACE DE DANI Y LE TIRA UN EDREDÓN ENCIMA.
JULI (FIJÁNDOSE EN RODI): ¿Qué te pasa?
RODI: ¡Me jodí una rodilla por las rechuchas!...
JULI: ¿Te duele mucho?
RODI: Sí…

DANI (TRATANDO DE SACARSE EL EDREDÓN HA CAÍDO POR LA ESCALERA): ¿Sáquenme esta huevá de encima?
JULI: Pobrecito, ¿cómo fue?
RODI: Me resbalé…
DANI: ¡No me puedo deshacer de esto, por la cresta!...
JULI (ACARICIÁNDOLE LA RODILLA A RODI): ¿Te sigue doliendo?
RODI (ACARICIANDO A JULI): Ahora menos…
DANI: ¡No veo nada…!
JULI: ¿Y ahora?
RODI: Ahora ya no. (LA BESA).
DANI (LOGRA SACARSE EL EDREDÓN DE ENCIMA): No veo nada. ¿Dónde…?
JULI Y RODI SE ABRAZAN Y SE BESAN, HACIENDO CASO OMISO DE DANI.
RODI: Juli…
JULI: Rodi…
DANI: Tramposos... Era lo único que faltaba. ¡Tramposos!....
RODI (A DANI): No molestes.
JULI: Déjanos tranquilos.
DANI: No pienso dejarlos tranquilos. Era lo único que faltaba. Me hicieron trampa. ¡Tram-pa!
RODI: ¿Por qué no te vas al altillo un ratito?
DANI: ¡No pienso!
RODI: ¡Andate!
DANI: ¡No me voy!
JULI: ¿Dani, por qué no te vas a tu altillo, por favor? Estás demás en este momento. Entiéndelo. (PAUSA).
DANI (NOTORIAMENTE HERIDO): Entiendo. (SE SIENTA A UN COSTADO, OBSERVANDO A RODI

Y JULI. PAUSA): ¡Ah, ya sé! Podríamos ir al cine, ¿qué les parece? (SILENCIO. RODI Y JULI SIGUEN EN LO SUYO. DANI SACA UN PUCHO DE CIGARRILLO). ¿No quieren compartir una marihuana? Hay para los tres. (SILENCIO). Podríamos jugar a la *Rayuela.* Salimos a la calle, tomamos cada uno un rumbo diferente hasta perdemos. Después tratamos de encontrarnos. Lo hemos hecho, es apasionante. Nos encontramos en cualquier lugar, de pura casualidad, sin saber cuándo ni cómo. ¿Qué les parece?... (SILENCIO. DANI SE LES ACERCA Y LOS OBSERVA).
RODI: Ándate, Dani.
JULI: Ándate. No nos molestes.
DANI: Está bien. ¡Está bien!.... (PONE UN DISCO Y SE SIENTA TRATANDO DE NO MIRAR A SUS AMIGOS).
JULI: Rodi, te quiero tanto…
RODI: Me gustas mucho, mucho…
SE VAN QUITANDO LA ROPA.
DANI SE LEVANTA DE GOLPE Y SUBE CORRIENDO AL ALTILLO. ALLÍ SE ENCUENTRA CON SU AUTORRETRATO. SE SIENTA JUNTO AL ATRIL.
DANI: Dani es un perfecto idiota, no cabe duda. Un idiota. I-dio-ta. (SONRÍE ALIENADAMENTE). Por supuesto, mi querido Daniel, eres exactamente eso. ¡Un idiota! (TIRA UN CHORRO DE PINTURA SOBRE EL RETRATO). ¡¡¡Un idiota!!!
APAGÓN.

II

DANI ESTÁ ENCUCLILLADO EN EL ALTILLO EN POSICIÓN YOGA. ESTÁ PROFUNDAMENTE CONCENTRADO.

DANI (MEDITANDO): Destrucción. Destrucción. Acto de destruir. Yo destruyo. Él destruye. Ella destruye. Nosotros destruimos. (PAUSA). Destrucción. (DA UN SALTO). ¡He ahí la clave suprema, la clave definitiva! (SE VUELVE HACIA SU CUADRO, ARRANCA LA CARTULINA PINTADA, LA ARROJA AL SUELO Y COMIENZA A SALTAR SOBRE ELLA). ¡Destrucción!... ¡Destrucción!... ¡Destrucción!... ¡Destrucción!... (TOMA LA CARTULINA, LA ROMPE A PEDAZOS Y LOS ARROJA AL AIRE). ¡¡¡Destrucciónooooooooon…! ¡Disemínense, restos miserables, disemínense en el vacío! ¡Los odio! ¿Me oyeron? ¡Los odio!... (SE DETIENE. OBSERVA LA PIEZA, LUEGO EL ATRIL VACÍO Y COMIENZA A REÍR LEVEMENTE. LUEGO SU RISA EVOLUCIONA A CARCAJADAS HISTÉRICAS. SE REVUELCA POR EL SUELO. SE DETIENE QUEDANDO EN CUCLILLAS. HABLÁNDOSE A SI MISMO): Eres un huevón, Dani. Eso, un huevón… (SE INCORPORA Y BAJA LAS ESCALERAS. SE DETIENE EN EL ÚLTIMO PELDAÑO. UN RECUERDO LE VIENE A LA MEMORIA. MIRA HACIA ATRÁS Y EMPIEZA A SUBIR LOS PELDAÑOS A SALTITO COMO JUGANDO AL *LUCHE —RAYUELA*--. SUBE Y BAJA ASÍ HASTA QUE TROPIEZA Y CAE. SE DIRIGE A ALGUIEN

IMAGINARIO): No, no me hice daño, gracias. Soy demasiado loco y nunca me fijo por donde camino. Todos me encuentran medio rayado, pero es que... bueno, me gusta saltar, correr. No veo por qué tenga que estar caminando como todos los demás. (SE DETIENE. SU ROSTRO SE ENSOMBRECE. SE SIENTA EN UN ESCALÓN Y COMIENZA A SOLLOZAR).

JULIA ENTRA CON ALGUNOS PAQUETES. NO REPARA EN DANI. DEJA LOS PAQUETES SOBRE UNA MESA, SE SACA LA CHAQUETA Y SE SUELTA EL PELO.

DANI AL VERLA DEJA DE SOLLOZAR Y COGE UN LIBRO AL AZAR. SIMULA LEER. FINALMENTE JULI LO VE.

JULI: Bah, estabas aquí.

DANI: ¿Y dónde querías que estuvieras?

JULI: ¿Qué sé yo? Lo dije por decir algo.

DANI: Entonces más vale que no digas nada.

JULI (LO MIRA CON ASOMBRO): ¿Y a ti, qué te pasa?

DANI: Nada. Estoy leyendo.

JULI SE ENCOGE DE HOMBROS.

JULI: ¿Rodi no ha llegado?

DANI (EN VOZ ALTA): Rodi, ¿llegaste? (PAUSA). No, no llegó. (JULI LO MIRA SORPRENDIDA).

JULI (PRETENDIENDO NO HABER OÍDO): Compré algo para los sándwiches esta noche. Rodi dijo que iba a traer el vino. Esperemos que no se haya olvidado. (LO MIRA). ¿Qué lees?

DANI: Un libro.

JULI: ¡Ah, qué novedad! No me había dado cuenta. (MIRA FIJAMENTE A DANI). ¿Es interesante?
DANI: Perfectamente podría servir para limpiarse el culo.
JULI: ¿Por qué lo lees entonces?
DANI: ¿Te importa?
JULI: Sí, me importa.
DANI: Gracias.
JULI (ACERCÁNDOSE): ¿Qué te pasa?
DANI: Nada.
JULI (SENTÁNDOSE A SU LADO): Algo te pasa, Dani, no me mientas. ¿No le vas a contar a tu amiga?
DANI (MOLESTO): No adoptes ese tonito protector.
JULI: No estoy adoptando ningún tono. Sólo quiero saber qué te pasa.
DANI: Déjame leer tranquilo.
JULI LO SIGUE MIRANDO FIJO. TOMA EL LIBRO DE DANI Y LO INVIERTE EN SU POSICIÓN.
JULI: Es muy difícil leer un libro al revés, mi querido Dani.
DANI SE DESCONCIERTA. NO ENCUENTRA QUÉ DECIR. BRUSCAMENTE SE LEVANTA Y CORRE AL ALTILLO.
JULI: ¡Dani!...
DANI: Déjame solo.
JULI: ¿Qué te pasa?
DANI: ¡Te dije que me dejaras solo!
JULI: Está bien. Está bien. (PAUSA. COMIENZA A BAJAR LOS POCOS ESCALONES QUE HABÍA SUBIDO).
DANI (SE ARREPIENTE): Perdóname, Juli, no pude evitarlo...

JULI: No importa, te entiendo. (VA AL TOCADISCOS Y LO ENCIENDE. PONE MÚSICA DE JAZZ. COMIENZA A SEGUIR EL RITMO DE LA MÚSICA. BAILA SUAVEMENTE).
DANI (OBSERVÁNDOLA): Sigues el ritmo bastante bien.
JULI: Gracias.
DANI: Te ves encantadora.
JULI: Gracias.
DANI: Decididamente encantadora.
JULI: Y tú, un mentiroso sin remedio.
DANI: Te equivocas. Soy el hombre más franco que has conocido en tu vida. Eres encantadora, Juli.
JULI: ¿Estás seguro?
DANI: Sin ninguna duda. (JULI INTENSIFICA LOS MOVIMIENTOS DEL BAILE).
JULI: Terriblemente excitante... (JULIA AUMENTA LA INTENSIDAD DEL BAILE). Eso, Juli... ¡Así!... Más... más... más... ¡Más!... ¡Eres diabólicamente excitante!... ¡Eso...! ¡Más... más... más...!
JULIA TERMINA EL BAILE Y SE DEJA CAER AGOTADA EN EL SOFÁ.
DANI BAJA DEL ALTILLO.
DANI: Eres decididamente extraordinaria, Juli.
JULI SONRÍE Y LANZA UN COJÍN A DANI, QUIEN LO COGE AL VUELO.
JULI: No es la primera vez que me lo dicen.
DANI LE LANZA EL COJÍN A JULI, QUIEN LO COGE AL VUELO.
DANI: Ni la última.
JULI (DEJANDO CAER EL COJÍN): ¿A qué quieres jugar, Dani?

DANI: No lo sé.
JULI: Es una gran cosa, ¿no te parece? (SE ACERCA EN PLAN DE MUJER FATAL). Quiero fumar. (DANI LE DA UN CIGARRILLO Y SE LO ENCIENDE. PAUSA). ¿Sabes en qué he pensado últimamente?
DANI: ¿En qué?
JULI: En que me gustaría ser una puta. Que todo me diera exactamente lo mismo. Tomar las cosas como quien se toma un vaso de agua.
DANI: Eso no es nada de fácil.
JULI: Sin embargo, quisiera ser así. Es una excelente idea, ¿no crees?
DANI: Maravillosa.
JULI (ADOPTANDO LA POSE DE PROSTITUTA): Hola, guapo. ¿Estás ocupado?
DANI (SIGUIÉNDOLE EL JUEGO): De cinco a siete, todos los días, excepto el domingo, día en que hago mi retiro espiritual.
JULI: ¿No puedes hacer una excepción?
DANI: ¡Uff!... no convencerías a nadie, ni al más ingenuo...
JULI: Sólo es cuestión de que le hagamos empeño...
DANI (COMO UN GALÁN DE BARRIO): Mira, preciosura, ¿quieres que practiquemos juntos?
JULI (RECATADA): Usted me confunde...
DANI: ¿Te confundo? Y vamos a mi departamento.
JULI: Eso... tendría que pensarlo...
DANI (ACARICIÁNDOLA): No hay nada en qué pensar, nenita.
JULI (APARTÁNDOSE): ¡Oh... por favor, ofende usted mi pudor...!

DANI: Nada de remilgos conmigo, gatita... Come on...
JULI: No ose tocarme. (ÉL LA AGARRA). ¡Oh, por favor, aquí no...! Hay miradas indiscretas...
DANI (AGARRÁNDOLA BRUSCAMENTE): ¡Vamos, nena, te haré pasar una noche de la que no te vas a olvidar nunca!
CAEN AL SUELO EN MEDIO DE RISOTADAS.
JULI: Decididamente no convencemos a nadie. Somos un fracaso.
DANI: Un total y absoluto fracaso.
SIGUEN RIENDO HASTA QUE SUS RISAS VAN CESANDO PAULATINAMENTE.
ENTRA RODI SIN SER ADVERTIDO POR JULI Y DANI. ENCIENDE UN CIGARRILLO Y FUMA, OBSERVANDO LA ESCENA.
PAUSA.
TRANSICION.
DANI: Me pregunto qué habría sido de nosotros si yo no hubiera tropezado en esa escalera.
JULI: No nos estaríamos riendo en este momento.
DANI (COMO AUSENTE): Yo seguiría saltando baldosas una por medio.
JULI (AUSENTE): Y, encerrada en cualquier cine.
DANI: Corriendo de un lado para otro sin fijarme en nada.
JULI: Huyendo de todo.
DANI: Sin encontrarnos con nadie.
JULI: Sin poder comprender...
DANI: Y Rodi...
JULI: Rodi...
DANI: Borracho en un bar cualquiera.
JULI: ... o en cualquier prostíbulo...

DANI: …arrastrándose por las murallas… afirmándose en los postes… (PAUSA). Despertando en un banco de la plaza.
JULI: ¿Era todo tan hermoso, Dani?
DANI: ¿A qué te refieres?
JULI: A Rodi y a ti.
DANI: Fue extraordinario, realmente extraordinario. Minutos antes ninguno sabía de la existencia del otro. Éramos muy felices y no teníamos ningún miedo en demostrarlo.
JULI: Y entonces yo doblé por esa esquina.
DANI: Y de pronto éramos tres.
JULI: Doblé por esa esquina por pura casualidad.
DANI: Y todo fue aún más hermoso.
SE QUEDAN MIRANDO FIJAMENTE.
APARTAN LA VISTA COMO VOLVIENDO A LA REALIDAD.
JULI: Dani, ¿tú me quieres?
DANI: Tanto como a Rodi. Ya lo sabes. ¿Por qué me lo preguntas?
JULI: No sé. A veces una es tan tonta que no se conforman hasta que se lo digan.
DANI (TIERNO E INFANTIL): ¡Te quiero, te quiero, te quiero…! (LA ABRAZA Y LA BESA. RODI APAGA EL CIGARRO Y SALE).
JULI: Déjame… (SE ZAFA DE DANI).
DANI: ¿Qué te pasa?
JULI: No sé, Dani.
EL DISCO SE HA TERMINADO.
DANI VA A ABRAZARLA, PERO JULI SE SEPARA Y VA AL TOCADISCOS. PONE OTRO DISCO.

JULI SE VUELVE HACIA DANI Y LO OBSERVA. TOMA UNA POSE DE PROSTITUTA INTELECTUALOIDE.

JULI: Sí, quisiera ser una puta. Todo me da lo mismo. La vida ha perdido su sentido para mí.

DANI (COMO ACTOR EXPRESIONISTA VA Y SE ARRODILLA ABRAZADO DE LAS PIERNAS DE JULI): Juli, hasta donde hemos llegado, Juli.

JULI: Hasta el fango de la existencia. ¡Hundámonos en la mierda hasta el fondo!

DANI: Todo es lo mismo, Juli. Ha llegado el momento en que todo es lo mismo. Llorar o reír es lo mismo.

JULI: La vida es una sucia y asquerosa fornicación.

DANI: ¡Juli… siento algo extraño y terrible!

JULI (LANZANDO UNA LARGA E HISTRIÓNICA CARCAJADA): ¡Es la angustia…! ¡La angustia metafísica!

DANI: ¿No tenemos salvación?... ¿Es que no tenemos salvación alguna?...

JULI: ¡No, Dani, no!... ¡La vida es una deprimente chucha! ¡No tenemos salvación alguna excepto reírnos! (OTRA CARCAJADA HISTÉRICA). ¡Quiero emborracharme… quiero emborracharme y entregarme a cualquier callejero inmundo y no saber nada de nada!

DANI (HA CORRIDO HACIA LAS VENTANAS EN EL FONDO Y GRITA HACIA AFUERA): ¡La vida es una deprimente chucha!... ¡Una deprimente chucha!... (JULI SIGUE RIÉNDOSE HISTÉRICAMENTE. DANI SIGUE GRITANDO HACIA AFUERA) ¡Arrástrense, viles mortales!... ¡Arrástrense!.... ¡Húndanse con el peso de su miserable existencia!...

JULI: ¡Viólame, Dani, viólame!

DANI: ¡Me das náuseas, puta de mierda!... ¡Te voy a matar!... (SE LANZA SOBRE ELLA, LA AGARRA DEL CUELLO Y EMPIEZA A ESTRANGULARLA). ¡Te voy a matar…! ¡Te voy a estrangular!... (PAUSA BRUSCA).
JULI (CAMBIA TOTALMENTE DE JUEGO. AHORA CON PEDANTERÍA): ¿Has leído a Foucault?
DANI (PEDANTE TAMBIÉN): ¿Qué si lo he leído? Y claro que lo he leído.
JULI: Adoro el pensamiento europeo.
DANI: ¿Has leído a…?
JULI: Calla… (PAUSA). ¿Escuchas el silencio?... ¿Lo escuchas?... Qué calma… qué sensación de plenitud…
DANI (ACARICIÁNDOLA): ¡Wow… this is nice…!
JULI (SOLTÁNDOSE): ¡Cínico! (CORRE HACIA LA VENTANA). ¡Quiero matarme!... ¡Quiero lanzarme al vacío!...
DANI (CORRIENDO HACIA ELLA EN EL COLMO DE LO MELODRAMÁTICO): ¡Nooooo! ¡Eso noooo!
JULI: ¡Déjame, quiero morir!... ¡Quiero morir!...
DANI: ¡Matémonos juntos! (PAUSA. JULI LO MIRA CON ASOMBRO).
JULI: Amorcito… Me quieres a pesar de todo…
DANI: Sí, te amo.
JULI: ¿De veras?
DANI: Sí, te amo.
JULI: Repítelo…
DANI: Te amo.
JULI: Una vez más.
DANI: Te amo, te amo, te amo, te amo, te amo, te amo, te amo, te amo, te amo… (LA AGARRA CON LASCIVIA).

JULI (ABOFETEÁNDOLO): ¡Ya me lo había imaginado! ¡Es usted como todos! Finge comprenderme… ¡finge comprenderme y lo único que quiere es mi cuerpo! ¡Sí, mi cuerpo! ¡Estúpida de mí que no me di cuenta antes!...
DANI: ¡Tú me provocaste, nena!... ¡Ya es demasiado tarde!... ¡No te vengas a hacer la cartucha!... (SE BAJA LOS PANTALONES).
JULI (TEATRAL): ¡Oh…!
DANI (SE QUITA LOS PANTALONES): Te deseo… te deseo… (SE HA QUITADO LA CAMISA). Te deseo… te deseo… te deseo…
JULI (CORRIENDO AL ALTILLO): ¡Dani…!
DANI (CORRIENDO DETRÁS DE ELLA): ¡Te deseo… te deseo… te deseo…!
JULI SALTA DEL ALTILLO A LA PIEZA Y DANI SIGUE SIN PARAR, AHORA BAILANDO): ¡Te deseo!... ¡Te deseo!... ¡Te deseo…!
JULI: ¡Ridículo! (LE TIRA UN ALMOHADÓN ENCIMA).
DANI: Contempla mi apolínea figura… ¿No te excitas?... ¡Excítate!...
JULI: ¡Ri-dí-cu-lo!... ¡Ridículo!... ¡Ridículo!...
DANI (TIRÁNDOSE DEL ALTILLO SOBRE JULI): ¡Tee deeeseeeoooooo…! (JULI LO ESQUIVA Y DANI CAE SOBRE LA CAMA).
DANI: Te deseo, Juli, serás mía… Esta vez no te me escapas. ¡Serás mía! (JULI ESCAPA POR EL BALCON). ¡No escaparás de mi garras!
JULI: ¡Feo!... ¡Ridículo!... (SE ESCAPA POR LA PUERTA DE SALIDA).

DANI (PERSIGUIÉNDOLA, SALE DETRÁS DE ELLA): ¡Te deseo... te deseo... te deseo...!
SALEN.
SE SIENTEN LOS GRITOS QUE VIENEN DE AFUERA.
QUEDA LA ESCENA VACÍA POR ALGUNOS INSTANTES.
ENTRA RODI. TIENE UN ASPECTO SOMBRÍO. VE LA ROPA TIRADA EN EL SUELO.
POR LA VENTANA SE SIENTEN LOS GRITOS DE DANI Y DE JULI, SEGUIDOS DE PERROS LADRANDO Y QUEJAS DE LOS VECINOS.
RODI LOS ESCUCHA, AVANZA Y CIERRA BRUSCAMENTE LA VENTANA.
RODI (LE HABLA A ALGUIEN IMAGINARIO): ¿Te hiciste daño?... ¿Seguro que no?... Pudiste matarte con una caída así... Sí, te entiendo... Yo hago las mismas cosas. (SE QUEDA PENSATIVO. SU ROSTRO SE ENSOMBRECE. VA A LA MESITA DE CENTRO Y LA GOLPEA CON FUERZA).
SE OYE A DANI Y A JULI QUE VIENEN ACERCÁNDOSE.
RODI TOMA LA ROPA DE DANI Y SE ESCONDE.
DANI Y JULI ATRAVIESAN COMO TROMBA POR LA PIEZA, VOLVIENDO A SALIR.
RODI SACA UN REVÓLVER DE UNA ESPECIE DE VELADOR QUE HAY AL FONDO. CORRE AL ALTILLO. ALLÍ SE ESCONDE.
VUELVEN A ENTRAR DANI Y JULI. AGOTADOS LOS DOS.
JULI (DEJÁNDOSE CAER EN LA CAMA): Estoy exhausta, no puedo más.

DANI (RIENDO): La vieja del primer piso dijo que iba a llamar a la policía. (SE DEJA CAER JUNTO A JULI. SE MIRAN RIENDO POR UNOS SEGUNDOS, LUEGO SE PONEN SERIOS. SE BESAN INTENSAMENTE. RODI, EN EL ALTILLO, SE INCORPORA Y DISPARA AL AIRE. DANI Y JULI SE SEPARAN SOBRESALTADOS).
JULI: ¡Estúpido!
DANI: ¡Nos asustaste!
JULI: ¿Qué demonios te pasa?
RODI SONRÍE Y LOS APUNTA A AMBOS, MOVIENDO EL BLANCO DEL UNO AL OTRO.
DANI: ¡Ten cuidado!
JULI: ¡Puede descargarse, Rodi!
DANI: ¡Rodi!...
RODI (SARCÁSTICO): Me pregunto a cuál de los dos debería matar primero.
DANI: ¡Déjate de tonterías, Rodi!
JULI: ¡Deja ese revólver ahora mismo!
RODI: Pudiera ser a Juli… ¿Qué te parece, Juli?
JULI: ¡Suelta eso de una vez por todas, Rodi!
RODI (VIOLENTO): ¡O tal vez a los dos!
DANI: Si querías asustarnos, lo conseguiste. Ahora deja eso.
RODI: ¿Y acaso no te gustan los juegos peligrosos? ¡No te acerques!
JULI: Ya es suficiente, Rodi. Ten cuidado.
RODI (HACE COMO QUE DISPARA): ¡Bang!... ¡Bang!... ¡Bang!... (ESTALLA EN CARCAJADAS).
JULI: No le veo ninguna gracia. Se te pudo haber salido un tiro y ya no te estarías riendo. Estúpido.
RODI SIGUE RIÉNDOSE.

DANI: Vaya el susto que nos diste.
JULI: Ahora tenemos que inventar alguna excusa. Todo el edificio debe de haberlo oído.
RODI (TIRANDO A JULI SU VESTIDO): Para eso conviene que te vistas bien. Te ves escandalosa en esa facha.
JULI (COGIENDO EL VESTIDO): ¡Gracias, eres muy gentil! (SALE).
RODI BAJA DEL ALTILLO.
OBSERVA INSISTENTEMENTE A DANI QUIEN LE ESQUIVA LA MIRADA.
RODI DEJA EL REVÓLVER EN LA MESITA DEL CENTRO.
RODI (A DANI): ¿No vas a decir nada?
DANI: ¿Qué quieres que te diga?
RODI: Todo se nos confunde, ¿no es así? (PAUSA). Todo se nos puso extraño.
DANI: ¿Qué quieres?
RODI LO SIGUE MIRANDO. LUEGO LE PASA LA ROPA.
RODI: Vístete, te ves ridículo.
DANI (COGIENDO LA ROPA): Gracias.
RODI: ¿Sabes que puedo agarrarte a bofetadas ahora mismo y no lo hago? No lo voy a hacer, Dani.
DANI: ¿De quién estás celoso, Rodi?
RODI: ¿Celoso? Es una palabra bastante ridícula, ¿no te parece?
DANI: No me has contestado a mi pregunta. (PAUSA).
RODI: No es muy estética tu figura.
DANI: Bueno, eso no es ninguna novedad para ti. (SE PONE LA ROPA).

RODI (RIENDO): No, claro, tienes toda la razón. (DANI LO MIRA MOLESTO Y TERMINA DE VESTIRSE). Te has puesto serio, Dani. Eso es muy raro en ti. Estoy totalmente sorprendido. (DANI NO CONTESTA). ¿Es un nuevo juego?

DANI: Ándate a la mierda. (RODI SIGUE MIRANDO A DANI Y RIÉNDOSE). No sé qué te provoca tanta risa.

RODI: ¿De veras que no lo sabes? Yo diría que lo sabes muy bien. ¿No eras tú el que siempre me decía: "Ríete, Rodi, ríete, es lo mejor que puedes hacer"? Ahora, en este momento, ¿no crees que es lo mejor que se puede hacer?

DANI: No entiendo.

RODI: Yo diría que entiendes muy bien.

DANI: No, no entiendo nada.

RODI: ¿Estás seguro? (LO AGARRA). Te estoy haciendo una pregunta, Dani.

DANI: ¡Suéltame!

RODI: Yo diría que estás muy seguro de todo, terriblemente seguro. Sí, Dani, eso es. Estás muy seguro de todo.

DANI: ¡Suéltame!

RODI: Eres un maestro en el arte de reírse, mi querido Dani. ¿Por qué no intentas una risa perfecta, precisa?...

DANI: ¡Basta, Rodi! ¡Basta! No quiero pensar en nada, ¿me entiendes? En nada. (ROMPE A LLORAR. SE APARTA. RODI LO MIRA CON LÁSTIMA)

RODI: Daniel, el travieso… Siempre escondiéndose en su pequeño mundo. Pero Daniel ya sabe que ya no es lo mismo. No puede ser lo mismo. Todo se desintegra y él ya no puede esconderse detrás de su sonrisa. (DANI

TRATA DE ESCAPAR DE RODI). Tienes miedo. Tienes miedo a que todo se desarme como un mazo de naipes lanzados al vacío. (ACERCÁNDOSE A DANI). Dani, el payaso encantador... de sonrisa traviesa e infantil... El payaso en decadencia... Eso eres, Dani, un payaso en decadencia. A mí no me engañas con tu risa. Tienes miedo. Miedo... ¡Miedo!

DANI SE DA VUELTA Y APUNTA A RODI CON EL REVÓLVER QUE ÉSTE HABÍA DEJADO EN LA MESITA.

DANI: ¿Y tú? ¿También tienes miedo? (PAUSA). Te estoy hablando en serio.

RODI: Deja eso, está cargado.

DANI: Ya lo sé. ¿Por qué crees que te estoy apuntando?

RODI: Déjalo, Dani.

DANI: Puedo matarte si no tengo más remedio.

RODI: No eres capaz.

DANI: ¿Tú crees?

RODI: Te conozco demasiado bien, Dani.

DANI: Yo también te conozco demasiado bien, Rodi.

RODI: Dispara. (DANI SONRÍE DE FORMA EXTRAÑA). Dispara.

DANI DEJA CAER EL REVÓLVER.

SE ABRAZAN FUERTEMENTE Y SE BESAN.

EL BESO DURA POR ALGUNOS INSTANTES.

SE SEPARAN SUAVEMENTE.

DANI SE DESLIZA HACIA EL SUELO, ABRAZÁNDOSE A LAS PIERNAS DE RODI.

ESTE SE ARRODILLA JUNTO A ÉL.

DANI: Tenías razón, Rodi. Tengo miedo.

RODI LLEVA UNA MANO A LOS LABIOS DE DANI, IMPONIÉNDOLE SILENCIO.

DE UNA MANO LO CONDUCE AL ALTILLO.
LO PONE FRENTE AL ATRIL, DONDE ANTES ESTABA SU AUTORRETRATO.
RODI: Otra vez en tu pequeño mundo, Dani.
RODI PARTE EL PINCEL EN DOS.
LO BESA INTENSAMENTE.
SIGUEN BESÁNDOSE MIENTRAS SE DESLIZAN HACIA EL SUELO.
COMIENZAN A QUITARSE LA ROPA.
RODI: Te amo, Dani.
SE BESAN Y ACARICIAN CADA VEZ MÁS INTENSAMENTE. SE VA OSCURECIENDO EL ESCENARIO.
OSCURIDAD.
VOZ DE JULI (EN LA OSCURIDAD. VIENE ENTRANDO): ¡Dani!... ¡Rodi!... (ENCIENDE LA LUZ DE LA LÁMPARA Y QUEDA PARCIALMENTE ILUMINADA LA ESCENA). ¿Dónde están?... (SE DISTINGUEN EN LA PENUMBRA DEL ALTILLO LOS CUERPOS SEMI DESNUDOS DE DANI Y RODI QUE SE SEPARAN. JULI MIRA HACIA EL ALTILLO Y SONRIE EXTRAÑAMENTE. VA AL TOCADISCOS Y PONE UN DISCO DE JAZZ.
JULI (A DANI Y RODI EN VOZ ALTA): ¿Necesitan música de fondo?
RODI BAJA LENTAMENTE A MEDIO VESTIR.
SE DETIENE.
JULI Y ÉL SE MIRAN FIJAMENTE.
RODI VA AL TOCADISCOS Y LO APAGA.
RODI: Juli...
JULI: No es necesario que me des explicaciones.
RODI: Déjame decirte que...

JULI: No es necesario que me des explicaciones. Lo comprendo perfectamente. (NO SE SABE SI ESTÁ ENOJADA O NO. VA A SALIR).
RODI (TOMÁNDOLA DE UN BRAZO): Juli…
JULI: Déjame.
RODI: No te vayas.
JULI: Necesito salir… Pensar, caminar…
DANI (DESDE EL ALTILLO): Estás celosa, Juli.
JULI: No estoy celosa. Ni estoy enojada. Es simplemente que…
RODI: Por favor, Juli. No te vayas…
JULI: ¡Déjame!
DANI ROMPE A REÍR A CARCAJADAS.
JULI: ¡No hay nada de cómico en todo esto, Dani!
DANI (AVANZA HACIA JULI APUNTÁNDOLA CON UN PINCEL): Di un nombre. Dani o Rodi. ¡Dilo!... ¿Dani?... ¿Rodi?... ¿Dani?... ¿Rodi?...
JULI: No sigas, Dani.
DANI (A RODI): ¿Y tú, Rodi? Di también un nombre… ¿Dani?... ¿Juli?... Es difícil, ¿verdad? ¿Dani?... ¿Juli?... ¿Dani?... (DEJA CAER EL PINCEL Y COMIENZA A LLORAR. SE APARTA). Es difícil… es imposible…
JULI: Tienes miedo… Realmente tienes miedo…
RODI: Nosotros también, Dani.
DANI LOS MIRA INTENSAMENTE Y SE ABRAZA A ELLOS.
QUEDAN LOS TRES UNIDOS EN UN FUERTE ABRAZO POR BASTANTE TIEMPO.
SE DESLIZAN POR LA ESCALERA Y COMIENZAN A BESARSE MIENTRAS SE VA OSCURECIENDO EL ESCENARIO.

OSCURIDAD.
PAUSA LARGA.
VOZ DE DANI (EN LA OSCURIDAD): Rodi… Juli… ¿Dónde están?… Rodi… Juli… No tienen dónde esconderse… Los voy a pillar… los voy a pillar…
PAUSA.
SE VA ILUMINANDO DE A POCO EL ESCENARIO. RODI ESTÁ PARADO EN LA ESCALERA CON LOS OJOS VENDADOS, SUS MANOS TANTEANDO EN EL AIRE.
VOZ DE DANI: ¿Dónde están?... ¿Rodi?... ¿Juli?... ¿Están aquí? (SE EMPIEZA A ANGUSTIAR). ¿Rodi?... ¿Juli?... Sin hacer trampa… Rodi… Estoy aquí… me voy acercando… (PAUSA). Sin hacer trampa… ¿Rodi? (SU ANGUSTIA AUMENTA). ¿Juli?..
RODI Y JULI, QUE ESTABAN AGAZAPADOS, SE ESCAPAN SILENCIOSAMENTE HACIA EL ALTILLO.
DANI LOS SIENTE, PERO NO PUEDE DETERMINAR DONDE ESTÁN.
DANI: ¡Los sentí!... ¡los sentí!... (RODI Y JULI SE ESCONDEN DETRÁS DEL ATRIL). ¡Ahora sí que no se me escapan!... No escaparán… Me estoy acercando… me acerco… (ESTÁ FRENTE A LA VENTANA DEL FONDO). Estoy aquí… voy acercándome… ¡Los pillé! (ABRE LA VENTANA, PERO NO HAY NADA EN EL BALCÓN): ¿Juli?... ¿Rodi?... (SE VUELVE. TANTEA EN EL AIRE). ¿Dónde están?... (PAUSA. SE QUITA LA VENDA Y MIRA A TODOS LADOS SIN VERLOS. AL NO ENCONTRARLOS SE ANGUSTIA, CASI CON

TERROR). ¡Rodi!... ¡Juli!... ¿Dónde están?... ¡No me dejen solo!... ¿No están aquí…? (SILENCIO). ¡Me hicieron trampa!... ¡Rodi!... ¡Juli!... (ABRE LA PUERTA Y SALE DEL APARTAMENTO. SE ESCUCHA SU VOZ LLAMÁNDOLOS POR EL PASILLO).

JULI (CON UNA CARCAJADA, SALIENDO DEL ALTILLO): Nunca hubiera pensado que el miedo era una cosa cómica, nunca… (SIGUE RIENDO).

RODI: ¿Puedes hacer el favor de callarte?

JULI: ¿Y a ti qué te pasa?

RODI: No es cómico y me molesta tu risa.

JULI: Yo me río cuando me da la gana.

RODI: Y yo no estoy obligado a soportarte. ¡No te aguanto más!

JULI: ¡Los tres, mi amor! ¡Los tres no nos aguantamos más!

PAUSA.

RODI VA A LA MESA, COGE LOS NAIPES Y LOS REPARTE, EVADIENDO LA MIRADA DE JULI.

JULI SE SIENTA EN UN PELDAÑO DE LA ESCALERA.

JULI: Hasta llego a preguntarme qué hacemos los tres aquí. Dani en su altillo, tú con tus naipes y yo paseándome como una estúpida. (PAUSA. EN UN SOLLOZO). ¿Qué hago yo aquí…?

RODI: Puedes irte, si quieres. ¿Por qué no te vas? Nada te obliga a soportarnos. (EN UNA EXPLOSIONDE IRA). ¡Lárgate! ¡Lárgate, Julia! ¡No vuelvas más! (JULI LO MIRA ATERRADA).

DANI ACABA DE ENTRAR Y OBSERVA LA ACCION.

RODI: ¡Lo único que tienes que hacer es salir por esa puerta y cerrarla para siempre! ¡Es muy fácil!
DANI: ¿Y por qué no lo haces tú? ¿Te irías? (RODI LO EVADE). ¿Te irías? Contéstame con toda franqueza.
SILENCIO LARGO.
DANI LOS OBSERVA DESDE LA PUERTA.
JULI: No sigas preguntando, Dani.
DANI: Sé lo que estás pensando, Julia. Los tres pensamos en lo mismo.
JULI: Cállate. (VA AL TOCADISCOS. RODI SE VA A LA VENTANA DEL FONDO).
SILENCIO LARGO.
DANI (A RODI, QUIEN ESTÁ DE ESPALDAS MIRANDO POR LA VENTANA): ¿Qué miras por la ventana?
RODI: Nada. Ya está oscureciendo. Sólo los veo a ustedes reflejados en los vidrios. (PAUSA).
DANI (SORPRESIVAMENTE, INTENTANDO UN CHISTE): Te ves estupendo de espaldas, Rodi. Me dan unas tremendas ganas de agarrarte el culo.
RODI: No sería muy novedoso.
DANI: Claro, y tienes un culito sensacional. ¡Me da una envidia terrible! (OCURRIÉNDOSELE UNA IDEA GENIAL, SE ACERCA A RODI). ¡Podrías posar en pelota para que yo te pinte un cuadro! ¡Lo mandamos a un concurso y nos sacamos un segundo premio! ¡Todo el jurado corriéndose la paja! (COMO DIRIGIÉNDOSE A UN AUDITORIO). Señoras y señores que nos honran con su presencia, el honorable jurado ha decidido por unanimidad otorgar el segundo premio al cuadro titulado "El poto de Rodolfo". (A RODI): Sería

sensacional, ¿no te parece?... (RODI LE DA UN FEROZ PUÑETAZO. DANI CAE SENTADO, TOCÁNDOSE LA NARIZ. LE SALE ALGO DE SANGRE. PAUSA TENSA): ¡Está bien! ¡Está bien… era un chiste!…

SURGE VIOLENTAMENTE UNA MÚSICA DE ROCK DEL TOCADISCOS.

JULIA LO HA PUESTO Y COMIENZA A BAILAR FRENÉTICAMENTE. COMIENZA A HACER UN STRIP-TEASE MIENTRAS HABLA.

JULI (CON ANGUSTIA CRECIENTE): ¡Quiero ser una puta! ¡Una puta!... ¡Que todo me dé igual, exactamente igual…! Quiero ser una puta… una puta… una puta…! ¡Que todo me dé lo mismo… tomar las cosas como quien se toma un vaso de agua…! ¿Por qué no, Juli?... ¿Por qué no?... ¡Una puta… una puta… una puta… una puta!...

DANI: ¡Eso, Juli! ¡Más!... ¡Más!... ¡Más!...

JULI: ¡Una puta!... ¡Una puta!... ¡Una puta!... (QUEDA CASI DESNUDA).

DANI: ¡Más!... ¡Más!... ¡Más, Juli, más!... (JULI HA CAIDO EXTENUADA AL SUELO). ¡Sigue, Juli, sigue…! ¡No lo termines nunca! ¡Sigue…!

RODI: ¡Déjala, Dani!

DANI (CASI ENLOQUECIDO, AGITANDO A JULI DE LOS HOMBROS): ¡Sigue, por favor sigue…! ¡Sigue por la misma mierda, sigue, Juli…!

RODI APARTA VIOLENTAMENTE A DANI. LO AGARRA DEL CUELLO.

RODI: ¡No sigas hostigando, carajo! ¡Nos tienes enfermos con tus payasadas! ¡Eres un idiota!

DANI: ¡Sí, Rodi, tienes toda la razón! ¡Soy un perfecto idiota! ¡No es necesario que me lo digas!...
RODI (DÁNDOLE UN VIOLENTO EMPUJÓN): ¡Bravo, te felicito, has logrado reconocerte a ti mismo…! ¡Ahora hazte la víctima… tírate al suelo o grítaselo a todo el mundo! ¡Hazlo, ahí está la ventana!... ¡Grita que eres un idiota, que lo sepan todos…! ¡Hazlo o tírate al vacío!... ¡Tírate!... ¡Reviéntate en las baldosas! Quizás otra persona te vuelva a recoger y te pregunte si te hiciste daño. ¡Tírate!...
DANI: ¡Suéltame!... ¡Suéltame!...
RODI: La ventana está abierta, Dani. (LO VUELVE A EMPUJAR HACIA LA VENTANA). ¡Mira para afuera, payaso de mierda, mira!... No hay nadie en la calle, Dani, está vacía… Tienes miedo a que nadie te recoja, ¿no es así?... Eres un pobre huevón que se ríe por miedo a llorar, que juega porque tienes miedo. ¡Tírate de una vez y verás que nadie va a ir a recogerte!... ¡Nadie!... ¡Nadie!... ¡Nadie!...
DANI: ¡Déjame tranquilo, Rodi, por favor!...
RODI LO EMPUJA A LA VENTANA CON APARENTE INTENCIÓN DE EMPUJARLO FUERA.
AMBOS LUCHAN FEROZMENTE HASTA CAER AGOTADOS AL SUELO.
PAUSA.
RODI COMIENZA A LLORAR AMARGAMENTE.
JULI (ARRASTRÁNDOSE SEMIDESNUDA AL ALTILLO SIN SER ADVERTIDA POR AMBOS): ¿Qué pasa, Juli…? ¿Qué pasa?... Al fin y al cabo, ¿por qué estás aquí?... ¿Por qué?... ¿Qué tienes que ver con

todo esto?... ¿Qué haces aquí?... ¿Por qué?... ¿Por qué?...
DANI (A RODI): Dices que tengo miedo. Es cierto, tengo miedo, pero tanto como el que tienes tú y el que tiene Juli. ¿Por qué me hieres?... ¿Por qué me insultas con tanta facilidad?
RODI: Ándate, Dani. Ándate… No quiero verte más… ¡Ándate!...
SE SIENTE UN BALAZO DESDE EL ALTILLO.
JULI HA CAÍDO TENDIDA AL SUELO, JUNTO AL ATRIL.
PAUSA TENSA.
DANI: Juli…
JULI ESTALLA EN CARCAJADAS. RÍE HISTERICAMENTE. DANI Y RODI LA MIRAN DESCONCERTADOS.
JULI: Les juro que estuve a punto de hacerlo, créanme…
RODI: No nos estaríamos riendo, Juli. (NADIE SE ESTÁ RIENDO).
JULI: Estuve a punto de hacerlo. (BAJA LENTAMENTE LAS ESCALERAS. SE SIENTA Y HUNDE SU CABEZA SOBRE LAS RODILLAS. RODI LE ACARICIA EL PELO SUAVEMENTE). Déjame.
RODI VISTE LENTAMENTE A JULI.
DANI SUBE AL ALTILLO, TOMA EL REVÓLVER. LO OBSERVA. MIRA A JULI, EN SEGUIDA A RODI, LUEGO A JUDI.
DANI: Había cinco balas en el carrete. (LO HACE GIRAR). Ahora sólo quedan tres.
RODI: ¿Qué quieres decir con eso?

DANI: Podríamos jugar a la ruleta rusa.
RODI: ¿Estás loco?
DANI: No, Rodi, no estoy loco.
JULI: ¿Es otra de tus bromas ridículas?
DANI: No.
JULI: Realmente te has vuelto loco.
DANI: Tal vez. En todo caso nos comprendemos bastante bien. Demasiado bien, diría yo. (PAUSA). ¿Quién empieza? ¿Tú, Rodi?
RODI: Deja eso.
DANI: ¿Tú, Juli?
JULI: Bota ese revólver, Dani. Es peligroso.
DANI: Yo sé que es peligroso. Precisamente de eso se trata. ¿Quién se atreve a ser el primero? ¿O empiezo yo?
JULI: ¡No seas estúpido!
RODI: ¡Deja eso!
DANI, SOMBRÍO, SE LLEVA EL REVÓLVER A LA SIEN.
DANI: Muy bien, empiezo yo.
JULI Y RODI: ¡Dani…!
DANI SONRÍE Y APRIETA EL GATILLO.
EL REVOLVER NO DISPARA.
RODI DEJA CAER UN SUSPIRO DE ALIVIO.
SE DEJA CAER EN UNA SILLA.
JULI (LANZÁNDOSE HISTÉRICAMENTE SOBRE DANI): ¡Estúpido!... ¡Estúpido!... ¡Estúpido… estúpido… estúpido..!
DANI LE DA UNA BOFETADA A JULI. ESTA SE CALMA.
DANI: Perdóname, Juli.
RODI: Como broma ha sido de bastante mal gusto.

DANI: No fue una broma y tú lo sabes muy bien. Tú también, Juli.
JULI: Yo no quiero saber nada, nada…
RODI (DANI): Como puedes ver, no has sacado nada en limpio.
DANI: Nos entendemos bastante bien, Rodi.
RODI: ¿Qué quieres decir?
DANI: Lo sabes, Rodi. (PAUSA). Y bien, hagámoslo de otra manera entonces. (COGE EL MAZO DE NAIPES).
RODI: Ya veo, el juego de los pares e impares.
DANI: Eso es. (LE DA LOS NAIPES A RODI).
RODI (CON UNA SONRISA AMARGA): No eres tan tonto, después de todo. (COMIENZA A BARAJAR).
DANI: Barajas los naipes maravillosamente bien. ¿No es así, Juli? Rodi posee un arte increíble de manejar los naipes. (JULI NO CONTESTA).
RODI (TIRANDO LOS NAIPES EN HILERA SOBRE LA MESITA): ¿Quién empieza?
SE MIRAN ENTRE ELLOS.
PAUSA TENSA.
RODI: La carta menor. El que saque la carta menor…
DANI: Ya lo sabemos, Rodi. Y bien, comencemos.
SE ACERCAN A LA MESITA.
DANI QUEDA AL CENTRO. JULI Y RODI A SUS COSTADOS.
QUEDA CADA UNO DE LOS TRES AISLADOS POR UN HAZ DE LUZ. OTRO HAZ DE LUZ PARA EL JUEGO DE NAIPES.
DANI: Cualquier carta, Juli.
JUDI (SACA UNA CARTA): Siete de corazones! (PAUSA).

RODI: Rey de espadas. (PAUSA).
DANI (SACANDO SU CARTA. LA MIRA. COMIENZA A REÍR): Dani volverá a saltar baldosas de una por medio... Volverá a correr por calles vacías... calles que desconoce de tanto verlas. Caminará perdido entre gente para la cual Dani ni siquiera existe. Volverá a subir escaleras atarantadamente. Si se cae, tendrá que levantarse solo. (CORRE AL ALTILLO. FRENTE AL ATRIL). No te has hecho daño, Dani. No te has hecho daño. (COGE UNA CHAQUETA Y SE LA PONE SOBRE LOS HOMBROS). No te has hecho daño, Dani...
DANI COGE UN BOLSO Y ECHA DENTRO CUALQUIER COSA.
BAJA POR LA ESCALERA DESDE EL ALTILLO.
SE DETIENE Y MIRA A SUS AMIGOS POR ÚLTIMA VEZ.
LES DICE: Adiós.
VACILA UN INSTANTE Y LUEGO SE VA A LA PUERTA DE SALIDA.
SALE DANDO UN PORTAZO.
JULI: Entonces, realmente se fue...
RODI: Trato de entenderlo.
JULI: ¿Se hubiera quedado conmigo?...
RODI: No lo sé. (PAUSA). ¿Se hubiera quedado conmigo?... (PAUSA).
JULI: Nos hizo trampa.
RODI: No, él nunca haría trampa.
JULI: No entiendo.
RODI: No hay nada más que entender.
PAUSA.
JULI: ¿Crees que va a volver?

RODI: No, Juli, no va a volver. El juego se acabó.
OSCURIDAD.

FIN

Concepción, Chile, 1969
Nueva York, USA, 1982